EL MISTERIO DE LA ORQUÍDEA CALAVERA

colección andanzas

Libros de Élmer Mendoza
en Tusquets Editores

ANDANZAS
Cóbraselo caro
La prueba del ácido
Nombre de perro
Trancapalanca

MAXI
Un asesino solitario
El amante de Janis Joplin
Balas de plata
La prueba del ácido
Cóbraselo caro
Firmado con un klínex

ÉLMER MENDOZA
EL MISTERIO DE LA
ORQUÍDEA CALAVERA

El autor de este libro es miembro del Sistema Nacional de Creadores de Arte.

Diseño de la colección: Guillemot-Navares
Reservados todos los derechos de esta edición para:
© 2014, Tusquets Editores México, S.A. de C.V.
Avenida Presidente Masarik núm. 111, 2o. piso
Colonia Chapultepec Morales
C.P. 11570, México, D.F.
www.tusquetseditores.com

1.ª edición: mayo de 2014

ISBN: 978-607-421-568-7

10/14   5581 7943

Impreso en los talleres de Litográfica Ingramex, S.A. de C.V.
Centeno núm. 162-1, colonia Granjas Esmeralda, México, D.F.
Impreso y hecho en México – *Printed and made in Mexico*

Índice

Contraseñas 13

El Huanacaxtle de los corazones 29

Puntos del universo 55

En las afueras 66

Rancho Durango 75

Noticias de papá 96

Sorpresas te da la vida 105

Tarde lluviosa 114

Un día muy agitado 125

Plan de rescate 141

La casa de los colibríes 155

El siguiente paso 171

Fantasmas 191

Lady Di 210

La orquídea Calavera 246

Los invitados 266

La vida es un aeropuerto 275

Para Leonor

El pez sólo sabe que está en el agua
cuando sale de ella.

Adelaida Moreno, abuela de Juan Carlos de Sancho

En tu cráneo
pelean las edades de humo.

Octavio Paz
«Entrada en materia», *Salamandra*

Contraseñas

Las vacaciones de verano son las mejores. No sólo no hay clases por dos fugaces meses y te levantas tarde, sino que no te obligan a ir a la iglesia el viernes o a esas largas y aburridas cenas en casa de los abuelos o de los tíos exitosos. Guácala. Son las mejores si no recibes una llamada a las ocho de la noche para decirte que han secuestrado a tu padre, que quieren cuatro millones de dólares y que no se te ocurra avisar a la policía. Ay, güey.

Cenábamos tan tranquilamente mi madre y yo que sin disimular sorbía el espagueti, desmenuzaba el pan al lado del plato, golpeaba el vaso de Chocomilk contra la mesa y respondía desde el WhatsApp a mis amigos, pinches locos. Valeria, mi hermana mayor, se había ido con su novio y Fritzia, la de dieciséis se había largado al rancho esta mañana; claro, aunque le gusta cabalgar y tiene su caballo, es para librarse de mamá; poco le importan los mosquitos o estar sola con el personal pues papá anda comprando toros brasileños por San Luis Potosí. Está bien, así descanso de ellas, son las güeyes más enfadosas del mundo.

¿Capi, qué te pasa, no puedes cenar cómo la gente decente?

Grita mamá francamente alterada, y eso que apenas es el segundo día en casa.

¿Cómo cena la gente decente, ma?

Callados y en paz, no dejan su cochinero ni hacen tanto barullo.

Qué aburridos.

Y deja ese celular en paz; si estuviera Valeria aquí no te pasarías de listo.

Pero mi hermana mayor disfruta con su novio en Mazatlán y de allí partirán a Los Cabos, me lo dijo antes de largarse para dejar en claro su supremacía. Mi madre empieza a llorar de impotencia.

Ya verás cuando regrese tu padre, él sabrá meterte en cintura con unos buenos cintarazos.

Por favor, mamá, no exageres.

Un día voy a largarme adonde nadie me conozca.

Entonces suena el teléfono. No me muevo, es mamá quien descuelga el inalámbrico. Su llanto siempre nos hace reír, la verdad es que tiene su gracia, es muy frecuente y como que la embellece. Papá me confió una vez que fue uno de los detalles que lo habían conquistado.

Familia Garay.

La veo escuchar.

¿Qué?

Llevarse la mano a la boca.

¡Dios mío!

Y desplomarse desmayada.

¿Qué onda, ma?

Me levanto con cierta calma porque se desmaya a menudo. Voy hasta ella, tomo el teléfono:

¿Quién habla?

Tenemos a Camilo Garay, pendejo, queremos cuatro millones de dólares, mañana te daré instrucciones para que nos entregues el dinero, si llamas a la policía el tipo es fiambre.

Clic.

Siento horrible, ¿fiambre? Quedo petrificado, ¿es una broma?, ¿un secuestro real o un secuestro virtual? Tengo un vacío en el estómago y comezón en la espalda. Mi papá es un buen hombre que trabaja todo el día, poco a poco ha hecho crecer el rancho ganadero que le heredó mi abuelo Ramón y vivimos bien, aunque no creo que tengamos tanto dinero. ¿Fue en San Luis? Es un gordito simpático, a pesar de sus cuarenta y siete cumplidos sus consejos funcionan y podemos confiar en él. Noto mi boca hinchada, hasta mi hermana mayor le confiesa sus desliz con los idiotas que la llaman a cualquier hora. Se me humedecen los ojos. Apenas lo puedo creer, y piden cuatro millones de dólares, ¿serán gringos los secuestradores? La comezón en la espalda es leve pero molesta. Me rasco como puedo. Me duele el estómago, nunca me había impresionado tanto.

Valeria, ven, deja a ese bato colgado, te necesitamos.

Entran mensajes: los contesto mecánicamente.

¿Qué hago?

Lloriqueo, mi mamá continúa desmayada, corro a la cocina por alcohol, le pongo en las sienes, le doy a oler y no reacciona, ¿qué onda? Probablemente se golpeó la cabeza al caer, ¿está muerta? Pienso: en esta casa no hay un espejo que pueda mover para ver si respira; todos son enormes para que las mujeres se miren de cuerpo entero. Llamo a mis hermanas pero ninguna responde, después nuestro tío médico que aparece como a las dos horas, y eso porque el abuelo Nacho lo apresura. Puse al tanto al viejillo y vino enseguida. Marco el celular de papá tres veces y las tres me manda a buzón de voz. Recostamos a mamá en un sofá, el viejo le pone una toalla mojada en la frente y nos reunimos en el despacho de papá. Mientras aparecía el abuelo busqué a Valeria en doce hoteles de Mazatlán y nada. Mi alergia es menos molesta. Al abuelo nunca le he caído bien y a él le ofende que a mí no me importe; en cambio con mi papá se lleva de maravilla y con mi hermana ni se diga: la tiene bien chipilona.

¿Seguro que escuchaste bien?

Dice el abuelo en cuanto entra a nuestra casa.

¿Usted qué cree? Mi mamá se desmayó. Era una voz velada y rasposa, muy firme.

Tu mamá se desmaya por todo, pero es un mensaje típico de secuestro; para estar seguros vamos a telefonear al rancho adonde fue tu padre a comprar el ganado; no entiendo qué puedan tener esos toros brasileños que no tengan los mexicanos.

Yo, menos.

Bueno, tú eres un inútil, jamás conocerás la «o» por lo redondo. ¿Sabes el teléfono del rancho?

No.

Si te digo, nunca has querido servir para nada.

Abuelo, no me joda, acaban de secuestrar a mi papá, ¿cómo cree que me siento?

Lo pienso pero no lo digo, no siempre tengo valor para pelear con él; se pone muy iracundo.

Sobre el escritorio del viejón encuentro un número anotado en el calendario, dos días antes, que es cuando viajó a San Luis Potosí. Es un celular. Marco. Rancho Durango, dice al lado del número. A las quinientas contesta un güey que grita, incluso no se oye claro.

¿Quién habla?

Alberto Garay, soy hijo de Camilo Garay, que fue a ese rancho a comprar unos toros, le voy a pasar a mi abuelo.

Ay, muchacho, qué bueno que llamas, soy el caporal Toño Remolina. Ha pasado una desgracia, nos asaltaron, mataron a mi patrón y secuestraron a don Camilo; creí que eran los secuestradores los que llamaban, por eso no quería contestar.

¿Cuándo pasó?

Hoy, como a las seis de la tarde. Tu papá llegó temprano de San Luis; los patrones estaban celebrando que habían llegado a un acuerdo cuando aparecieron los delincuentes. Me da mucho dolor darte esta noticia.

Siento la boca seca, estoy trabado de las quijadas y no sé qué responder.

Tu papá va herido, no te podría decir cómo está porque le pusieron una capucha negra y lo sacaron arrastrando; dejó un rastro de sangre.

¿Se estaba desangrando?

Me rasco las axilas sin pudor.

Puede ser, la herida debe ser profunda.

Gracias, señor.

Mejor me despido; ¿un rastro de sangre? Debe estar grave. Vuelve la comezón a mi espalda y lloro, ¿cómo es posible que alguien haga tanto daño?

Cualquier cosa que se te ofrezca, no dejes de telefonear, estamos para servirles, aquí la policía ya se hizo cargo.

Pero ¿no corre peligro mi papá con la policía presente?

Digo angustiado.

Esperemos en Dios que no; perdón, muchacho, quizá cometimos un error, pero es que con el patrón muerto tuvimos que avisar.

Está bien, ni modo.

Cuelgo y miro al abuelo que me fulmina con un gesto agrio.

¿Te crees muy listo?, ¿por qué no me lo pasaste, quién te dijo que tú puedes resolver esto? Empieza por entender que es cosa de adultos, no de mocosos irresponsables.

Tengo dieciocho.

El viejillo parece desatado.

Dieciocho que naciste pero, ¿has pensado en tu edad mental? Mírate, lloroso como un recién nacido.

Me aguanto las ganas de largarme y le repito lo que me dijo el caporal.

El abuelo es delgado, bajo de estatura y sólo con mi hermana Valeria se porta bien; para ser sincero a ella todos la adoran, dice mi mamá que es muy buena para las relaciones públicas.

Entra mi tío Andrés, el matasanos.

Elvira no responde, ya viene la ambulancia por ella.

¿Es grave?

Shock nervioso, puede dormir mucho tiempo y es mejor que esté en el hospital, allí estaremos atentos a cualquier complicación que se presente, ya ves que con ella no se sabe. ¿Qué pasó?, ¿por qué se cayó?

Por zonza. Atiéndela, Camilo está fuera de la ciudad, yo me quedaré aquí hasta que regrese.

Que lo disfrutes, Capi.

Se burla mi tío que sabe que mi abuelo no me traga, y luego expresa:

Y tú, ¿por qué tienes esa cara? Deberías estar acostumbrado a los desmayos de tu madre.

Llega la ambulancia por mamá y tengo que encontrar a Valeria, el abuelo la ha mencionado seis veces.

Es casi medianoche, mantente alerta mientras duermo un poco; si llaman los secuestradores me despiertas, es un asunto delicado y tú no puedes ocuparte de él, ¿entiendes? No eres Valeria. ¿Tendrá tu padre el dinero que piden?

No creo.

Lo olvidaba, eres un cero a la izquierda, necesito a tu hermana, ¿cuándo regresa?

Se me antoja decirle que dentro de dos años pero no me atrevo.

Si no le dijo a usted, no le dijo a nadie.

Quedamos un minuto en silencio.

Abuelo, ya la busqué en unos veinte hoteles de Mazatlán y nada.

Hay que llamar al resto, debemos ponerla al tanto.

Tiene razón, necesitamos su carácter, su gran empuje; esto sólo lo puede arreglar ella o alguien como ella, yo, la verdad, no sirvo para esas cosas, le ayudo a mi papá en el rancho pero nomás; estudiaré administración en Texas nomás para que no me estén jodiendo. Marco el teléfono de papá y sigue fuera del área de servicio. Desgraciados, ¿qué les ha hecho el viejón? Recuerdo algunos momentos con Diana, a quien me dejé caer hace dos días en la fiesta de fin de cursos; bueno, en realidad ella hizo todo, pero no me entretiene, realmente no me gusta, se cree mucho, le gusta jugar conmigo: unos días me dice guapo ven aquí y otros que soy un pendejo sin remedio. Pinche güey, ni condón usamos. Tendremos que vender el rancho y la casa lo más pronto posible, y mi papá va herido, ojalá no sea de gravedad. Y yo que lo estaba esperando para que me diera dinero para el concierto de Los Tigres del Norte en el Foro Tecate.

Tomo el directorio telefónico de Mazatlán y sigo marcando.

El abuelo me despierta a las siete. Dice que va a ver a sus amigos al Lucerna y que regresa al rato, que no cometa estupideces, que siga buscando a mi hermana, que mi mamá aún no reacciona. Pienso en nuestro rancho, no tengo idea de cuánto pudiera valer pero no creo que sea tanto, setecientas tres cabezas de ganado son pocas; realmente no tengo idea de cuánto es cuatro millones de dólares y qué se puede comprar con ellos. Un hoyo en mi panza crece y no evito lloriquear. Cuando agoto los hoteles sin encontrar a Valeria me entra una desazón del demonio.

Para calmarme salgo a caminar al parque cerca de casa. Espero ver a una güey que va a correr y que cada vez que la veo se me cae la baba; Fritzia la conoce, se llama Iveth Astorga; si no fuera tan regazona le pediría que me la presentara pero no, ya me las arreglaré. Hay dos bolsas tiradas junto al depósito de basura, ¿y si fueran dos millones de dólares? Nos faltarían tres para los cinco, pero qué van a ser: es porquería; gente cochina que no falta, ¿por qué no las echan dentro?, ¿qué les cuesta? Por eso se hace el mosquero. Mi mamá pelea todo el día con ellas hasta que la hacen llorar. Si llega mi padre, acaricia su cara, le dice cosas ridículas y ella se pone contenta. Con media palabra de esas que le dijera a Diana de seguro dejaba de pensar que soy un pobre ranchero apestoso a estiércol, pero no le voy a dar el gusto. Ya parece que la escucho: Ay, qué bonito, igual que una canción de Luis Miguel. Guácala. El Osuna Espinoza delira por ella pero la güey ni lo hace en el mundo; dicen que quiere con todos menos con él. Pobre imbécil, hasta le escribe versos de amor. Presumió que se iría de vacaciones a Guadalajara; ojalá y se intoxique con Sabritas. Iveth no es así, ella corre suavecito, relajada, ¿por qué, aunque siempre me saluda con una sonrisa, no me atrevo a hablarle? Se me lengua la traba, o al revés, siento calientes las orejas, me da comezón en la espalda y mejor la dejo dar vueltas en el parque sin que me vea. Mi papá me aconseja que no me achique, que me decida, pero ¿cómo? Casi me mareo cuando pasa cerca de mí. Dice Valeria que le temo por mis espinillas, que cuando se me quiten me aventaré, pero eso cuándo será. Además tengo como tres.

Pobre de mi jefe, ojalá mi abuelo consiga algo, ¿qué vamos a hacer sin él? Qué horrible.

En cuanto salgamos de esta bronca voy a buscar a Xiomara, ella sí es una verdadera bruja sexual; según muy formal con el Alejandro pero bien que le pone los cuernos, maldito enano, ya le dijeron pero ni se tibió; dice que la prefiere compartida. Le conté a mi papá y me pidió que me la tomara con calma, que el mundo está lleno de mujeres y que conoceré más historias de las que imagino. ¿Cómo estará?, ¿esa herida será mortal?, ¿cuánta sangre habrá que perder para dejar un rastro? Ojalá no se le infecte, pobre viejón, debe estar preocupado, ¿de dónde vamos a sacar el dinero? Aunque no me diga, creo que mi abuelo puede agenciarlo. Viejo racista, ¿por qué le caigo tan mal? ¿Será por mis ojos verdes y mi piel rosada? No es cierto, soy trigueño de ojos cafés, suficiente para las güeyes de mi edad. Con mi abuelo Ramón me llevaba bien, pero murió hace tres años y mis abuelas se fueron un año antes, casi a la vez.

Pongo la basura en su lugar. ¿Y si fue Iveth la que dejó este tiradero? No creo, una muchacha hermosa por lo menos tiene que ser limpia, a poco no. Se ve que la gente traga más atún, yogurt, lechuga y papitas de la cuenta. Veo que mi chica se aproxima, puedo ver su cabellera dorada flotar, su playera roja y sus piernas bronceadas. Órale, si no quiero enloquecer tendré que hablarle, ¿le gustarán Los Tigres del Norte? Podría invitarla al concierto. Pegan dos pedradas en el contenedor y una en mi pierna derecha, ay, güey, qué onda. Me vuelvo y ahí está el Osuna Espinoza con tres de sus compas con piedras en las manos.

Te advertí que dejaras en paz a esa morra, Capi, y ahora hasta dicen cosas de ustedes.

Lanza un proyectil que me pasa por encima.

Nada tengo que ver con ella, bato, así que deja de hacerle al rudo.

Diana será mía o de nadie, ¿oíste?

Amenaza al tiempo que los cuatro me lanzan pedruscos, uno de ellos casi me pega en la cabeza. Intento correr pero veo que Iveth se acerca trotando y me detengo. Siento una pedrada en la espalda que me duele y me saca el coraje.

Qué onda, culeros, cálmense, y tú, pinche Osuna Espinoza, ya sacaste boleto, si eres tan macho déjate venir, güey.

Te quiero ver a cien metros de ella, güey, ¿entendiste?

No seas mamón, ya salimos de la prepa, seguro no la veré el resto de mi vida, pero tú y yo estamos entrados, deja las piedras y vente, güey, un tiro derecho.

Tiro derecho tu madre.

Ahora no me queda otra que correr porque los cuatro me lanzan lo que tienen. Afortunadamente mi chica está lejos. No me detengo hasta estar fuera de su alcance y cerca de mi casa. Como ven, correr es vida. Pinche Osuna, ¿por qué me hace estos panchos? Diana ni me interesa, y delante de Iveth, ¿qué tal si escuchó? Lo menos que pensará es que ando valiendo madre.

Mastico pan para el susto, voy directo al sofá, me acuesto y me viene la tristeza; es algo muy cabrón y muy profundo que no sé explicar. ¿Dónde se metería mi carnala?

Capi, ¿hiciste desayuno?

Es mi tío el matasanos, me comunica que mi madre despertó, que está en perfectas condiciones y que le contó lo de papá. Quiere saber si hay novedades. Le digo que no y que los secuestradores pidieron que no llamáramos a la policía.

Están pendejos, más que pendejos; yo avisaba ahora y que los hicieran papilla.

Tiene razón, aunque eso pondría en peligro al viejón.

Pobre Camilo, tanta ilusión que tenía por esos toros.

Se me ruedan las lágrimas y me vuelven las comezones pero no se lo digo.

Y Valeria que no aparece, se fue con su novio a Mazatlán y no está en ningún hotel. La necesitamos, es la única que puede negociar con los secuestradores.

¿La única?, ¿y tú qué?

Yo no, no sería capaz, si no está ella mi abuelo se encargará, o tú.

Capi, no te achiques, claro que Valeria es una chingona, lo trae por naturaleza, pero tú puedes aprender y ser como ella o mejor.

No, tío, yo no, además no quiero broncas con tu papá.

El matasanos mueve la cabeza, me informa que mantendrá a mi madre un día más en el hospital para que no dé lata. Me revisa las pedradas y me aplica un ungüento fresco; sugiere que la próxima vez me ponga hielo en cuanto pueda. Le cuento que fue por una morra y me da palmaditas en el hombro.

Debes ser el terror de la prepa; si necesitas, ve a mi despacho en el hospital para regalarte unos trescientos condones.

Reímos. Me recuerda que la alergia no tiene remedio y que siga tomando loratadina. Llega el abuelo, que es medio brujo, recojo las piernas para que se siente conmigo en el sofá pero se va a un sillón. Me contempla profundamente.

No será fácil conseguir el dinero, ¿han llamado?

Nadie, ni los pretendientes de Valeria, que son como ochocientos.

No hables mal de tu hermana, ella sí es una persona que vale la pena, y mira la falta que nos hace.

Por cierto, no está en ningún hotel de Mazatlán, ya estoy preocupado.

Qué mala suerte.

Andrés se sienta conmigo.

Capi, es una desgracia, pero no hay que perder la cabeza, ¿entiendes?

Apuesto mi pescuezo a que no sabes guisar un huevo.

No respondo al viejillo, mi tío se pone de pie; tengo la impresión de que no soporta a su padre pero prefiere callar.

Bueno, los dejo, una ciudad hipocondriaca me espera.

¿Por qué dices eso?

Somos menos de un millón de habitantes y hay más de tres mil farmacias.

Tío, ¿cuánta sangre es necesaria para dejar un rastro?

Con veinte litros queda bien.

Mi abuelo se pone de pie diciendo que todos estamos locos. Media hora después entra con un plato con sándwiches de jamón y queso. Saben horrible pero los como para evitar un enfrentamiento. Veo que va al despacho de papá y enciende la tele. Voy a mi cuarto, entre más lejos de él mejor. Me entra un WhatsApp de Fritzia y le respondo que se venga: es la chismosa de la familia pero es mejor estar juntos. He mandado como diez mensajes a Valeria pero no responde, también le he marcado, quizá no está conectada porque manda a buzón de voz. No es normal que el abuelo me deteste, bueno, eso creo. Me quedo dormido. Por la tarde llama Diana, el viejillo toma el teléfono, me niego a hablar con ella. Es hasta las once de la noche que escuchamos de nuevo la voz velada y rasposa, quizás un poco suave.

¿Me escuchas, idiota? Tenemos a tu padre y puede morir.

Me gustaría que hablara con mi abuelo, que está consiguiendo el dinero.

El trato será contigo y con nadie más, ¿cómo te llamas?

Alberto. Por favor, trátenlo bien, curen su herida.

No hablaremos con ningún extraño, ¿te queda claro, imbécil? Y si haces cualquier cosa que no nos guste lo vamos a descuartizar.

¿Cómo sé que está vivo?

Grita algo, pendejo, para que el renacuajo de tu hijo te identifique.

Mijo, amo el llanto de tu madre.

Escucho en segundo plano después de un momento de silencio.

¡Papá!

Matarlo no es la idea, Alberto, así que…

Oiga, pero cuatro millones de dólares es muchísimo dinero, nuestro rancho es pequeño y no vale ni la mitad de eso. Por favor, reconsideren.

Lo digo y me siento quebrado.

Está bien, lo vamos a dejar en tres millones pero deberás tenerlos en un plazo no mayor a tres días. Pasado mañana te buscaremos en Xilitla, te hospedarás en el hotel El Castillo y esperarás. Nosotros te llamaremos y te diremos cómo y dónde entregar el dinero, en billetes de veinte, cincuenta y cien dólares. Cualquier cosa que veamos que parezca policía o Ejército, Camilo Garay no verá el amanecer de nuevo, ¿entendiste?

Clic.

Pero mi hermana no está.

Despierto al abuelo.

Urge encontrar a Valeria, los secuestradores la están citando en Xilitla, ¿le contó de algún lugar al que iría?

Si me hubiera contado no te pediría que la buscaras.

Abuelo, se conforman con tres millones de dólares; mi hermana debe hospedarse en el hotel El Castillo adonde ellos la llamarán, ¿dónde está Xilitla?

Me dejo caer en el sofá. Me duele la pedrada en la espalda y me jode la alergia. Me siento impotente y no paro de lagrimear. Pobre mamá, espero que mi tío la haya sedado.

El abuelo se retira al despacho, apaga la luz y cierra la puerta. Es medio brujo, al menos es lo que dice Valeria. Diez minutos después sale, seguro consultó a alguno de sus extraños amigos:

Está lejos, en San Luis Potosí, los malditos quieren el dinero a domicilio.

Guardamos silencio.

Necesitamos a tu hermana.

Valeria está que ni pintada para tratar con los secuestradores. Desesperado, el viejo empieza a telefonear a hoteles a los que ya llamé. Me rasco la espalda en el marco de la puerta, me trago una pastilla y la comezón se calma; salgo de casa de nuevo, el barrio está tranquilo, el alumbrado público lleno de palomillas; camino unos cien metros, encuentro a Iveth en una Suburban que maneja un señor, debe ser su papá, sonríe ligeramente desde la cabina con aire acondicionado, quedo paralizado y regreso, encuentro al matasanos y al abuelo conversando. ¿Será verdad que el amor estimula la inteligencia? Qué vaciado. Llamo al 04.

¿Me da el teléfono de la Cruz Roja de Mazatlán, por favor?

Me pasa un número y llamo, digo el nombre de mi hermana y me doy cuenta de que no sé cómo se llama el bato con el que anda. No los tienen registrados.

Los presentes han observado la operación y se meten al despacho de papá sin comentar. Escucho que discuten.

Al rato sale el abuelo:

Xilitla está en la selva de San Luis Potosí; tendrás que volar a la ciudad de México y conectar de allí a San Luis; en el aeropuerto toma un taxi a la terminal de autobuses, allí abordas uno a Río Verde que también vaya a Xilitla, que está donde principia la selva mexicana, ¿entendiste? Y que te quede claro: vas porque tu hermana no aparece.

Reacciono:

¡Qué! Ay, güey; no, abuelo, yo no puedo, no sirvo; mejor vaya usted o mi tío.

¿Y quién consigue el dinero? Además estoy muy viejo para esos trotes y Andrés no puede dejar el hospital; sólo vas a negociar con ellos, ¿podrás hacerlo?

No, voy a llamar a los hoteles de Los Cabos, a ver si mi hermana está por ahí, no soy confiable; ¿sabe quién es su novio? Podríamos llamar a su casa, quizá dijo adónde iban.

Hizo un gesto de que lo ignoraba.

Andrés llega del despacho.

Capi, deja de comportarte como un mocoso pendejo, yo confío en ti.

Se me salen las lágrimas, quiero ir a abrazar al matasanos pero me quedo varado, seguro de que no merezco su confianza. Quedamos en silencio.

Por ahí deben tener a tu padre.

¿Y el rescate?

Negocia que nos esperen unos días, es lo que vas a estudiar, ¿no? Tal vez una semana.

Tío, sal tú al quite, en serio, yo voy a desgraciar todo.

Capi, de ser necesario voy a vender mis acciones del hospital para pagar el rescate y eso sólo lo puedo hacer yo; así que deja de hacerle al loco: tu padre te necesita.

Bukowski propone que busques a Romeo Torres, es su amigo y te servirá de guía.

¿Quién es Bukowski?

Un buen amigo.

¿Le contó?

No, preguntó por qué quería ir allí, le respondí que por hongos. Entonces me recomendó a Torres.

¿Hongos?

Es una clase de droga, no te hagas el que no sabe.

¿Me manda con un vendedor de droga?

El viejo hace un gesto horrible, regresa al despacho de papá y da un portazo. Mi tío aguanta la risa. Quizás algunos viciosos no tengan toda la culpa.

El Huanacaxtle de los corazones

De San Luis a Xilitla vete en camión, insistió mi abuelo antes de tomar el taxi que me llevó al aeropuerto de Culiacán, pero lo que hago es rentar un Tsuru gris, un carro pequeño que espero no llame la atención, y me quedo con ganas de que sea un Jeep negro, que es más carro para la selva aunque también más costoso.

La carretera cruza una zona de tunas, un desierto, unas montañas con abetos y selva más o menos tupida al llegar a Xilitla. En Jalpan de Serra me zampo una torta con una Coca. Una delicia. Mi celular no ha sonado y tampoco tengo señal, seguramente por los cerros. Llego de noche, paso a la gasolinera y lleno el tanque, pregunto al despachador por Romeo Torres y por el hotel El Castillo. De Torres no sabe, así que me manda directo al Castillo donde me dan una habitación en el segundo piso que llaman Don Eduardo, al lado de una terraza extensa. Caigo muerto. Como a las tres horas me despierta el teléfono. Una voz adormilada me anuncia:

Tiene llamada.

Me paro como impulsado por un resorte. Mi papá: pensé en él durante las curvas del camino, en su herida, en que es buena onda; ¿por qué lo secuestraron? Tal vez iban por el señor que mataron y luego sólo él quedó vivo; ¿eso es el destino? Qué maniaco. También me acordé de Iveth y de Diana. Como sé que la que debería estar aquí es Valeria, hice todo lo posible por no recordarla.

¿Diga?

Hoy a las cinco de la tarde en el Huanacaxtle de los corazones.

Es la misma voz suave y rasposa, se oye más clara. Siento comezón en un labio.

¿Dónde es?

Si te quieres pasar de listo, cualquier cosa que no nos guste, vamos a matar a tu padre, nos vale madre; y antes dejaremos que se desangre como un cerdo.

Por favor, haré todo lo que quieran.

Te estamos vigilando, mocoso, llegaste hace tres horas en un Nissan gris; estás en la Don Eduardo y si me da la gana te mando una oreja del pendejo de tu padre como bienvenida.

No le hagan daño, por favor, les pagaremos todo.

Es un chillón, igual que tú, y más te vale andar con cuidado, si vas con los polis te lo mandamos en trocitos.

Clic.

No puedo contener las lágrimas. No me dijo dónde está el lugar, claro, temen que avisemos a la policía, pero no, hemos seguido sus instrucciones al pie de la letra y si del rancho Durango los denunciaron, pues no fuimos nosotros. Cuando amanezca voy a echar un fonazo a casa para saber cómo sigue mamá, ayer regresó y seguro no para de llorar; también quiero saber si encontraron a Valeria: la necesito. Pobre papá… Desgraciados, no tienen perdón de Dios. Por supuesto que cuando habló hizo un esfuerzo para que lo escuchara normal y que no me preocupara; espero que no esté grave; quizá perdió un litro de sangre y no ocho como dice mi tío Andrés; según la profe de biología tenemos seis litros. ¿A quién le voy a preguntar dónde está el Huanacaxtle de los corazones? Ni idea. Romeo Torres debe andar vendiendo hongos a los turistas, que según el despachador de gasolina hay bastantes en esta época. ¿Cómo es que esos malditos saben todo de mí? No debe ser difícil vigilar este hotel, por eso me pidieron que me hospedara aquí. A ver qué les parece cuando me vean mear.

Esta habitación es rara, hagan de cuenta que estoy en una casa de Medio Oriente: blanca, con arcos alargados en las ventanas. Hay un buró junto a mi cama, un teléfono negro y una lámpara muy luminosa encima. Me quedo jetón.

Amanece lloviendo. El restaurante es cálido y está casi lleno. Desayuno abundante: fruta, huevos, pan y café con leche. La mesera se llama Carmen y nos atiende a todos sin renegar. Mi papá es un tragón, de veras, mi mamá siempre se lo dice. Estoy triste.

¿Usted sabe dónde queda el Huanacaxtle de los corazones?

Es una señora morena, simpática y con vestido floreado.

Está pegado a Las Pozas, vaya por el camino pero no entre a ver las esculturas, nada más siga de frente, no tiene pierde; por la derecha hay un caminito entre el monte, allí nomás está el Huanacaxtle, es un árbol grande y frondoso. Dicen que el que lo visita se enamora.

¿En serio? Entonces me urge ir.

Son las nueve y media.

¿Cuánto tiempo haré hasta allá?

Unos veinte minutos en taxi.

Sin duda por la bronca de mi papá, olvido preguntarle por Romeo Torres.

Entra una chica como de mi edad, viste shorts ajustados, una blusa delgada y lleva el pelo corto. Tiene ojos

31

verdes y es blanca. Boca roja, sensual. Se sienta en la mesa contigua. Sonríe. Tiemblo.

¿Está rico el desayuno?

Es lo mejor que he desayunado en mi vida, el café sabe a diablos pero con un poco de leche se arregla.

¿En serio?

Luego te sentirás única y te interesarás por tu vecino de mesa.

Chistoso.

En el fondo del sitio hay una chimenea, sillones que se ven cómodos, cuadros en las paredes y el librero que tengo al lado está repleto. También dos ventanales por donde entra mucha luz.

Llega Carmen, la chica ojiverde le pide fruta y café, saca un espejo y se maquilla. No me atrevo a interrumpirla. Mi hermana dice que esos momentos son sagrados. Si hubiera venido ya fueran amigas o estuvieran viboreándose con todo y ropa. Llega un güey flaco con barba de metrosexual y se sienta con ella, debe ser el novio porque me mira agresivo.

Qué pedo, niño.

No respondo. Me vuelvo al librero y jalo un ejemplar de tapa azul tamaño carta, lo abro en la primera página: *El misterio de la orquídea Calavera*. El güey me hace un gesto de rencor.

¿Eres sordo?

Y le acaricia el pelo a su morra que sonríe. Siento comezón en la cara. Como me vería muy miserable saliendo a toda carrera, pongo mi atención en el libro:

Segunda página: *To be, or not to be: that is the question.* Hamlet. Shakespeare. Ah, eso lo repite mi profe de inglés sin venir al caso. Creo que es la historia de un güey al que le matan o secuestran al padre, algo así. Qué maniaco. En la que sigue:

Sólo hay un país surrealista, Edward James: México. En su escudo ostenta un águila devorando una serpiente, ¿has visto otro igual?, ¿verdad que no? Debes apresurarte: allí encontrarás tu karma y tu locura no le importará a nadie. México es el país en donde vacacionan las hadas y el hombre lobo pasa desapercibido. Auuu.

El alcohol, ciertas sustancias, la juerga interminable y la falta de sueño lo tenían atrapado, las ideas le llegaban del agua y sus recuerdos se cruzaban vertiginosamente. Recordó *Cisnes reflejan elefantes*, el cuadro que Dalí pintó en su honor y se sintió en las orejas-alas. Se hallaba en su residencia en Beverly Hills sentado al lado de la alberca, solo, al amanecer, oscilando como un péndulo de Foucault. En algún momento salió de su trayectoria y cayó al agua donde siguió un lento viaje hacia el fondo. El frescor lo despabiló, abrió los ojos y se impulsó con los pies hacia la superficie.

Órale, lo que me faltaba: un libro de borrachos suicidas; no es como *Aura*, la novela que leímos en la prepa y que apenas terminé. Resultó que Aura y la viejita eran la misma persona. Qué vaciado.

Literalmente, me duelen las pedradas, qué onda la del Osuna Espinoza, ¿no? Me quería matar. Neta, mi papá no merece esto. Pinches malandros. Tengo miedo, no sé cómo afrontar este asunto. El novio, que parece chango, besa en la cara a la chica: me está presumiendo el güey.

Me llevo el libro a mi habitación, a lo tonto porque ni fotos tiene. Llovizna, se ve neblina. Mando dos Whats-App, uno al Checo Salcido, mi mejor amigo, que está en Alaska pescando cangrejos, y otro a Valeria. Después me acuesto a leer. Los demás mensajes no me interesan. No veo el cargador en mi mochila donde tengo mi ropa y el dinero: siete playeras y unos jeans.

1936. Edward James desayunaba tranquilo en el gran comedor de su palacio, pensaba en los nombres que pondría a sus hijos; serían nombres significativos, ¿quién dice que un día no podrían ser reyes o reinas de Inglaterra? Nacerán cinco, decidió. El primero se llamará Frank, como mi querido tío que tuvo a bien nombrarme su heredero universal; para los demás, Winston y Henry suenan bien, lo mismo que Elizabeth y Agatha. Sin embargo, primero debo encontrar a la madre. Tilly Losch era una trepadora, una irresponsable cegada por la ambición; no está mal que la mujer tenga aspiraciones, pero ¿por qué pasar por encima del marido?, ¿por qué mejor no aprovechar su apoyo para triunfar en el arte o en lo que sea? De haber sabido jamás me habría casado con ella y mucho menos la hubiera apoyado en tantos proyectos.

Masticaba despacio pan tostado con mermelada de manzana, daba sorbos breves al café con leche. De vez en cuando miraba algún detalle del techo cuidadosamente pintado con un paisaje de viñedos de uvas negras y lejanías doradas. Al alcance de su mano, una fuente de frutos rojos. Tomó una frambuesa, apenas la mordió y el techo empezó a girar y las uvas a caer. ¡Oh!, un viento extraño sacudió las vides, desprendió pedruscos pardos y puso todo a bailar. James abrió los ojos y se intimidó ante la visión extraordinaria.

En el palacio de West Dean el mural del suntuoso comedor familiar se transformaba y ahora era una esfera gigantesca donde todo se mezclaba y crecía. Alcanzó a definir climas y colores, las veredas y el sol; se dejó impresionar por un resplandor rojo intenso, un tejido vegetal desconocido y las palabras, numerosas palabras que por no pertenecer a sus recuerdos ni a su idioma le provocaban un profundo escozor. Transpiraba. Ojos bien abiertos. Largos caminos, lluvia, rocas, brisa, insectos, una nube de mariposas. Taquicardia. Un espolón de piedra hiriendo el cielo. Selva tupida, aves llameantes, boas, arroyos. Luego fueron flores, muchas flores; alcanzó a percibir una caprichosa ladera de matices inesperados; en esa superficie, descubrió una flor especial, abrumadora y candente que era el vivo retrato de la muerte. ¿Orquídeas? Conocía varias especies, pero no esa que sobresalía sobre el resto, una orquídea blanca cuyos pétalos dejaban ver claramente los trazos de una calavera. ¿Hamlet? Dios mío, es verdad, todo se repite; después la flor desapareció, sólo fueron visibles dos objetos flotantes de forma irregular: uno plateado y otro dorado, y el rostro avasallador de una mujer cuya imagen le provocó un profundo escalofrío. Gulp.

Se deslizó de su silla sin conocimiento.

Ah, ¿qué mamada es esta? Qué güey tan delicado.

Minutos después volvió del desmayo atendido por un mayordomo que no comprendía la conducta del joven heredero de la enorme fortuna de los James Forbes, que incluía este inmueble donde el sirviente prestaba sus servicios desde su juventud. West Dean era un palacio de doscientas habitaciones mantenido por una numerosa servidumbre. Una mansión donde el rey de Inglaterra departía, partía, cazaba y engendraba. ¿Se siente mejor, señor? Los ojos de Edward James escudriñaron tras el viejo; el viñedo se hallaba donde siempre había estado, lo mismo que los objetos entrañables: los eternos, los intangibles del tiempo de la reina Victoria y recuerdos de su época en Roma. Al lado una mujer uniformada sostenía potes con ungüentos olorosos.

Estoy hecho una miasma, trae suficientes toallas limpias, jabón y papel sanitario, todo el que encuentres. Cambien la alfombra, expele un olor desagradable, como a pescado seco. Se puso de pie. En el lavabo se aseó hasta dejarse la piel rojiza, lanzó las toallas al piso y se secó con papel, observó su figura impecable en el espejo de exquisito marco florentino; se contempló largamente, lo suficiente para ver cómo sus finos rasgos se transformaban en su cabello, en su nuca delgada y en su espalda enfundada en un traje negro de casimir. Se volvió a la ventana, asustado. ¿Qué ocurría?, ¿se estaba volviendo loco? En el espejo continuaba su torso vestido. El techo normal. Se alejó a toda prisa, el mayordomo lo escudriñaba sin comprender, desconcertado. ¿Qué significaba eso? Lo conversaría con sus amigos, sobre todo con René Magritte, que practicaba esa extraña manera de combinar lo real con lo imaginario, ¿no había pintado esa mezcla tan agresiva que llamó *La condición humana*? Ahora se hallaba en Wilpole —trabajando en la casa londinense que le había prestado—, lo vería allí y le compartiría la experiencia. ¿Vio piedras voladoras en el comedor porque recordó algunas ideas de René? ¿West Dean era una isla flotante?

Notó que la mujer uniformada esperaba inmóvil. Si Tilly estuviera presente podría contarle. Se burlaría, claro, pero quizá sonreiría y ese era un gesto reconfortante. Sin embargo, no estaba y no estaría jamás. Maldita bruja, seguro se regodeaba en brazos de alguno de sus execrables amantes. Que se pudra, que se rompa una pierna, que pesque una enfermedad incurable, ¿qué se puede desear a alguien que desprecia el amor y la vida feliz? Le di todo, pagué sus cuentas, financié sus locuras, soporté a sus amiguitos y me humilló. Se burló de mi amor y de mi idea de elegir nombres para los hijos. Pero todo no es todo, nadie debe iniciar su vida perdiendo. ¿Quién agradece mi respaldo? Nadie; me buscan, cierto, pero sólo por mi dinero, por mi influencia, ¿acaso no valgo más que eso? Miserables, no merecen mi amistad. Bueno, quizá no deba despotricar contra los pintores, ¿hay alguien además de René a quien deba apoyar? Tal vez a Dalí, Picasso lo ha conseguido todo, o quizá deba proteger a Pavel Tchelitchew. En el verano nos veremos en Londres, realizaremos esa exposición surrealista y haremos más ruido que veintiún cañonazos.

Fue a su gabinete de trabajo, se sentó ante una hoja en blanco, recapituló los momentos anteriores, cargó su pluma fuente y escribió: «Mi casa tiene alas…» y experimentó un vértigo, el papel vibraba sobre la mesa como si tuviera vida propia, el escritorio chirriaba. No quiso continuar, no pudo; las palabras no llegan solas y no son verdes ni amarillas. Las palabras tienen su propio lenguaje. La pluma lanzó tinta manchando todo, una lámpara que se hallaba cerca se estrelló en el piso. Edward se puso de pie vertiginosamente, observó con ojos desaforados el ajetreo y se marchó. Algo se había salido de control y no sabía qué era.

Edward James, si existió, estaba bien pirado el güey, ¿qué es eso de verse por la espalda? Ni el Fideo, el morro del grupo que se mete de tocho morocho. Salgo de mi cuarto. Ojalá mi papá controle a esos desgraciados, ¿desayunaría? Quizá sólo le dieron pan con café como a Edward James. No tengo mensajes. Marco a Fritzia y me manda a buzón de voz. No encuentro el cargador del celular; no manches, es neta: lo olvidé.

La azotea al lado de mi habitación es un patio desde donde se mira parte del pueblo que se ubica en una loma, con calles angostas, cuestas por todas partes, gente caminando; más allá se notan los cerros oscuros bajo la llovizna. Ruido de carros circulando. El límite del patio es una barda de metro y medio. Hay un mirador bien extravagante, subo por una escalera hasta el final pero no se me ocurre nada. Regreso a mi cuarto donde no hay tele; podría dar una vuelta pero tengo flojera de mover el Tsuru del estacionamiento. Las calles son empinadas y quizá sea peligroso. Por la del hotel, la Ocampo, no pasan carros. ¿Qué hago mientras espero? No tengo sueño, entonces leo, a ver si no me vuelvo loco. Qué formales esos malditos, ¿desde dónde me estarán espiando? Tenemos que conseguir el dinero a como dé lugar, si no, van a matar al viejón.

Ante un amanecer prolongado, la mujer bebía café en la puerta de su vivienda. En el piso, junto a su falda larga, a un gato gris le brillaban los ojos. La casa se alzaba a medio cerro al lado del camino, rodeada de piedras blancas, redondas, de diversos tamaños. Tengo una carcoma que no me deja, expresó volviéndose al gato. Te importa un carajo que me trastorne, ¿verdad? Miau. Bestia peluda que no da leche, deberías entender un poco más de la vida. Poco a poco la claridad descubrió un par de árboles enclenques, un guayabo cargado de olorosos frutos amarillos y el resto de la vegetación que rodeaba la casa de ladrillos sin enjarrar. Las piedras pulidas, como pústulas de enfermo, sobresalían por todos lados. En los cerros cercanos empezaba la selva del sureste mexicano. Arsenia H, ojos profundos, morena, hermosa y de edad indefinida, no parpadeaba.

¿Qué onda, allí también empieza la selva mexicana? Qué cosas, las novelas también pueden ser reales, ¿es *Aura* real? Para mí que ese Fuentes también está bien pirado, como están todos los escritores. Sigue lloviendo y me da sueño. Despierto como a las dos. ¿Qué les diré a los secuestradores? Lo más importante es que no dañen a mi padre y que le curen su herida. Qué buena onda el matasanos: está dispuesto a vender su parte de la clínica para salvar a su cuñado. Tengo comezón en la espalda y me pongo triste, chale, pierdo el apetito.

No son las voces de mis padres muertos, ni las de mis tatas que murieron mucho antes; ¿es el pasado que se empeña en regresar? Lo veremos. El pasado es un cobrador implacable que no descansa. Si es eso, quiere decir que todo lo que hice fue insuficiente. Se había acostado temprano pero una extraña inquietud la despertó a media noche y le fue imposible conciliar el sueño. El minino, que dormía a sus pies, salió de la cama tras ella. Meditó un rato sobre una visión que se repetía por tercera vez: un hombre barbado llegaría a esa tierra y se apoderaría de lo que ella debía custodiar. Era un ser sin armas ni caballos, nada que ver con aquellos terribles barbados que conquistaron su estirpe siglos atrás. ¿Qué buscaba?, ¿venía de donde mismo? En el pueblo no había minas, ni riqueza natural ni nada.

¿Quién es? Lo sueño con barba, es güero y no es un hombre con suerte, pero, ¿qué es esta carcoma? Es por él, claro, pero, ¿es todo? Tuvo ganas de fumar y recordó que tenía veinte años sin hacerlo, ¿es que presiento mi muerte? Su nerviosismo le exigió aguardiente que no probaba desde su última separación, muchas lunas atrás. No puedo estar serena, me siento como si me hubieran dado un golpe en la cabeza o hubiera comido de esos hongos que usan los de abajo, con los que aseguran ver al Niño Dios.

Deben ser clientes de Romeo Torres, ¿dónde vivirá ese güey? Tengo que preguntarle a Carmen o en la administración; quizá sepan, el pueblo no es muy grande, a lo mejor tienen su celular; quizás el novio de la chica es su cliente, tiene una cara de ondeado.

Ninguno de mis exmaridos sería capaz de espantarme el sueño; esos malnacidos no sirven ni para ver quién viene; además, sus poderes no son mayores que los míos. Las gallinas cacaraqueaban, circulaban por el patio buscando alimento. Tenía un gallo que jamás cantaba. A lo lejos se hallaba el pueblo donde pronto todo sería movimiento. Vestía de oscuro, algo la incitó a recordar su juventud pero se bloqueó de inmediato, nada quería saber de esa época feliz en que incluso se había enamorado y llegó a creer que era lo más importante en la vida. Qué horror, jamás volveré a caer tan bajo; es el aprendizaje que más me ha costado. Rrr. Terminó su décimo café de golpe, dejó el jarro sobre la mesa, hizo un pase de manos que generó humedad y apagó el fuego que ardía en una hornilla; cubrió su cabeza con un rebozo oscuro, indicó al gato que se iban y salieron rumbo al camino solitario.

Se alejaron unos metros, se volvió, otro pase de manos y empezó a llover suavemente alrededor de su casa, como una auténtica cortina de agua fría. Con los rayos del sol su ojo izquierdo resplandeció con un tono rojizo. Escondido tras unas piedras, un lagarto vigilaba. En un abeto del camino, un águila la vio pasar. Esa tarde, en el pueblo, encontraría la primera explicación a sus inquietudes: un automóvil circulando con un hombre barbado dentro; pero la sensación extraña que la acuciaba no se borró del todo.

Órale, una ruca de ojos rojos que hace llover y tiene sus temores, tengo que contarle a mi jefe. Siento ronchas en la cara, ¿tenía canela el desayuno? Me tomo una gragea de loratadina. Debe haber sido uno de los panes que comí. Aunque falta como una hora, es mejor que me acerque al Huanacaxtle. Esa chica que vi en el restaurante es bonita, de las que me recetó el doctor, debí pedirle su celular a la güey. ¿Y si Iveth se pone celosa? No quiero líos. Aunque trato de distraerme, el hoyo en la panza crece. ¿Cómo debo decirles la neta a los secuestradores? No tengo la menor idea. Pinche Valeria, y todo por andar de caliente. Llamo a casa.

¿Cómo sigue mamá?

Ella, bien; el que no estoy seguro de que esté haciendo lo correcto está en Xilitla.

Estoy a punto de decirle que tiene razón, que no entiendo por qué me mandó, que localice a Valeria y la despache para acá. Al final me aguanto.

Abuelo, ¿cómo va la venta de El Toro Cáram?

Hay un señor interesado, un vecino, no tarda en llegar para ir a mostrárselo; tienes que convencer a los delincuentes de que esperen. No debería decírtelo, pero acá todos andamos desconcertados, tu mamá pregunta siempre, no le hemos dado el teléfono del hotel para que no esté llame y llame, lo que sí, no para de llorar. Marca tu celular pero no contestas, tómale una llamada de vez en cuando.

No he apagado mi celular, lo que pasa es que no tengo señal y creo que olvidé el cargador.

Caray, hasta en eso eres negligente.

Me despido y cuelgo. Esto va más lento de lo que creíamos. Ha dejado de llover. Salgo del hotel y subo hasta la plaza principal situada a unos cuarenta metros; antes de tomar un taxi bobeo un poco. Prefiero no mover el Tsuru. Xilitla es un pueblo lleno de gente, cruzado por dos o tres calles largas y una carretera. La plaza frente a San Agustín es pequeña pero muy movida, rodeada de comercios y restaurantes. Un chico moreno con una boa en los hombros impresiona a los turistas.

Al Huanacaxtle de los corazones.

Salimos del pueblo por una calle angosta, de terracería, rodeada de pequeñas casas de dos pisos, que pronto se

42

convierte en camino. Como a los quince minutos veo en un cerro numerosas construcciones sin terminar.

¿Qué es eso?

Las Pozas, todo el cerro está lleno de estatuas de cemento.

Entre el tupido follaje se dejan ver partes de estructuras de concreto que no me incitan a pensar en nada. Veo escaleras que suben pero no hay superficies adonde pudieran llegar. Sólo vacío. Qué vaciado.

Creí que Las Pozas eran pozos.

Hay un arroyo y en él pequeñas albercas donde es posible bañarse; por eso el nombre.

¿Son naturales?

No, las construyó un inglés extravagante; lo mismo que las esculturas; tiene que conocerlas.

Dejamos atrás el cerro y continuamos en silencio. A la derecha veo un profundo barranco lleno de vegetación. Estoy muy nervioso, ya me mordí un labio y tengo un poco de comezón en la espalda. Qué problema con las alergias, cada día estoy peor.

Aquí es, vaya por ese camino unos cien metros hasta llegar a un arroyo; ¿quiere que regrese por usted?

No, gracias.

Encuentro el lugar justo donde el taxista me indica. Es un árbol añoso, de grueso tronco gris, con frutos como orejas y unas ramas cruzadas que parecen dos corazones. El arroyo corre hasta los bordes con un sonido que adormece. Se oyen cantos de pájaros y el silbido del aire entre las ramas. Hace calor, veo florecillas por todas partes. En mi mochila negra está el libro que no pienso abrir y en la mano mi celular. No espero que me llamen pero lo deseo, extraño el sonido del mensaje que entra. Las cinco, las

43

cinco y media, las seis, oscurece y no pasa nada. Estoy preocupado, ya me salieron ronchas en la cara y la comezón no me deja tranquilo. Me rasco la espalda con una rama, me duele la pedrada del Osuna Espinoza. A Fritzia le gusta azotar su caballo, yo jamás lo hago con el mío. Las seis y diez, ¿qué no dijeron que a las cinco y aquí? Me desespero. ¿Le harían algo al viejón? Ni lo mande Dios. No sé qué hacer, quizá mi abuelo tenga razón, soy un cero a la izquierda, o quizá no, viejillo flaco. Las seis y quince, se oyen ruidos raros. El arroyo sigue igual; la selva es aburrida, se ve que no pasa nada. Dos víboras oscuras y gordas reptan por la otra orilla del arroyo. Pronto desaparecen. Se enciende la carátula de mi celular pero no es nada. Por el lado del camino veo venir a un secuestrador. Me observa, se apoya en unas rocas y cruza con un salto de dos metros. Maldito delincuente, es casi un anciano el güey. Se acerca. Por un momento el follaje me impide verlo.

Apenas lo pierdo de vista suenan disparos. Como cien. Me dejo caer, pegan en el tronco del Huanacaxtle y en el suelo, vienen de todos lados. Soporto sudando como cerdo, trato de ver entre el follaje pero sólo distingo una masa oscura. La comezón es leve. Entonces una voz clara recalca:

Que te quede claro, pendejo, tienes que pagar a tiempo.

Tu padre va a morir tasajeado, gritando, y todo por tener esa pinche familia miserable incapaz de deshacerse de tres millones de dólares. Deberíamos matarte.

Es la voz de siempre: rasposa, un poco suave.

Una familia de hijos de la chingada.

Agrega la voz de sonoridad delgada.

Y yo trabado, tirado junto al tronco. Están apostados en dos puntos distintos.

Por favor, no le hagan nada a mi padre. Les vamos a pagar, lo prometo.

Escucha, Alberto, si no vemos ese dinero mañana te mandaremos la cabeza de Camilo Garay en una caja para regalo.

Y si nos da la puta gana te decapitamos a ti también.

Cumpliremos, de verdad cumpliremos.

Más les vale, pendejo. Mañana te diremos dónde entregarnos el dinero.

No me moveré del hotel, se los juro.

Disparan de nuevo. Descarapelan el tronco. Escucho que se retiran rumbo al camino, tres minutos después un automóvil se aleja más o menos rápido.

Abro los ojos y me levanto despacio. Un hombre se acerca. Es el que apareció primero. Nos quedamos mirando. Es viejo, flaco, algo pálido. Viste de mezclilla.

Mire, no hemos vendido el rancho. Mi abuelo, que tiene más de cien años, anda como loco ofreciéndolo.

Soy Romeo Torres. Bukowski me dijo que vendrías y que te orientara, pero al parecer ya te dieron la bienvenida.

Voz gruesa. Lo observo incrédulo.

¿Vio lo que pasó?

De principio a fin.

Para no llorar pregunto:

¿Bukowski, dice?

Tu abuelo lo buscó, le explicó que estarías por acá y que eras muy atarantado; tenemos que salir de aquí, acompáñame.

Lo sigo por la orilla del arroyo hacia un barranco. Avanzamos rápido entre las plantas. Minutos después vislumbro una de las edificaciones de Las Pozas, unas escaleras hacia el cielo y unos pilares. El viejo descansa, tiene nariz aguileña. Escruta la oscuridad más o menos por un minuto. Me hace señas de que continuemos por una vereda entre las plantas. En algún momento veo a una joven vestida de blanco que nos contempla y luego desaparece. Me intriga.

¿Y esa muchacha?

¿Cuál muchacha?

Una que pasó por allá.

No responde. No insisto. Pronto circulamos por el camino por donde me trajo el taxi, en silencio. Voy alerta por si vuelven a disparar pero sólo vemos una camioneta descolorida y desvencijada de la policía rumbo al lugar de los hechos. Nos resguardamos tras unas rocas hasta que pasan.

¿Sabes por qué te busqué?

Quiere venderme hongos.

No digas burradas, Bukowski me refirió lo de tu padre.

Qué chismoso es mi abuelo, ¿tenía que contar eso? Si le pasa algo al viejón no se lo perdonaré; lo soporto por mi mamá, bueno, también por mi papá que dice que debo respetar a los mayores, aunque haya mayores que no lo merezcan. Como sigo en silencio, Torres me mira.

Si quieres mi ayuda tendrás que contarme todo, ¿tienes hambre?

Caigo en cuenta de que no he comido.

Media hora después estamos en la cocina de su casa a la que entramos por detrás. Saltamos una barda cubierta de maleza. Le cuento todo mientras mastico un queso muy duro con duraznos deshidratados. Me ofrece carne seca con pimienta.

No puedo comer eso, soy alérgico a la pimienta.

Cómela, peor alergia es el hambre; además esa pimienta es pura, no le hace daño a nadie.

Y veneno que no mata engorda, como dice mi papá. ¿Vive solo?

Bien, tu papá está secuestrado y te citaron aquí.

En el Huanacaxtle.

El Huanacaxtle es el punto donde te balacearon.

Íbamos a negociar, ¿para qué disparar?

Esos tipos son unos sanguinarios; tu padre está en grave peligro.

Me quedo quieto. Se me llenan los ojos de lágrimas.

No llores, no pierdas la cabeza. Voy a salir un rato, no enciendas la luz. Si temes a la oscuridad puedes quedarte en la cocina, está más o menos alumbrada.

Tengo mis cosas en el hotel.

Lo sé y un Tsuru en el estacionamiento, pero no te preocupes, no te vas a quedar aquí.

Dice esto de pie y sale por donde entramos: el muro lleno de plantas que da a un pequeño callejón oscuro. Como los secuestradores, también sabe en qué llegué. Huelo la carne y la dejo: está fría, dura y sabe a pimienta. En mi celular, nada. Marco a casa pero el teléfono está muerto. Dios mío, ¿cómo le voy a hacer?, ¿cómo se trata con delincuentes tan brutales? Tenemos que conseguir el dinero o van a asesinar a papá.

Las paredes están repletas de cazuelas y ollas colgadas que lucen llenas de telarañas; hay una pequeña ventana de cristal pero está cubierta con pintura negra, como si la casa estuviera abandonada. Aunque la luz es débil, saco el libro. Si enloquezco, ni modo.

El pequeño Edward James se levantó temprano y se acicaló ante los ojos sorprendidos de su nana. ¿Quiere pa-

sear el señorito? Ahora no, Jane. ¿Entonces quiere construir tremendas fortificaciones donde nadie atente contra
las princesas de ojos tornasolados? Tampoco, nana, quiero ir con mi madre a misa y es mejor que esté prepara-
do. Pero, ¿y si no lo invita? Me invitará, lo soñé. De ser
así esperaré cerca de las habitaciones de la señora para
avisarle cuando salga, y no olvide tener cuidado con los
sueños, a veces cuesta que se cumplan. Pasó una hora,
pasaron dos. Edward era un niño inseguro y nada deseaba
más que congraciarse con Evelyn Forbes James, una mujer difícil, sofocante y egoísta. Se hallaba tan aprehensivo
que se mantuvo vigilante, en espera de cualquier señal.
¿Qué hacer con una madre así? Se distraía pero de inmediato volvía a estar alerta. De pronto, una puerta que se
abre. Fuerte fragancia. Taconeo. La voz de Evelyn James:
Jane, que una de las niñas me acompañe a misa. ¿A quién
desea, señora? Las hermanas de Edward se llamaban Marilyn, Doris, Alice y Kate, todas mayores que él. El niño se
puso de pie, se alisó el traje y se acomodó el cabello, abrió
la puerta. La que mejor combine con mi vestido azul,
expresó la madre con naturalidad. Edward Frank, de ocho
años, traspuso el dintel y propuso con su delgada y poco
segura voz. ¿Puedo ir yo, mom? Estoy listo. Evy James lo
atisbó: ¿Eres tonto, niño, quién te dijo que el café oscuro hace juego con el azul? Mis ojos son azules, señora.
Hablo de ropa, con eso que te pusiste no combinas con
nada, retírate a tu habitación, y tú haz lo que te ordeno,
alguna debe estar vestida.

Qué arpía, pobre Edward, prefiero una madre llorona.
La verdad, tengo que aprender de mi hermana, ella sabe

cómo tratar, no sólo a mamá, a todo mundo; es lo que se dice: una chica popular. Hay como cien batos que quieren ser mis cuñados; quizás ella podría vender el rancho más rápido que el abuelo pero, ¿dónde andará? La neta, ¿de qué nos sirve que sea tan chingona si no contamos con ella? Veo mi celular: muerto.

Arsenia H era experta en el arte de no recordar. No olvidaba, simplemente refundía ciertos actos en su mente como si no los hubiera vivido. De niña tuvo que entrenarse así para evitar indecibles sufrimientos, sobre todo los que sus padres la obligaron a experimentar y que no se los deseaba ni a sus peores enemigos. Había trabajado en una casa y siempre fue responsable. Cuidaba a una bebé a la que vio crecer hasta que se convirtió en adolescente. Jugaban la mayor parte del tiempo; a veces sus travesuras las ponían en peligro y compartían misterios que vivían con terror, abrazadas, o corriendo por el tupido monte para salvarse de perseguidores invisibles. Buena época esa en que ambas crecieron hasta convertirse en mujeres.

Una noche de lluvia pertinaz despertó sudorosa; su segundo marido roncaba. A pesar de que era más de la media noche, se levantó sigilosa y fue en busca de su madre que vivía sola en una casa cercana al cerro del coronel Castillo. La encontró moribunda. Creí que no me alcanzarías, farfulló la mujer. Aquí estoy, madre querida. Durante muchos años he cuidado el cerro del coronel; ahora debes cuidarlo tú, por la poderosa razón que sabes; hay cosas allí que son sólo de nuestra familia. Lo haré, madre, pero no te vayas. Me llaman mis padres y no les gusta esperar; ese cerro es especial para ti, Arsenia H, por eso debes visitarlo en alguna hora todas las noches. Suspiró y se quedó quieta. Arsenia H sufría. Luego expresó: No dejes que crezcan ni las orquídeas blancas ni las boas; además, es sagrado, ten siempre presente que descendemos de Cuauhtémoc y debemos ser firmes, conservar lo nuestro. Luego se fue apagando en un murmullo. Arsenia H lloró, pero entendió muy bien que tenía una responsabilidad, un compromiso que no podría eludir aun en contra de su voluntad. El velorio y el entierro fueron normales. Después del novenario no abrigaba dudas de que custodiaría un cerro sagrado que era bastante feo y que para eso debía estar sola, claro, con un gato. Después de cenar tasajo con frijoles y tortillas le exigió a su marido que se largara, que no lo quería volver a ver en su vida. Él primero la abrazó, después exigió una explicación pero ella le atizó una certera bofetada, lanzó sus pertenencias a la calle y luego a él. Aquí se hace lo que yo digo, estúpido, ¿te queda claro?

Después habló con los espíritus, se apartó al cerro de las pústulas al que nadie se acercaba, edificó su casa y resolvió cómo protegerla. Esa misma noche fue a recorrer el cerro del coronel Castillo y descubrió que era veloz. Supo también que algunas de sus enemigas, las boas, crecían en el sitio y que bien podrían estar a su merced. Al amanecer, estaba tranquila, bebiendo café. Había aniquilado un nido de boas, una orquídea blanca y siete de colores.

No termino de entender a esta güey: ¿es buena o mala? No quiere a las boas, ¿por qué? Neta que es más simpático Edward James.

Hay genios como Mozart que la hicieron fácil, Edward James; lo mismo podemos decir de Beethoven o de Arthur Rimbaud; pero tú, ¿ya te diste cuenta? No tienes nada de lo que quisieras tener, no eres Lord Byron ni Dylan Thomas, y si no te pones listo vas a andar de un lado para otro dando lástima. Trata de comprender quién eres, Edward James. Lo primero: el amor no será lo tuyo, así que prepárate para lo peor, y no le busques tres pies al gato sabiendo que tiene cuatro, entiende que todo es sencillo: ser o no ser, como dijo Shakespeare; y luego las palabras, te darán ilusiones pero no se entregarán, claro que no, las palabras nunca se entregan. Si lo tuyo fuera el dinero la tendrías fácil, pero no, quieres tocar las barbas de la historia y eso te va a costar, aprenderás a encontrar donde no hay nada y conocerás el silencio en el fondo, verás que el viento es un arcoíris insignificante y que la mitad de las ilusiones no se cumplen. Así que vete a México, donde los abrazos son un derecho humano.

Las ideas penetraban sus oídos mientras alcanzaba la superficie del agua: agudas, penetrantes, arrebatadoras; voces estridentes e incisivas. Tuvo claro que no debía continuar en la francachela, que había llegado al límite. ¿Qué pasaba?, ¿cuál era su destino?, ¿por qué siempre había fuerzas extrañas invadiendo su vida? En ese momento se manifestó un sismo que resquebrajó dos paredes de la alberca por donde escapó el agua. Quedó de pie, sin tener claro cómo salir de allí y deseando tener papel sanitario a la mano.

O sea qué. Debe ser la falla de San Andrés, hace poco salió en la tele. Qué maniaco, me estoy pirando machín,

¿me daría don Romeo algún hongo en el queso? Pinche viejo, es muy capaz de querer enviciarme para después venderme sus cochinadas.

1927. Azar. Siempre creí que era una palabra a la que le habían borrado una letra, o que se había acabado la leña y, rabiosos, los impresores que preferían la carne cruda sustituyeron la S por la Z, meditaba Edward James bastante relajado, cubierto con mantas en su cama en Oxford. Por la ventana el invierno era notable en la claridad de la mañana.

Mmm, hablando de palabras, entiendo qué fiambre es cuando está muerto alguien pero, ¿qué significa realmente? Sólo la había escuchado en la tele. Torres se largó nomás, a lo mejor se olvidó de mí; fuera de este lugar su casa es muy oscura, un vaho fresco viene del interior. No dejaré que mi papá se convierta en fiambre. He llamado a su celular pero me manda a buzón. ¿Qué onda? Mientras ande en esto es mejor que no responda WhatsApp, no vaya a ser que los secuestradores se den cuenta, además casi no tengo carga.

¿Esto que pienso es porque estoy cómodo?, especulaba James. ¿Porque dormí y no soñé?, ¿porque me parece que la vida es corta?, ¿porque estoy harto?; ¿qué reflexionaría si tuviera frío, hambre, sed o fuera originario de Estocolmo?, ¿qué si esta habitación no tuviera ventanas y fuera una mazmorra?, ¿cómo sería mi vida si hubiera nacido un siglo después? Esa idea de que se puede viajar al espacio es interesante; o sea que H.G. Wells no es un orate como muchos suponen.

Súbitamente abandonó la tibieza del lecho y abrió de golpe la ventana. Viento gélido, nieve, frío. Su amigo William Sterne, que había dormido en un sillón en la pieza, despertó con el cambio de temperatura. Ey. Vio al joven delgado, con el torso desnudo ante el invierno y lo sintió lejano, indiferente, suicida. Morirás de frío, gritó. Edward se volvió despacio, se hallaba azul, tembloroso y sonriente, próximo a la hipotermia, parecía girar sobre sí mismo. ¿Estás demente? El amigo se levantó con celeridad, cerró de golpe la ventana y lo llevó a la cama, lo cubrió, lo hizo beber whisky, atizó la chimenea y observó cómo pasaba de un temblor continuo a una pasividad sin gracia. Me debes la vida, Edward James, reconócelo. ¿Cómo se paga una deuda así? No sé, quizás un día tengas que salvarme; no te he contado pero me intimidan las víboras, sobre todo las gordas que comen conejos y otros animales enteros. Qué extraño, ¿cómo sabes que no les temo? No lo sabía, sin embargo debes temer a algo, de lo contrario, ¿por qué querrías morir de frío? Pero eso es cosa tuya, mi padre me aconseja no cargar con los problemas de los demás y creo que tiene razón. Yo no tengo padre. Si lo tuvieras quizá te pediría lo mismo: dejar que cada quien se rasque con sus uñas. Te creo, todos los padres son iguales, las diferentes son las madres; si la mía estuviera aquí no me hubiera quitado de la ventana. ¿No? Pues la mía me hubiera cubierto de pomadas apestosas y jalado las orejas tan fuerte que tendría que pensarlo dos veces antes de dejarme llevar por mis impulsos suicidas, si los tuviera. No creo que la mía sepa lo que es un ungüento curativo, si se trata de algo embellecedor, sí, pero nada más; ella apuesta todo a la hermosura. Supongo que no es la primera vez que te expones, ¿qué piensas antes de hacerlo? Es la primera, y quizás ese es el reto: quiero hacer cosas que no se han hecho, tener experiencias inéditas. Pero ¿exponer tu vida?; estás loco. No me di cuenta del peligro, simplemente deseaba experimentar algo diferente, algo que me hiciera pensar de otra manera una idea, saber cómo influye el medio ambiente. Estás más loco que una cabra. Sí, pero la cabra es roja y usa corbata.

No tienes remedio, te expulsarán de la universidad y no te sentirás mal, lo considerarás un logro y apuesto a que ahora que publiques tus poemas estarás insoportable. El amigo se estaba despidiendo. Antes de que te vayas, ¿ves la ventana? ¿Cómo no voy a verla? Te acabo de quitar de allí. Cuando los hombres pensaban que la Tierra era plana, ¿crees que veían una ventana de manera diferente a como la ves ahora? James, no sueño, ni me preocupo, saldré de aquí para administrar los negocios de mi padre, me casaré, tendré hijos y no permitiré que me afecten las complicaciones ajenas y mucho menos los problemas filosóficos. ¿Crees que piensas igual que los hombres cuando se admitía que la Tierra era plana? No me lo cuestiono, tengo claro lo que voy a hacer en mi vida y no dejaré que me ocurra otra cosa. Si el rey te ofreciera un puesto cerca de él, ¿aceptarías? No sé, es el rey, puede disponer de mí cuando guste y para lo que guste. ¿Serías embajador en Argentina? ¿Dónde está eso? ¿Irías adonde él te lo pidiera? Ya te dije que sí, es el rey y él sabe por qué hace las cosas; por cierto, ¿es verdad que el rey Eduardo VII es tu padre? Mi madre me contó: mi papá había salido de cacería a tierras lejanas y ella vestía de azul; me confió que sus manos eran toscas pero cálidas; no te referiré más, es un secreto de Estado; gracias por salvarme, William, si un día está en mis manos haré lo mismo. Lo del rey y tu madre, ¿fue en tu casa? Sea el peligro que sea, con víboras o sin ellas, en invierno o en verano.

Esa tarde, Edward Frank James abandonó la universidad para siempre. Años después, cuando tuvo claro lo que eran el azar y asar, supo también que era un jugador nato y que no le bastaría el hipódromo de Ascott para sus correrías.

Está bien pirado este güey. ¿Cómo era el pensamiento cuando creían que la Tierra era plana?, ¿cuándo fue eso? Debe ser un libro de historia, hasta tiene fechas; no me gustaría tener alucinaciones como las de él, si se presentan se las dejo al Fideo, ese sí le atiza machín.

Al fin regresa Torres; debe haber vendido muchos hongos a los turistas porque se ve contento. He dormitado en la silla y me duele aún la pedrada en la espalda.

Ve al hotel y espera a que te llamen. Mañana te buscaré temprano. Si te citan para antes de que llegue, deja el nombre del lugar en el espejo del baño.

Pero nada de eso ocurre.

Puntos del universo

De la casa de Torres voy hacia el hotel. Estoy desesperado y triste, esta crueldad no es la de las canciones; no quiero que le pase nada al viejón pero, ¿cómo vamos a conseguir el dinero? Dios mío, que el matasanos venda pronto sus acciones y que compren El Toro Cáram para salir de esto; quizás eso acabaría con mis alergias, debo tener la cara roja. Pobre papá, los secuestradores en vez de hacer contacto me dispararon. El caporal dijo que iban por su patrón pero que le dieron pa'bajo. Este pueblo no es grande, allí tomé el taxi en la tarde, aquí está el exconvento de San Agustín. ¿Qué tramará Torres? Es muy viejo, debe tener más años que mi abuelo Nacho. Le voy a mandar un WhatsApp al Checo, que debe andar en ese barco pescando cangrejos; a ver si puedo.

En el hotel, la encargada, una joven de ojos negros, me dice que me han llamado varias veces. Le doy las gracias.

¿Esas llamadas eran de aquí?

No, de Culiacán.

Le muestro mi celular y le pregunto si tiene un cargador. Dice que no. Marco a casa. Responde mamá.

Hijo, estoy muy preocupada por ti, ¿has comido bien, no has tenido problemas con tus alergias?, ¿qué has sabido de tu padre? Se está dificultando conseguir el dinero para pagar, espero que no le pase nada; ay, soy tan desgraciada.

Tranquila, mamá, no llores; estoy perfectamente, ni me he acordado de las alergias; y papá también, mañana verán si nos hacen otra rebaja.

¿Lo viste?

Claro, aunque de lejos, dijo que estuvieras juiciosa, que todo era cuestión de dinero y que tenía muchas ganas de verte. Está bien, sólo le falta rasurarse.

Me dijo tu abuelo que está herido.

Bueno, tiene dos rasguños por ahí, pero ya están curados, ya ves que el viejón es de muy buena madera.

Gracias a Dios. Mi papá quiere hablar contigo.

¿Viste a Torres?

Sí, y sabe todo, abuelo, por favor, sea más discreto; esos tipos son terribles, tiene que conseguir el rescate a como dé lugar, amenazaron con decapitarlo si no pagamos mañana.

Tengo el comprador que te dije, el vecino, pero sólo da un millón y medio de dólares, y eso sin llevarnos una maceta de recuerdo.

Pues acéptelo, fue muy duro el encuentro con los secuestradores, me dieron la bienvenida a balazos; Torres me sacó.

Eres un pusilánime, deben haber sido cohetes y te asustaste.

Estoy herido de una pierna pero nomás, ya me vio un doctor y puedo caminar con muletas. Abuelo, como te dije, no tengo señal y no me traje el cargador.

Tres días más de plazo, zonzo, no lo olvides; procura que te rebajen lo más posible y escucha, sé que es pedirle peras al olmo, trata de no arruinar las cosas.

No, abuelo, los tipos no quieren esperar; por favor, que mi tío Andrés venda su parte del hospital, ya le pagaremos después, ¿sabe algo de Valeria?

Todavía no.

Buenas noches, abuelo.

Colgamos. Me quedo en mi habitación esperando. Para no ver el teléfono, sigo leyendo.

Arsenia H se movía ágilmente entre el tupido follaje. Si bien al principio le fastidió un poco resguardar el cerro, con los años se había acostumbrado y lo disfrutaba. Podía aparecerse en cualquier árbol de la cima o en la falda, a la orilla del arroyo o en alguna hondonada oscura. Todo a gran velocidad. Podía trasladarse de un sitio a otro como si nada; en cinco o seis segundos recorría cien metros sin que nadie la viera. El gato, que era arrastrado en estos viajes relámpago, vivía en la más absoluta confusión; la mayoría de las veces, su maullido se perdía como un hálito terrífico.

La mujer iba y venía con el gozo que da el poder. Al resto de los habitantes del sitio no le agradaban sus desplantes, sobre todo a las boas, que sabían su historia casi tan detalladamente como ella y vivían aterrorizadas por su presencia. Ese amanecer decidieron enfrentarla en una pequeña hondonada con el fin de poner punto final a su amenaza. Desde luego que no la podían atacar directamente, con esa velocidad sería imposible pillarla y el maldito gato siempre las percibía y soltaba ese maullido espantoso que la mujer comprendía al instante.

Entre la semioscuridad se sentía reconfortada: acariciaba los troncos de los árboles, las florecillas y el follaje que la rodeaban. De pronto escuchó pasos cercanos. Oh. Se quedó quieta. Su ojo rojo resplandeció. Detestaba socializar y menos al amanecer, cuando se encontraba integrada a la naturaleza de aquel cerro sagrado tan importante en su existencia.

Se puso atenta y supo quién andaba por ahí. Su rostro se descompuso; ¿por qué una persona que se ha querido puede convertirse en alguien tan odiado? ¿Qué tiene que hacer a estas horas por este rumbo? Es un malnacido, un inconsciente, un cabrón. Maldita la hora en que me conmovió su melosa ternura y su sonrisa de idiota.

Las boas, que se resguardaban a pocos metros, percibían sus pensamientos. La más gorda, de piel oscura, con una mancha amarilla cercana a la cabeza, se preparó para atacar, no le gustaban los conceptos que recibía; las otras, de color verdoso, la imitaron. La oscuridad de sus pequeños ojos creció. Una bandada voló precavida, los conejos se alejaron, el gato maulló pavorosamente y saltó a un árbol cercano. La chamana, con un pase de manos, congeló la hondonada, zigzagueó ante las boas que se volvieron lentas con el frío, extrajo dos piedras blancas de su ropa y con tiros certeros aplastó las cabezas de las más chicas. La de mancha amarilla, con gran esfuerzo, alcanzó a escapar entre la hojarasca. La mujer le arrojó un tercer proyectil sin estar segura del resultado, llamó al gato que se tardó en bajar y ocho minutos más tarde avanzaba por una vereda cercana a su casa en el cerro de las pústulas, abundante en piedras blancas. A ella nadie la iba a vencer, váyanse enterando.

No entiendo nada de Arsenia H, se mueve como Supermán, tiene una casa misteriosa como Batman, puede hacer llover donde quiera y odia a alguien, ¿por qué mató a las boas?

Dos hombres conversaban al lado de la alberca en Beverly Hills. James durmió toda la mañana y dejó de alucinar. En el horizonte un par de palmeras dividía la tarde.

Es un país increíble, expresó el capitán Zappa del Ejército norteamericano. Hace un siglo nos vendieron la mitad de lo que hoy somos en territorio, ahora mis amigos quieren adquirir la península de Baja California y en San Luis Potosí vive el hombre poderoso que facilitaría ese trámite. Si quieres comprar algunos miles de hectáreas, es tu oportunidad; los mexicanos venden hasta a su madre si encuentran quien se las compre, hizo una mueca que dejó ver sus dientes podridos.

San Luis en lo que estoy leyendo y San Luis en la realidad, ¿qué onda?, ¿significa algo? Ay, güey, a lo mejor es un libro de brujería, ¿lo conocerá mi abuelo?

Tengo veinticuatro mil acres en Inglaterra y me parece suficiente para una tumba sin nombre; sin embargo, me gustaría conocer ese país, dicen que su capital es grandiosa, Alexander von Humboldt la llamó la ciudad de los palacios y André Breton insiste en que México es un país surrealista, algo que yo sueño con frecuencia. Surrealista mis pelotas. Esa ciudad es una gran masa de edificaciones tan antiguas como descascaradas, llena de comunistas que pintan monos en las paredes y delincuentes comunes que trabajan en el gobierno; pero no llegaremos hasta allá. San Luis está a unos mil kilómetros y el hombre que vamos a buscar vive allí, es el que manda: manda ahorcar, manda acribillar o enterrar; pero es un buen tipo, nos hará ese favor. Salud. Qué horror, un asesino con todas sus letras.

El capitán sonrió, su gesto era horrible pero alegre; bebieron hasta el fondo y a poco llenó las copas de nuevo.

Es un hombre de negocios, y todo hombre de negocios maneja riesgos; si mata no lo hace por placer o enfermedad. Te invito porque eres un atorrante, Edward James, quizás allí te vuelvas loco, te coman los tigres o caigas en algún barranco sin fondo: algo ocurrirá. Tu familia tendrá motivos para recordarte feliz, sobre todo tu primo Arthur que no está dispuesto a legarte un cuarto. Con tan buenos deseos no puedo rechazar su tentadora invitación, capitán Zappa; sin embargo, quiero que sepa que México es un país que jamás señalé en mi agenda, aunque cavilé en él un par de veces. Los viajeros no tienen agenda, Edward James; el mapamundi lo llevan tatuado en el cerebro, son fanáticos del movimiento. ¿Conoces la India? Como la palma de mi mano. Entonces no la conoces, nadie ve en su maldita vida la palma de su mano, ni siquiera cuando se rasca. Pero vendrás conmigo a este país que no se deja definir: un día parece civilizado y al siguiente el más violento y salvaje, ya verás, y hay tantos pobres como en la India. La pobreza me deprime. Déjate de tonterías, Edward James, ¿eres inglés o no? ¿Cómo se hicieron amigos mi primo Arthur y usted? El bourbon no repara en clases sociales. Salud, capitán Zappa.

Una semana después, en un Packard negro, cruzaron la frontera por Ciudad Juárez y a los tres días se hallaban en Tamazunchale comiendo carne seca y bebiendo aguardiente. James, que se cuidaba en extremo, percibió una sacudida en su corazón pero no la externó. Fue hasta que el capitán Zappa se desplomó ante una botella vacía que pudo recapacitar. El sitio estaba lleno de orquídeas silvestres de diversos colores y tamaños, y tenía otra cosa, ¿qué? Poco a poco fue cayendo en cuenta de que aquello era una señal, ¿de quién? Imposible saberlo, pero allí había algo que le concernía.

Llamó al propietario del lugar. ¿Cómo es que tiene tantas flores de esas? Ah, es que crecen solas, ni agua necesitan las canijas. Son un poco raras, ¿no? Ah, algo, pero son famosas, se llaman orquídeas, pero aquí no las apreciamos, no les gustan a las mujeres, prefieren las rosas. Las rosas también son bonitas. Ah, pero esas no crecen solas como las orquídeas, hay que cuidarlas todo el tiempo, regarlas y cubrirlas del frío. Veo orquídeas por todas partes. Ah, eso no es nada, tendría que ver cómo se dan en un pueblo cercano; allí hay por todos lados, crecen en los cerros, por racimos, en los caminos, en los árboles, en las paredes. ¿Es lejos? Ah, ahí nomás tras lomita. ¿Cómo se llama el pueblo? Ah, Xilitla.

No manches, ¿es la misma Xilitla en que estoy o hay otra? Está también en San Luis Potosí, qué maniaco, quizá más adelante aparezca una viejita que se convierta en muchacha como en *Aura*; ¿qué clase de libro es este? Dios me ayude mientras llego adonde hay gente.

James sintió un ligero mareo. Se encontraba lejos de su palacio y de sus amigos; sin embargo, no aceptaba ignorar lo que sentía y la memoria era una trampa en la que estaba a punto de irse a pique.

Este paisaje es más mío que del capitán, ¿por qué? No sé; sin embargo, no me dejaré llevar por mis extraños pensamientos, tengo veinticuatro mil acres en West Dean y un millar de zorros. Zappa me pidió que lo acompañara y es lo que estoy haciendo. Cuando regresemos dejará de pensar que soy un vago y todo marchará mejor, seguro se lo contará a mi primo y quizás eso lo convenza para heredarme su fortuna; no obstante, algo me ata a esta tierra, es absurdo pero así lo siento.

Europa estaba devastada. El fin de la segunda guerra instaló un nuevo orden en el mundo. ¿Qué será del arte moderno y de los artistas?, ¿qué pasará con sus amigos? París ya no sería el mismo; cada vez se hablaba más de Nueva York. ¿Y México?, ¿y este lugar recóndito lleno de orquídeas?, ¿pinta en alguna conversación?

Tres días después, mientras el capitán Zappa cumplía dos días tomando whisky de una sola malta con el hombre poderoso y discutiendo el asunto de la venta de Baja California, Edward James contrató a un joven guía llamado Ángel Alvarado que fumaba sin parar, se protegió del frío de noviembre y avanzó por el camino a Xilitla.

A lo largo de veintitantos kilómetros de subir y bajar se dejó empapar por el paisaje; cuando el frío se volvió insoportable, pidió a Ángel que lo envolviera con papel sanitario; no pensó quién era, de dónde venía o por qué hacía esa barbaridad; simplemente siguió los latidos de su corazón.

El paisaje no se crea ni se destruye: se transforma.

En Xilitla lo vieron cruzar la plaza vestido como momia. Unos se extrañaron, otros sonrieron, una mujer de negro que pasaba por ahí sintió un agudo dolor en su ojo izquierdo; tiempo después, despertaría desconcertada a media noche.

Órale, ¿en qué época pasó esto? Qué idiota soy: nunca pasó, es una novela, pero hay nombres reales, al menos tres me son familiares: Beethoven, Mozart y Humboldt. Entonces debe ser un libro de historia, pero no siento como si estuviera leyendo un libro de historia, con el capitán Zappa ahí más bien parece un libro de piratas; ¿entonces? Pues sí, una novela puede tratar de gente que existió y de todos los vicios del mundo.

Por años, la vigilancia del cerro se centró en las boas. Arsenia H no tenía idea de cuántas había aniquilado pero no eran pocas; pequeñas y grandes, gordas y delgadas, corrían la misma suerte. De la misma manera, en cuanto aparecía una orquídea blanca era arrancada de raíz y machacada hasta que se convertía en una pasta verdosa. Debía acabar con ellas a como diese lugar. Muchas plantas, aunque no dieran señales del color de sus flores, igualmente eran exterminadas. ¿Por qué? Su madre no se lo había dicho, pero como bien se sabe, cuando se trata de peligro ninguna explicación es suficiente. Sólo la casta de las cabezas manchadas de amarillo había sobrevivido aunque no en gran número; debían permanecer alertas para salvaguardarse, mientras esperaban la oportunidad de ayudar a que alguna orquídea blanca se desarrollara y fuera la que esperaban: siete veces habían fracasado. Por supuesto que buscaban la manera de acabar con Arsenia H, que se había convertido en una violenta maldición. Era tan rápida, que los esfuerzos por sorprenderla resultaron un completo fracaso.

Entonces Arsenia H es mala, no tiene razones justas para eliminar a las boas. Es como los secuestradores, ¿qué los autoriza para privar de su libertad a las personas? Malditos delincuentes, sólo hacen daño.

Suena el teléfono. Me pongo tenso.

¿Bueno?

Escucho llanto pero no es mi mamá. Ella tiene cierto estilo. Me relajo.

¿Quién habla?

¿Por qué te fuiste?

¿Diana? Qué onda, güey, ¿por qué lloras?

Eres un desvergonzado, Capi, te largaste y me dejaste con tremenda bronca.

¿Cuál bronca?

No te hagas el inocente, güey, bien me dijo don Nacho que eras un irresponsable, un bueno para nada. Aparte no me contestas el celular.

¿Mi abuelo?, ¿de qué hablas?

No me ha bajado, güey, y ya pasaron seis días.

¿Sí? Y yo qué tengo que ver con eso, lo hicimos hace cinco días y dijiste que no habría problemas.

Qué me quieres decir, ¿que soy una ramera?

No, no, pero ¿cómo es eso?, ¿crees que estás embarazada?

No, güey, estoy estreñida, ¡imbécil!

Corta. Debe estar llamando de su celular. ¿Qué pasa, me va a tirar la bronca a mí? Nomás eso me faltaba, lo de mi papá y ahora esto. Necesito aire.

Salgo del hotel, la noche es negra, subo hasta la plaza donde veo gente conversando o comprando comida preparada por señoras morenas que se instalan alrededor, camino hacia el exconvento de San Agustín; necesito pensar, ¿qué le pasa a Diana? Una chava con la que no tengo nada y que prácticamente me agarró borracho; es cierto, fue sin condón, pero ella dijo: Tú no te preocupes. Ahora resulta que soy un monstruo, con razón el Osuna Espinoza me quería matar; cómo me hace falta papá, él me diría qué debo hacer; tengo que acelerar este asunto, este pueblo ya no me está gustando, y luego el libro, ¿no es demasiada coincidencia? Un libro que tomé al azar habla de Xilitla y estoy en Xilitla. Me acerco al edificio, estoy leyendo una placa que dice que fue construido entre 1550 y 1557 cuando escucho una voz agradable:

¿Le gusta la historia?

Es una chica delgada, vestida de azul, su corte de pelo es como el de Lady Di, incluso se le parece un poco. Está detrás de mí a un par de metros.

Hola, un mundo nos vigila y ese mundo es el pasado.

Me mira, sonríe y siento como si me removiera lo que traigo dentro. Es hermosa.

Es razonable, y en ese pasado están los monumentos.

Veo que usted es una conocedora.

No se crea; advierto que usted no es un turista cualquiera, ¿de dónde viene?

De Culiacán, la ciudad donde no se perdona a alguien que no invite a una chica guapa, ¿aceptaría tomar algo en el restaurante de enfrente?

No, muchas gracias, me tengo que ir; buenas noches.

Se despide y se aleja rápidamente. Atraviesa la plaza con andar modosito rumbo a la biblioteca que está en el otro extremo.

Ay, güey, está que nomás tienta.

¿Creen que debí acompañarla? Yo también, si puedo la busco mañana.

En las afueras

Me quedo en una banca hasta que la plaza está casi vacía. Cuando llego al Castillo, Romeo Torres me espera junto a una barda alta, cubierta con una enredadera que protege la fachada del hotel. Se ve que antes era una casa habitación y que no se podía ver hacia adentro.

¿Todo bien?

Estoy desesperado, esos tipos están locos, tenemos que darles tres millones de dólares mañana, ¿de dónde los vamos a sacar? Mi abuelo no encuentra comprador para el rancho y es lo único que tenemos. Mi tío quiere ayudar pero tampoco consigue efectivo. Mi padre iba herido, con este clima, si no se atiende, puede infectarse; don Romeo, me siento acorralado. Quizás esos güeyes maten a mi papá.

Descansa un poco; a las cinco de la mañana te veo en el estacionamiento; vamos a visitar el rancho donde tu padre fue secuestrado.

¿Y si me llaman los secuestradores?

Esperemos que no, ¿te llamaron hoy?

No. Y no estoy seguro si debamos buscar a mi padre. Usted escuchó cómo amenazaron con matarlo y no quiero exponerlo.

Es para hacerle unas preguntas al caporal, nada más.

Ya en mi habitación no puedo dormir. Siento ronchas por todo el cuerpo; quiero a mi padre y voy a hacer lo imposible para que regrese sano y salvo; qué hermosa la chica que me saludó, tiene cuerpo de tentación. Vuelvo al libro, he descubierto que me tranquiliza, quizá ya perdí la única neurona que tenía.

Cuernavaca, situada en el altiplano mexicano, es la ciudad de las buganvilias. Se hallan en calles, monumentos y cloacas. Nacen mientras se lee la Biblia, se contempla un Rolls-Royce o se brinda por la paz del mundo.

Tenían veintiocho minutos reunidos. Cornelio Bojórquez escuchaba a Edward James: Necesito un administrador y eres la mejor opción entre sesenta y seis aspirantes, no puedo confiar en cualquiera; hablé con tu jefe y no tiene inconveniente en dejarte ir.

El joven permaneció en silencio. No le gustaba abandonar empleos y menos ese en Telégrafos Nacionales que le garantizaba una pensión y servicios médicos por el resto de su vida. Era orgulloso, fuerte y desconfiado. James frisaba los cincuenta y no podía explicar con facilidad cómo había llegado allí sin que los demás hicieran preguntas como: ¿Crees que valga la pena?, ¿estás convencido de querer invertir ese dinero en ese lugar inhóspito?, ¿seguro que no hay caníbales?

Necesito pensarlo, don Eduardo.

Sus ojos negros penetraron el rostro impertérrito del inglés que lucía barba de candado y las tenía todas consigo. Se encontraban en el bar del hotel Diligencias bebiendo escocés con hielo. Había escuchado su proyecto pero no le entusiasmó, ¿qué hacía él sembrando flores en un cerro? Por un momento se entretuvo en los pliegues del cortinaje que colgaba detrás de Edward James; nació en un lugar donde lo que se cultivaba era para consumo humano, ¿qué es eso de sembrar para los floreros?

Es razonable, tienes de aquí a mañana, salimos a las once en punto según el meridiano de Greenwich. Debes llegar antes para que te encargues de los detalles.

Edward se puso de pie y se encaminó a su habitación. Cornelio Bojórquez, un norteño de recio carácter y mirada profunda, se marchó a su casa en un barrio cercano. Lo había decidido: nada tenía que hacer en la Huasteca potosina cuidando el dinero de un chiflado, además, ¿qué sabía él de orquídeas? Era hombre del desierto, donde mantener la boca cerrada era la mejor virtud. ¿Qué le importaba a él que los europeos se impactaran con la belleza de las flores? Nada, tampoco era cobarde, era de sangre caliente pero amaba la estabilidad. El mundo es claro u oscuro: no hay más, y eso lo sabía desde niño.

En la madrugada despertó sudoroso. Soñó que su tata señalaba una lejanía azul que se acercaba lentamente hasta volverse verde. Estoy frente a una montaña de tinta verdosa que se me viene encima, hay mucha luz, veo cómo derriba rocas enormes, postes telegráficos y no se puede nadar ni gritar; estoy rodeado de esa cosa verde que no me ahoga pero crece incesantemente; estoy solo, abandonado; a punto de perder la esperanza, busco detrás del líquido viscoso en el horizonte y despierto.

Se puso de pie, bebió agua y salió al patio rodeado de buganvilias en flor a despabilarse. Enrique Serna, su vecino que de vez en cuando padecía insomnio, observaba el cielo más o menos despejado, tomaba apuntes, quizás imaginaba la luna, el color de Marte o el sombrero de *El Principito* que acababa de leer en francés.

¿Eres del club? Acabo de tener un sueño verde. Yo soñé una mujer hermosa y perversa como pocas. Cásate con ella. Mejor te la presento; dicen que es de buen augurio soñar colores, debes traer algo grande entre manos, amigo. Anoche me ofrecieron un trabajo muy extraño, ¿te gustan las orquídeas? Una vez le regalé una a mi madre: me gasté una fortuna. Yo jamás las he visto; este tipo que me ofrece el empleo, dice que sembraremos miles en un cerro de Xilitla, un pueblo perdido de San Luis Potosí, y yo de agricultura no tengo idea.

No entiendo esta novela. Está muy clara pero no la entiendo. Es más de medianoche, será mejor que duerma un poco; ojalá sueñe con Iveth.

Son las cuatro cuarenta y no estoy seguro de que debamos ir al rancho Durango; aun así ya me bañé, me puse ropa limpia y espero. En cuanto termine esto me voy a atrever: Iveth, ¿quieres ser mi novia? No quiero pensar en Diana, maldita bruja, me la hizo de clamor; aquí la que me puede ayudar es Valeria pero quién sabe hasta cuándo la vea. ¿Quién le daría el número del hotel a Diana? Claro, mi abuelo Nacho; es feliz creándome problemas. Lo bueno es que el celular no funciona, quizá ya se descargó completamente. Voy a ver qué pasa con Cornelio Bojórquez, tengo unos minutos.

¿Qué te gustaría hacer en la vida? No sé, tampoco me apasiona el tic tic tac de la clave Morse, quizá recorrer el mundo, tomar fotos, encontrar una mujer delgada y tener familia. Pues acepta, tal vez esa sea la puerta que debas abrir; ya me enteraré de qué fue de ti; no olvides que la mitad de nuestras decisiones son injustificadas y no es nada fácil mantener nuestra inseguridad.

Tengo una playera en mi mochila que dice que la vida es una clase de decisiones. Sigo leyendo.

No es tan sencillo, me gusta sentirme a salvo, y también esta ciudad y sus calles empinadas, ¿y a ti? ¿A mí qué? ¿Qué te despertó? Ya te dije, una mujer difícil y controladora; la voy a casar con el dictador Antonio López de Santa Anna para que lo acompañe cuando le haga homenajes a la pierna que tiene enterrada en el Panteón Central; oye, ¿cómo era ese sueño verde, había zanahorias azules y pájaros de cristal? Mi abuelo, tranquilo, camina sobre el líquido como si nada, en cambio yo siempre estoy a punto de ahogarme. Neruda escribía con tinta verde que conseguía de un pulpo amaestrado que crio en su casa de Isla Negra. Una cosa es escribir y otra, nadar. Claro, y otra esta maldita luna blanca que me impide concentrarme. Debo tener un capítulo para mañana y estoy atorado. Deberías amaestrar un pulpo. No es mala idea, sólo que acá estamos lejos del mar. Tendría que alimentarlo con buganvilias y me daría tinta roja, que no me gusta ni tantito. O amarilla, no olvides que es la ciudad de la eterna primavera. Y del eterno mezcal.

A las diez treinta, Bojórquez esperaba en el lobby del Diligencias con una pequeña maleta. Al verlo, Edward James suavizó la mirada. ¿Qué sería de aquel sofá que concibió Dalí siguiendo la forma de los labios de Mae West para la expo surrealista de Londres? Apuesto mi cabeza a que Mae continúa escandalizando a los puritanos: *¿Tienes una pistola en el bolsillo o es que te alegras de verme?* Es única: *Cuando soy buena, soy buena; cuando soy mala, soy mejor.* Le mandaré una caja con las primeras orquídeas: le encantarán.

Haz que metan mi equipaje en el coche y liquida el hotel.

Le pasó una bolsa de cuero con efectivo.

Tomaré un bocadillo con champán antes de partir; ¿has leído a Julio Verne? No. Deberías, es la mejor lección de que la vida está en otra parte. Bojórquez, que era siete años menor que James, hizo todo sin preguntar. Ah, compra papel sanitario, todo el que encuentres, y una caja de escocés; es difícil conquistar al mundo sin ciertas cosas.

Exactamente, ¿qué significa conquistar el mundo? Mmm, creo que los secuestradores se largaron en un Tsuru, espero que no haya sido el mío. Qué mala onda lo de Diana, ¿no? Mi papá, pobre, ¿cómo se vende un rancho ganadero? Tenemos que pagar a esos güeyes hoy, ¿de dónde va a salir el dinero, cómo me lo van a traer? Todos saben que para vender así hay que rematar; la herida del viejón debe estar peor, ojalá resista. Esa morra quería embarazarse y lo consiguió: lástima que me llevó entre las patas.

Tres boas que consiguieron crecer y engordar refugiándose en los límites del cerro esperaban que la chamana cometiera un error. Esa madrugada apareció bastante circunspecta y decidieron acabar con ella de una vez. El gato dormitaba. La de la mancha amarilla mandó señales de que nadie se moviera. Arsenia H apareció a la hora de siempre y recorrió el sitio velozmente, revisando que no hubiera boas ni orquídeas. Trituró dos boas pequeñas y una orquídea rosada que apenas estaba naciendo. Había escuchado que la viuda del coronel Castillo había rematado el cerro pero no lo creyó, ¿quién se atrevería a comprar un cerro tan feo que no servía para nada? Nadie, ¿acaso ese sentimiento de extrañeza que no la abandonaba tenía que ver con eso?, ese varón que entró al pueblo guiado por Ángel Alvarado y envuelto con papel sanitario, ¿estaría relacionado con la carcoma que le alteraba el sueño? Su ojo se volvió rojizo cuando lo vio en la plaza. El gato saltó a un tronco alto y ella se sentó a meditar. Es lo que las boas esperaron durante años. Dos le cayeron en los muslos y la de amarillo fue a la cara para derribarla. En un instante, Arsenia H se libró del ataque con un movimiento y un grito, pero no tuvo tiempo de responder porque los ofidios advirtiendo sus debilidades huyeron de inmediato. Envió una onda fría, paseó por el terreno y nada descubrió. El gato la observó con ojos asustados, lo tomó y se esfumaron del lugar.

En los límites del cerro, las boas se reponían del susto.

Son más malas las boas que Arsenia H, a poco no. ¿Qué haría yo si me atacaran unos reptiles? Ay, güey, saldría corriendo. A ver, sigo con Edward James.

1929. Octubre. Edward James, de veintidós años, arribó a Nueva York. Durante la travesía pudo ver tiburones, pulpos, manatíes y extrañas especies que lo llevaron del asombro al terror. Realmente el mar es una olla de monstruos, reflexionó. Un sitio desconocido por los humanos; quizá por eso prefería pasar las noches en el bar del navío, conversando con ladrones, alfareros y una mujer misteriosa que jamás se levantó el velo de la cara. Una noche en cubierta dos hombres intentaron alzarle, no el velo, sí la falda, por la fuerza, pero James, que lo advirtió a tiempo los llamó al orden. Los tipos se alejaron refunfuñando, la mujer se acercó a su salvador para darle las gracias. No sé cómo agradecerle. No es nada. ¿Quiere ver mi rostro? No, me parece más interesante el velo. Ella emitió una leve risa y se marchó a su camarote pensando que hay varias clases de idiotas y que había topado con la peor. Al siguiente día, Edward James pudo apreciar la estatua de la Libertad al amanecer. La chica del velo, sin él, apareció a su lado. Soy Tilly Losch, *ballerina*, en Londres sabrá encontrarme, expresó con sensualidad y se escabulló rumbo a los camarotes.

Veinticinco horas después Wall Street se declaraba en quiebra, el inglés y su primo Arthur Curtis James recorrieron algunas avenidas y fueron testigos de cómo los hombres se lanzaban de altas ventanas y morían despanzurrados. Era una danza macabra porque muchas veces, en una cuadra, James tuvo la impresión de que todos se tiraban al mismo tiempo. Los veía volar y dar el trastazo. Vomitó dos veces y pidió a su primo que se refugiaran en la mansión donde lo había recibido. Caminaron entre cuerpos destrozados manchándose ropa y zapatos hasta llegar a Central Park, donde menudeaban los disparos de hombres que se suicidaban y quedaban entre los árboles o por las numerosas veredas y puentecitos. El primo observaba fascinado; varias veces reconoció a los muertos y hasta llegó a contar anécdotas chuscas, incluso tres casos en que les debía fuertes cantidades, que desde luego ya no tendría que pagar. Edward le exigió que lo sacara de allí, argumentó que ese espectáculo era demasiado doloroso para él. Arthur consintió, lo llevó a su domicilio y le pidió que se repusiera porque esa noche irían al teatro; tenía entradas y no estaba dispuesto a perderlas.

En casa, James acabó con el papel sanitario, se limpiaba la cara, las manos, la ropa. El primo, sorprendido, le hizo dos preguntas: ¿Por qué? No soporto la porquería, y cuando yo mismo me convierto en parte de ella estoy a punto del colapso. ¿Comprarás lo que has utilizado? Desde luego. Me recuerdas a mi amigo Tom Zappa, un día se bebió todo mi bourbon, quedó de reponerlo y aún lo espero. Ya verás que no soy igual.

Por la noche vieron *Hamlet* en un teatro a reventar; penetrante puesta, claro, después de la función al menos una docena de asistentes se quitó la vida en los pasillos y ocho en el baño. Arthur se detuvo ante uno de los cuerpos y lo señaló. Por si lo quieres saber, con lo que no le pagaré al señor Gandolfini viviré el resto de mi vida.

Dos días después, mientras disfrutaban *El lago de los cisnes* en el Carnegie Hall, Edward James recordó a Tilly Losch, la mujer del barco, y vibró de manera inesperada. ¿Qué pasó? Cuando esté en Londres la buscaré. ¿Por qué sonríes? Arthur se hallaba extrañado. De nada. Este musical es el peor que he visto en mi vida, es patético, por eso tu sonrisa se nota. ¿Musical? Es un ballet clásico, primo, y de los más famosos. Seguro recordaste algo, ¿hace mucho que ocurrió? Digamos que apenas va a pasar. ¿No ha ocurrido y lo recuerdas? Estás chiflado. ¿Te parece? Es absurdo. Más bien es surrealista.

Cuando la obra concluyó, todos en su fila estaban muertos.

Rancho Durango

La carretera es de curvas entre cerros pero el Tsuru responde bien. Todo el tiempo vamos callados. Una hora más tarde, siguiendo la costumbre de papá, lleno el tanque de gasolina. Amanece. A los quince minutos Romeo Torres me indica tomar un camino a la derecha. Es de terracería, entre el monte, y poco a poco se vuelve más angosto e intransitable. Media hora después encontramos una casa en ruinas: es el rancho Durango. Bajamos del auto y lo contemplamos con cara de idiotas. Siento un vacío en el estómago. Tengo ronchas en el cuello y me escurren lágrimas. Romeo Torres me mira pero no dice nada. El sol me da en la cara.

¿Esto indica que lo engañaron?

Le pusieron una trampa. Lo más seguro es que no lo secuestraron aquí, ¿traes el teléfono del caporal?

Lo tengo.

Pues vas a llamarle de nuevo. Si te contesta le vas a mentar la madre, le vas a decir de lo que se va a morir.

¿Eso me aconseja?

Hazle ver que estás muy encabronado.

Por no dejar busco indicios en las ruinas que, por lo que se ve, fueron abandonadas hace mucho.

¿Qué hubiera hecho Valeria? El viejo no habla durante el regreso, sólo emite, de vez en cuando, sonidos raros. Veo una gran roca que sobresale en un cerro que me llama la atención.

¿Eso es natural?

La Silleta, es el símbolo del pueblo.

Lo invito a desayunar pero no acepta. Marco el número del caporal y no responde; claro, si no existe el rancho no tiene por qué existir el caporal. En la administración me dicen que nadie ha llamado. Me como dos panes y un jugo de naranja. En mi habitación espero al lado del teléfono. A mediodía Carmen me atiende bien, me pregunta si encontré el Huanacaxtle, le digo que sí y que ahora estoy más enamorado que nunca. Ordeno sopa de tortilla y cecina asada. En una mesa al fondo, junto a los sillones, no lo puedo creer, está Lady Di, la chica que me habló en la noche, seguro se hospeda aquí, come una ensalada y lee un libro impreso: no manches, veo en la portada con letras grandes *El misterio de la orquídea Calavera*. Qué emoción. Resisto la tentación de sentarme con ella pero me gusta que lea lo mismo que yo, así tendremos de qué platicar, debe tener una idea de todas esas preguntas raras de Edward James de cuando se creía que la Tierra era plana; además se ve preciosa de costado, muy concentrada, tanto que casi termino de comer y ella apenas ha tocado su plato. En mi cuarto veo la primera página y sólo trae el título, ¿quién es el autor? Me entra la curiosidad. Regreso al restaurante con el libro, quiero compararlo, ojalá sean diferentes. La muchacha no está. Llamo a la mesera que acude disculpándose.

Perdón, creí que había terminado.

¿Y la joven que estaba allí?

No sé, y no puedo darle el nombre de su habitación, jamás interferimos en la vida de los huéspedes.

Pues sí, tiene razón, le doy las gracias y me encamino a la Don Eduardo, me vuelvo para preguntarle:

¿Entonces no ha escuchado que me busquen?

No, he estado toda la mañana atendiendo el teléfono. Como dice la señora Gaby, aquí los clientes son prioridad.

La veo muy segura y regreso a esperar la llamada de los malandrines. Mientras, leo. También espero noticias del abuelo.

El carro marchaba despacio. Xilitla era un pueblo con personalidad que Edward James notó en el primer momento porque surgió ante él La Silleta, una punta de montaña como espolón que es el símbolo del lugar. Pasmado recordó: muy similar a la imagen que vi en la esfera del comedor de mi casa. ¿Cuántos años han trascurrido? Quizá veinte, ¿cuántos caminos recorridos? Innumerables, ¿por qué no la vio en su primer viaje? Porque llegó al anochecer y regresó en taxi a Tamazunchale y todo fue muy rápido. Cómodamente instalado en el asiento posterior del carro, no pudo reflexionar, también allí sobresalían las palabras del sueño con su ingenuidad y embeleso: Xilitla, Apetzco, Huasteca. ¿Alguien sabe realmente cuántos son los secretos de la vida? No cabe duda de que los sueños tienen un lugar en ese entramado, pero también las alucinaciones.

¿Se siente bien?

Bojórquez le acercó la botella de escocés que él rechazó. Quería soportar el éxtasis, experimentar que nada es ajeno, que las visiones son la vida pasada, presente y futura, que los sueños son más reales que la realidad. «La luna se entierra entre los picos occidentales, como una estrecha hoja de plata en mi corazón», escribió rápidamente en una libreta de notas. Aldous Huxley tiene razón: no dejemos que las novedades acaben con nosotros aunque sean una tentación. Cómo se divertía Dalí con aquel traje de buzo que le quedaba perfecto, ¿por qué Leonora no quiso los doscientos dólares? Nadie la conoce y sólo quería ayudarla para el asunto del bebé; al que no vuelvo a apoyar es a George Balanchine, no es que su trabajo no valga, es un genio, pero me recuerda los peores momentos de mi vida; tal vez mi primo Arthur tenía razón, quizá no tanta para no imitar a mi tío Frank y dejarme su cuantiosa fortuna, ¿acaso necesitaba morir como él, perseguido por leones en África? Qué fatalidad. En tu familia puede estar tu peor enemigo.

Pregúntenme a mí que a diario bailo con la más fea.

Estoy perfectamente.

Murmuró, pero continuó en silencio, prendido de una pizca de nicotina y del paisaje que se cimbraba ante él. En una esquina, unos músicos locales tocaban un son y supo que el mundo no esconde tantas sorpresas, simplemente la vida es corta y uno siempre está en vilo. Pensaba que había comprado una ladera con un arroyo en medio, pero no, lo que había adquirido era un misterio. Debes conocer a Sigmund Freud, le propuso Salvador Dalí, vamos, debes contarle todas esas alucinaciones baratas que no puedes convertir en poemas porque eres un romántico trasnochado; Federico García Lorca no te lo dijo porque es un ser perfecto, incapaz de una expresión fuera de lugar, pero yo soy el padre de todos los demonios, los he encerrado en la vagina de Gala para que le hagan cosquillas y sus mejillas no pierdan jamás su color rosado.

Bojórquez, sentado en el asiento del copiloto, observó el paisaje y le agradó. Nublado, húmedo, sin lejanía. Los hombres del desierto jamás desdeñan el verdor que pueden tocar, si lo hacen se exponen a una maldición. Los cactus son otra cosa. Recordó la mano de su tata señalando la distancia azul y el océano verde que le sobrevino. Cerró la botella, bajó del auto y ordenó al chofer que continuara hasta el hotel. Él llegaría caminando para conocer el pueblo, eso dijo; lo que realmente quería fijar era el rostro de una quinceañera con falda floreada que lo escrutaba desde la puerta del restaurante Potosí. Su pelo negro brillaba, resaltando la orquídea que adornaba su peinado.

Apenas había saludado a la muchacha cuando divisó el automóvil detenido en plena calle y a Edward James que contemplaba una llanta con los brazos en jarras. Las cuatro estaban desinfladas.

¿Qué pasó? Lo mismo quisiera saber, estamos llegando y ocurre este portento, ¿es tanta nuestra buena suerte?

Bojórquez reparó en la superficie de piedra fina, quizá podría ponchar una pero ¿las cuatro? Rodeó el carro y le pareció que tras una esquina atisbaba una mirada rojiza. Se volvió rápidamente pero nada distinguió. Sólo el viento removió la hojarasca. Edward James continuaba observando el neumático, atónito. El chofer hastiado. Una lluvia menuda invadió la calle.

Caminemos, el hotel no debe estar lejos. Cuida que arreglen esas llantas.

Ordenó Cornelio al chofer, un hombre gordo de bigote espeso, y cargó una de las maletas del inglés, que lo siguió desconcertado, aunque en el fondo le fascinaba que ocurrieran cosas que eran difíciles de explicar.

¿Es esto posible? En México todo es posible. ¿Por eso es un país surrealista?; lo dijo André Breton, un francés cara de mono. No lo sé, lo que sí, es que estoy cargando su maleta cuando podría estar en Cuernavaca bebiendo una cerveza fría, tranquilo, viendo pasar a las muchachas en flor, lejos de esta llovizna fastidiosa.

El hotel se llamaba El Castillo.

¡No manches, se hospedaron aquí! Qué raro es esto, no digan que no.

Dos niveles de habitaciones sencillas, pasillos húmedos cargados de musgo, macetas con plantas de hojas grandes, helechos, y un patio central presidido por un árbol de moras con algunas orquídeas en sus ramas.

Bueno, parece que no es el mismo. Estoy en el segundo nivel con una vista espectacular; casi tanto como el cuerpo de Diana, que lo que sea de cada quien, aguanta un piano; lástima que sea tan tramposa; aunque con ese guardián que se carga, su vida debe ser una aventura.

El mestizo observó detenidamente las flores y le gustaron. James se detuvo unos minutos tratando de descubrir la especie, el capricho de sus formas únicas, el color. Eran hermosas, diferentes entre sí y a los europeos les encantaban; qué sorpresa se llevarían al enterarse de quién era el productor de la flor que lucía su mujer; ¿sería viable cultivar algunas en West Dean? Imposible, el clima no lo permite; sus amigos tendrían que visitarlo, Magritte seguramente enloquecería ante esa roca en forma de aguja y Luis Buñuel se extraviaría en el follaje. Par de locos. Dalí, no sé, toda extravagancia tiene sus límites y él no los conoce. A Leonora le faltarán ojos para tanta belleza.

Renta todo el hotel.

Bojórquez tenía al administrador frente a él, un tipo grueso, sudoroso, vestido de blanco.

Ya escuchó al jefe.

El hombre lo miró sorprendido, incrédulo, y se limpió el sudor con un pañuelo igualmente blanco. Bigote grueso, cara redonda.

¿Para ustedes dos?

Bojórquez afirmó con un movimiento de cabeza. Edward James descubrió nuevos ejemplares de orquídeas en un árbol pequeño y allá fue. Transpiraba, su piel se veía roja.

No puedo, son dieciocho. ¿Por qué motivo? ¿Y después qué rento?

Bojórquez no sonrío, dos veces había topado con ese concepto en otros sitios y le parecía respetable.

Entonces que sean las del primer nivel.

El hombre se relajó y emitió una leve sonrisa, aliviado.

Eso sí se puede.

Eran habitaciones pequeñas, pintadas de colores claros, que a James le gustaron. Se ocupó de su aseo personal por una hora y después fueron a cenar al restaurante de la quinceañera. Cornelio ordenó enchiladas potosinas, Edward las probó pero prefirió un filete de carne roja, casi cruda, ya se atrevería con otros sabores; Rafaela, la muchacha, le simpatizó con sólo saludarla, poseía un aire principesco que la hacía especial y le pareció que así se desplazaba. El mestizo sonreía, se veía completo bajo la lámpara de petróleo que alumbraba su mesa.

Antes de regresar rodearon el exconvento de los agustinos, una mole oscura frente a la plaza principal donde en el día se instalaba el mercado y por la noche era una boca de lobo.

Es verdad. Y el maldito caporal que jamás responde. Tenemos que apurarnos, mi papá está herido y puede infectarse. Si me atreviera, le mandaría un mensaje a Iveth, pero no, me da miedo; además mi celular no funciona.

¿A qué hora llamarán esos desgraciados? Son las tres de la tarde.

James se animó, expuso algunos conceptos de arquitectura medieval y se prometió que lo visitaría de día. Esas construcciones por la noche se esconden de sí mismas; igualmente recordó la tarde en que entró cubierto de papel sanitario acompañado de su joven guía. Caminaban tranquilos rumbo al hotel, el inglés rememorando amigos y proyectos, cuando empezó una lluvia de guijarros negros.

¿Qué es esto?: ¿granizo? ¡Son piedras, muévase, don Eduardo!

Se refugiaron bajo la cornisa de lámina de una ferretería. El ruido de metralla de la lluvia duró apenas un minuto y sólo había caído en unos cuantos metros cuadrados.

¿Con quién tiene pendientes, don Eduardo? Porque esto no es normal.

Recordó a Tilly Losch pero ella no podría estar allí, el mundo del ballet la absorbía y era excesivamente glamorosa: le habría lanzado huevos fritos o algo así; además, en su momento, se habían ofendido lo suficiente. ¿Su majestad, la joven Isabel? Tampoco, se hallaba en un intenso aprendizaje sobre maniobras políticas y económicas y quizás ignoraba su existencia. ¿Entonces? En este pueblo hay algo o alguien en mi contra y no voy a permitir que me afecte. No. Produciremos orquídeas para llenar el viejo continente, pero ¿por qué lanzarme pedruscos?, ¿son las piedras que flotaban en mi comedor?

Espero que lo sepamos pronto.

Continuaron. Cornelio recogió un par de guijarros negros y se los guardó en el bolsillo del pantalón, ¿qué mensaje era ese?, ¿subiría de tono?, ¿a quién estaban perturbando? Ya lo sabría.

Un potente maullido escalofrió la noche.

Órale. ¿Por qué no llamarán esos güeyes? Le marco al abuelo: tono ocupado. Del celular tomo el número de Valeria y nada. Estoy harto; la verdad es que no tenemos dinero y no lo tendremos en varios días. Pienso que si no respondo no matarán al viejón. Pido a Carmen que si me buscan diga que fui a la farmacia y me largo a la plaza. Creo que el carro en que huyeron es un Tsuru, el ruido del motor es igual al mío. En este hotel siempre está cerrada la puerta de la calle, pero dan una llave a cada huésped. Abro y subo la cuesta. Si Lady Di aparece la invito a que me acompañe; compro un vaso de fruta picada y paseo frente a las tiendas llenas de gente comprando. Veo las caras, trato de descubrir a los secuestradores; por las voces adivino que son jóvenes, la de uno de ellos suena delgada, como la de un niño. Compro una nieve de guanábana. Se me acerca el muchacho de la boa, es como de mi edad, trae su mascota en los hombros.

¿Me invitas una?

Ya rugiste.

Le pago al nevero y le da una de vainilla.

¿Estás de vacaciones?

Se puede decir; oye, güey, está bien machín tu mascota, ¿está dormida?

No, se mantiene quieta porque le das buena espina; no quieras saber cómo se porta con los que le caen mal; ¿se te antoja cargarla?

Siento un escalofrío en todo el cuerpo y una ligera comezón en la espalda.

Mejor después. ¿Vives aquí?

Vivo con mi mamá, trabaja de mesera en el restaurante del hotel El Castillo.

Creo que la conozco; El Castillo es un hotel famoso, sale en una novela que estoy leyendo.

No les faltan los huéspedes, muchos de ellos vienen siguiendo las huellas de Edward James, el inglés que construyó Las Pozas. ¿Ya fuiste a ver los monumentos?

No, ¿eso que se ve del camino lo construyó Edward James? Creí que había sembrado orquídeas.

Pues no, güey, ¿quieres que te lleve?

¿No trabajas?

Sí, pero hasta la noche. Me dicen Balam.

A mí el Capi.

Caminamos una media hora por donde fui en taxi. Me cuenta que quiere ser ingeniero de caminos, que va a entrar al Tecnológico de San Luis y que este verano trabajará duro para no darle tanta lata a su madre. Le digo que voy a estudiar negocios porque quiero ser un hombre rico.

Yo también, ¿con cuánto dinero se es rico?

Con varios millones.

¿Unos diez millones de pesos?

Más o menos.

Quedo pensativo.

Con esa cantidad también se puede ser pobre.

¿Sí? No entiendo, güey.

Yo tampoco.

Sonreímos.

¿Me ayudas con la boa? Le caes bien; sólo déjala estar en tus hombros.

No queda de otra. Puedo sentir su peso, su piel rasposa; me arrugo porque no se trata de cargar a un lindo gatito.

Creí que su piel era suave.

Está rasposa porque pronto la cambiará. La nueva será suave.

Trato de caminar tranquilo. Es pesada y va muy quitada de la pena sobre mis hombros.

Llegamos, güey, entremos rápido ahora que no hay gente.

Creo que debemos pagar, güey.

No esta vez, si te dicen algo diles que vienes conmigo.

Balam recoge la boa de mis hombros. Veo entre la selva construcciones de concreto que no entiendo. Escaleras, gruesas columnas, flores, víboras de concreto, dos manos, bambúes, arcos; los arcos se parecen a los de mi ventana en el hotel. Por cierto, en cuanto entramos, la boa se mete al follaje. Tengo una sensación nueva, no es comezón o ronchas, es algo, como una emoción que quizá nunca he sentido, qué maniaco. Vamos callados. Mi compañero me observa y me guía. La selva es tupida y no encontramos visitantes; sólo un trabajador limpia un sendero empinado de piedra. Una hora después abandonamos la exploración y llegamos a un arroyo de agua un poco sucia por la lluvia. Balam se echa con todo y ropa y lo sigo. El agua es fresca y en cierto momento ves la luz flotar. En una estructura que mi amigo llama Los Pericos, veo una chica de blanco que sonríe; es la de la otra noche, estoy seguro, ¿qué onda con ella? Me zambullo y cuando saco la cabeza ya no está. Nos bañamos por un rato. Volvemos al camino. Antes de salir mi compañero sisea, esperamos unos minutos hasta que llega su boa, que parece relajada. Él la pone en sus hombros. Antes de separarnos en el pueblo nos echamos unas enchiladas potosinas, que son realmente sabrosas.

He visto una chava de blanco dos veces en Las Pozas, es morena, delgada y como tenebrosa. ¿La conoces, güey?

¿La viste en la tarde?

Sí, en Los Pericos.

No tengo idea, si la vuelves a ver me dices, güey, a lo mejor ya ligaste.

Ya en el hotel me vuelve la tristeza. De los secuestradores ni sus luces. Debería avisar a la policía, quizá podrían ayudarme. Mejor no, no creo que tengan un cuerpo antisecuestros como en otras partes. Enciendo mi celular y lo mismo: nada; voy a buscar una tienda donde vendan cargadores para teléfonos. ¿Cómo estará mi papá? Pinches malandrines. Mejor abro el libro.

Nunca había visitado el cerro antes de la medianoche pero esta vez algo la aguijoneó. Arsenia H, la mujer de cuerpo de estela y cabello brillante, giró por el lugar aceleradamente, con los ojos muy abiertos, hasta que estuvo segura de que no había enemigas a la vista. Los habitantes, salvo las boas, no la detectaron; incluso el gato volaba adormilado con su ama. Los demás reposaban en sus madrigueras; dos escarabajos pernoctaban junto a su carga pero se hallaban tan fatigados que nada oyeron. Oscuro. Si bien no comprendía lo que se avecinaba, no estaba dispuesta a que la sorprendieran. Su ojo enrojecía el entorno con suavidad. Las boas, que se acercaban dispuestas a dar pelea, se detuvieron, se miraron entre sí. Esa señal no les gustaba. La verdad es que la mujer tampoco sabía el significado, pensó que era un instrumento de poder y le dio la bienvenida pero no sabía con claridad cómo ejercerlo.

El hombre de sus sueños había llegado al pueblo y ella continuaba sin saber cómo enfrentarlo. ¿Debía sacarle el corazón y ofrecerlo a los dioses? Lo había visto cruzar en su carro acompañado por un mestizo. Por la noche lo olisqueó en la distancia y le preocupó que no le desagradara. ¿Qué debo hacer? Musitó mientras se movía rapidísimo entre la oscuridad de las plantas, rota por el leve resplandor de su ojo. ¿Cómo lo encaro? Las boas permanecieron a la expectativa. Ilumínenme dioses, señálenme el camino. Se detuvo un minuto para reflexionar pero no resistió y continuó moviéndose en todas direcciones. Todo se calmó cuando unos briagos se acercaron cantando una tonada ranchera. La mujer desapareció sin que el gato maullara, las boas volvieron a su madriguera en los límites del cerro y los demás despertaron, los escarabajos se movieron un poco. De un árbol cercano al camino, una bandada de palomas levantó el vuelo. Los hombres las apedrearon e increparon. Luego cayeron en el agua fría del arroyo y lamentaron que se les bajara la borrachera. Ni que nos hubiera salido tan barata. No vuelvo a tomar de ese aguardiente chafa. Te dije que estaba rebajado. Conozco un lugar donde al aguardiente lo rebajan con aguardiente. Vamos.

En su casa, al lado de la puerta, Arsenia H, rostro pétreo, mirada negra, bebía café. El gato dormitaba. El resplandor de su ojo había desaparecido. Reconoció el aroma de un hombre que transitaba por el camino real; aunque sabía que no se acercaría, cerró la puerta y se preguntó si era necesaria esa reacción. Miau. Sintió de nuevo ansiedad, ¿qué le esperaba? Y se prometió no distraerse en su próximo encuentro con las boas.

Qué personaje tan raro esta güey. Parece una bruja bonita, como Xiomara. Diana no ha telefoneado, ¿debería marcarle? No tengo por qué; de verdad no creo tener vela en ese entierro, esa morra se mete con todos, es popular por eso. Necesito a mi hermana, estoy seguro de que Valeria sabe lo que debo hacer, ¿por qué no llamará? Mi papá es fuerte, pero con esto yo creo que cualquiera se quiebra.

Era media mañana cuando salieron del pueblo rumbo al arroyo de La Conchita donde después estarían las albercas. Bojórquez marchaba al lado de Edward James que había dormido mal y sin embargo estaba de buen humor. El mestizo, prudente, observaba la vereda por la que Ángel Alvarado, que conocía al inglés desde antes y pidió al administrador del hotel que lo recomendara, los guiaba fumando su inseparable cigarrillo de hoja. Era delgado, de mirada cetrina, en sus veinte años apenas. James se despojó del chaleco y se desabrochó la camisa, su piel blanca se había vuelto roja por el calor. Sendero serpenteante entre árboles y plantas trepadoras. Cuarenta minutos después se hallaban al lado de un torrente de agua cristalina que descendía de la montaña. En las riberas, en troncos vivos y muertos, en hojarascas podridas, en la tierra, crecían diversas florecillas y hierbas, ¿y las orquídeas? A Edward James se le retorcieron las tripas pero resistió.

¿Seguro que es aquí? Este es el cerro de la viuda del coronel Castillo.

Respondió Ángel Alvarado, echando un poco de humo.

Cornelio observó el entorno y luego a sus compañeros.

No me importa, haremos un Jardín del Edén.

Expresó Edward Frank Willis James, nacido en Escocia en 1907, probable nieto de la reina Victoria de Inglaterra, francamente irritado. El mestizo sonrió ligeramente, pensó para sí que había caído en un garlito. ¿Este cerro es la propiedad del señor?, ¿para administrar este hierbero lo había traído? Qué flojera.

James, por el contrario, manifestó un leve entusiasmo trepando por la orilla del arroyo, acariciando algunas de las flores silvestres y espantándose los insectos. Recordó que años atrás había visto algunas orquídeas en aquel restaurante de Tamazunchale, que transitó por veredas infestas hasta Xilitla adonde arribó al anochecer envuelto en papel sanitario ante la sonrisa de la gente, también que había comprado la loma a la viuda del coronel Castillo sin ver el lugar, creyendo que estaba lleno de orquídeas; evidentemente, si había orquídeas, no era en ese cerro. Se lanzó al agua donde permaneció por horas mientras el administrador reconocía la propiedad siguiendo a Alvarado por caminos insospechados.

Ayer se desinflaron las llantas de nuestro carro y no tenían nada; por la noche nos llovieron guijarros durante un par de minutos, ¿eso pasa acá con frecuencia?

Ángel soltó una bocanada azul, usaba sombrero de hilo de ala ancha, y nada respondió. Bojórquez esperó unos minutos, había crecido con hombres de pocas palabras y sabía cómo se las gastaban. Una respuesta podía tardar días.

Entiendo, alguien no quiere nuestra presencia.

En la orilla del arroyo, James avistaba el cielo profundo, y sostenía un par de hojas lanceoladas que encontró junto a una masa verde y se preguntaba si serían de orquídeas. ¿Por qué esos tallos estaban machacados? Los removió con una vara y no supo qué pensar. Se metió de nuevo al agua: ¿qué era la vida? Realmente no sabía y no importaba: «Entre los gritos de los pájaros, persiste mi alma que entre extraños silencios aún canta», poetizó. ¿Qué haremos? Llenaremos este cerro de orquídeas, a eso vinimos y eso vamos a hacer. ¿Sus amigos comprenderían eso? Jamás, apreciaban otros valores y diferentes códigos sociales. Ellos conquistan, atesoran, usufructúan, reflexionó. Yo regalo el corazón.

Mira, uno de los pedruscos que cayó anoche.

Alvarado echó un vistazo a la mano de Cornelio y a machetazos deshizo un nudo de lianas que impedían el paso, sin interesarse por varias florecillas que volaron despedazadas. El norteño regresó el granizo negro y rugoso a su bolsillo.

¿Qué flores van a sembrar? ¿Quién dijo que sembraríamos flores? Todo se sabe. ¿Ese es el problema?

El potosino tomó tabaco de una bolsa de papel de estraza, forjó y encendió chasqueando los dedos un nuevo cigarrillo, más largo y más grueso que el anterior. Sacó una botella de mezcal de medio litro, la ofreció a su compañero que bebió largo, luego él hizo lo mismo.

En Xilitla hay muchos extranjeros pero nadie se interesa por las flores o por los cerros.

Su voz era tersa, infestada por el tabaco.

Hay demasiadas, ¿no te parece? Además son silvestres y están en nuestro terreno.

Antes de continuar trepando, Alvarado farfulló:

Sí, pero no es cualquier terreno.

Bojórquez, que se sentía afectado por las pausas de su guía, prefirió callar, ¿qué tenía en particular ese cerro pedregoso y selvático? Arribaron a la cima. Desde el tupido follaje veían parte del cielo y un extenso trozo de horizonte verde. Se oía una cascada cercana. Volaban cientos de bichos de colores y crecían enredaderas por todas partes. Las boas los habían seguido recelosas; temían que fuera Arsenia H disfrazada. El mestizo se limpió el sudor y trató de ver la parte baja: sólo copas de árboles añosos. Tendrían que invertir, abrir un camino desde el pueblo para sacar la cosecha en algún vehículo y veredas en el lugar para moverse con libertad. Qué locura, quizá debería abandonar al inglés a su suerte, como prueba ya tenía suficiente; dime con quién andas y te diré quién eres, repetía su tata, advirtiéndole que en ciertos casos era mejor elegir a los amigos a permitir que ellos lo escogieran a uno.

James reflexionaba cuando sus compañeros aparecieron en la orilla de la poza. Se veía circunspecto, verdaderamente afectado. Las boas lo observaron a placer, tuvieron un presentimiento y supieron que había llegado la hora de la orquídea Calavera.

Qué aburrido, ¿se puede decir que uno lee un libro si se brinca partes? En mi familia el único que lee libros es el viejo brujildo; extraño a Valeria, si no fuera porque se largó con su chavo y jamás contestó mis WhatsApp, ella estuviera aquí y a lo mejor ya hubiera rescatado al viejón. No sé qué hacer, ¿cómo se trata con secuestradores?, ¿cómo puedo hacerlo bien si ni me atrevo a decirle a Iveth que me gusta? Y con un socio como Torres que vende droga. Sin embargo, tengo que lograrlo, aunque me amenacen y me ofendan, ¿y si me balacean otra vez?

En ese momento, en la casa del cerro de las pústulas, Arsenia H intuyó que la lucha sería a muerte. ¿Quién la respaldaría en esa empresa? Nadie, no tenía amistades y sus exmaridos eran un par de inútiles que se habían hecho amigos y vivían bebiendo mezcal desaforadamente. Sólo los dioses que le habían dado el don de la rapidez y que ahora la distinguían con esa mirada rojiza, estarían con ella. No la vencerían, tenía la determinación y el motivo para que en el cerro todo siguiera igual. El gato terminaba de tragar una paloma y se relamía los bigotes. Bestia peluda que no da leche, vas a verme utilizar todo mi poder, sólo pediré autorización a las deidades poderosas y preguntaré cómo proceder. Cerró los ojos y murmuró una oración en un idioma desconocido. Afuera, hubo truenos y un poco de lluvia.

Si los secuestradores tuvieran buena puntería ya estaría muerto; ¿y si sólo me quisieron asustar? Son las cuatro cuarenta, ¿qué onda? Si quieren ponerme nervioso ya lo lograron.

Durante los días siguientes volvieron mañana y tarde para familiarizarse con el terreno y fortalecer el plan con el que debían trabajar. Era mucho más que enviar un mensaje de diez palabras o menos, o que asistir a una fiesta en Beverly Hills con Man Ray, Igor Stravinsky y la despampanante Mae West donde terminaba alucinando junto a la alberca. Una semana después, mientras hacían el recorrido hacia la loma, James le confió a su compañero:

Mañana inicio un viaje, voy a conseguir semillas para nuestro orquideario; contrata a diez trabajadores, habiliten el lugar para circular y producir en él. Vamos a transformar el cerro, ya veremos cuánto tiempo nos lleva.

Abriremos un camino para, en su momento, sacar la cosecha. Buena idea. Consigue alguien que tenga maquinaria y que no cobre demasiado.

Mientras Bojórquez ingresó en la maleza para ver el asunto de las veredas acompañado de Alvarado, Edward James, más tranquilo, se despojó de la ropa y se lanzó a la poza. El agua fresca lo reconfortó. No quería recordar a sus amigos de Sussex o de Roma pero siempre terminaba pensando en ellos. Esos malditos. Buscaría a Leonora Carrington, sería la primera que invitaría a conocer este paraíso. Es un talento único, pensó. Una mujer especial: tienen que reconocerla. Buñuel podría filmar esta selva, contar la historia de un bombardero como el que queríamos comprar para los republicanos en Checoslovaquia; Dalí y yo nos empeñábamos; a cambio pedíamos en custodia algunas obras maestras del Museo del Prado que recorrerían el mundo en una exposición itinerante hasta que terminara la guerra; Buñuel, más cauto, nos abrió los ojos: con esa iniciativa sólo conseguiríamos meter en problemas a los republicanos y no era conveniente, pero un bombardero aquí se veía fantástico; quizá debería también construir una mansión con alas y con un minarete inmenso para observar la selva.

Durante un par de horas, Edward James concibió todo tipo de proyectos. Pensaba que sus orquídeas serían únicas por su belleza cuando vio flotar bajo los rayos del sol de la tarde una pieza extraordinaria. James se frotó los ojos ¿Qué es esto? Pero la orquídea seguía allí moviéndose lentamente ante su vista. Percibió que oscurecía un poco y que el brillo de la flor se incrementaba, que se acercaba a él que tenía las manos en oración. Pudo ver su perfecta textura, su forma cadenciosa y plateada. Reinó el silencio. La flor se agitaba lentamente ante sus ojos deslumbrados. Cuando recordó su experiencia en el comedor de West Dean e intentó hacerse una idea de lo que ocurría, la orquídea desapareció y la luz de la tarde fue completa; entonces la música se apoderó de su cabeza; el cuarto movimiento de la sinfonía *Heroica* de Beethoven, segunda parte, lo oprimía como si quisiera asfixiarlo o amputarle una mano.

Al regresar Cornelio y Ángel, al filo del oscurecer, lo encontraron vestido, sentado en una piedra, pálido, con la vista en el agua. Atropelladamente contó su visión. El mestizo lo escuchó tranquilo. Alvarado fumó hasta acabar su cigarrillo y encendió otro. ¿Qué lugar era este?, ¿qué tenía de especial para que ocurrieran estas cosas? En silencio regresaron al pueblo. Cuando se separaron en el hotel, el guía musitó a Cornelio:

Busque a Arsenia H, allí podría terminar todo.

Se marchó apresurado hasta que, en la oscuridad, sólo se divisó una asombrosa flama del cigarro.

¿Cómo estará Serna?, ¿seguirá con su insomnio buscando historias en la luna?

Antes de ir a cenar y ver la sonrisa más traviesa de la selva, caminó por calles estrechas que terminaban en el monte; sólo para comprobar que de noche todos los pueblos son pardos.

En el fondo de un abismo, en un lugar resguardado tras unas piedras negras, las boas vigilaban, dispuestas a jugarse el todo por el todo. Rodeaban un par de pequeñas hojas lanceoladas. La de mancha amarilla alzaba la cabeza frecuentemente, quería estar segura de que nadie se acercaría y menos Arsenia H. Para ellas también la guerra era a muerte.

Se me antoja un chocolate caliente con un pan dulce. Entonces suena el teléfono.

Noticias de papá

Descuelgo aterrorizado. Que si no me falta nada, preguntan de la administración. Está oscureciendo. Me siento fatal, mi padre cayó en una trampa por unos sementales que según comentó se los daban a mitad de precio. Ahora debemos rescatarlo a como dé lugar. Llamo de nuevo al abuelo. Contesta mi hermana Fritzia, es más guapa y menos loca que Valeria, pero se parecen, es su alumna.

Capi, qué pasó, ya me contó mamá y el abuelo está muy triste. El matasanos viene a cada rato, de Valeria no sabemos nada.

Lo bueno de tener una hermana así es que no necesitas hacer preguntas para enterarte de todo.

Pásame al abuelo, estoy apurado.

¿Papá está bien? Mamá llora todo el día, vino Diana, de hecho se acaba de ir, antier le pasé tu teléfono, espero que no te moleste, la vi muy contenta, no sabía que ustedes eran novios, güey. Dice que no respondes el celular.

Güey, no digas tonterías y pásame al abuelo, ya.

Qué, ¿andas jugando con tu padre? Me habló Bukowski hace rato y aunque dice que vas bien, yo, para serte franco, no entiendo tus enredos; si a tu padre le pasa algo no se te va a olvidar el resto de tu miserable vida.

Bukowski no está aquí, abuelo, ni siquiera lo conozco, ¿lo están oyendo?

Me importa un bledo que me escuchen. ¿No entiendes que tu estupidez puede ser fatídica, que puedes provocar la muerte de tu padre?

Tengo ganas de faltarle al respeto.

Abuelo, escúcheme. No existe el rancho Durango ni el caporal, y todo ese asunto de los toros fue una trampa para secuestrar a papá. Necesitamos el dinero, no tardan en llamar y tengo que decirles algo.

Diles que pasado mañana cierro el trato con el comprador del rancho y me darán el dinero. Eso les vas a decir, les preguntas cómo se los vamos a entregar y no quieras hacerte el héroe, que el que nace pa' maceta no pasa del corredor.

Caray, abuelo, me gustaría que entendiera el peligro que corre mi papá.

Les vas a decir a los malandrines que me llamen, así vamos a la segura. Ojalá apareciera tu hermana para mandarla a Xilitla de inmediato.

Cuelgo. Bien dice Edward James: Uno puede tener a su peor enemigo en casa. Antes de que anochezca saco el Tsuru del estacionamiento y doy una vuelta por el pueblo. Es pintoresco. Hay un poco de luz cuando regreso, sin que nada me llame la atención. Cero llamadas. Leo; nunca imaginé que leer fuera tan entretenido, aunque esta historia está medio enredada.

Durante meses trabajaron muy fuerte para convertir el cerro en un fabuloso orquideario. James quedó sorprendido de la fertilidad de la tierra y, por ello, menos se explicó que a su llegada no hubiera ninguna orquídea. Pronto el aspecto del cerro cambió. De vez en cuando encontraba hierbas molidas sin comprender a qué se debía. Sin embargo, eran tantas las flores que crecían que pronto dejó de intrigarlo el asunto, que a Cornelio también llamaba la atención. Ángel Alvarado rehuía el tema y se refugiaba en el silencio.

Ese día, Edward James quedó fascinado al descubrir, en el límite del cerro, una pequeña orquídea que jamás había visto: pétalos mustios, con manchas negras y blancas, poco expresiva. Qué maravilla, pensó. Me asombra cómo lo grotesco puede tener carácter, llamar la atención y hasta proyectar relativa belleza; su deslumbramiento aumentó al advertir que se hallaba en un nido de víboras y que la extraña flor se erguía en la hojarasca rodeada de voluminosas boas color verde oscuro que apenas la tocaban, y que en un emotivo acto de veneración dejaban parsimoniosamente sus pieles alrededor de ella. ¡Oh! Edward permaneció inmóvil hasta que los ofidios decidieron ponerle atención, puesto que desde que se acercaba lo percibieron. ¿Qué hacía este señor en este lugar tan apartado del cerro? Lo rodearon lentamente, la más gruesa pasó entre sus piernas flacas. Sss. Le sugirieron que anduviera con cuidado; al menos fue lo que captó; era capaz de interpretar a los animales, apto para escucharlos, quererlos y protegerlos. Que fuera muy prudente, creyó intuir; agregaron que ese lugar era su morada y que hiciera lo que hiciera, procurase no afectarlo demasiado, que más bien pusiera orden. El inglés farfulló que sólo deseaba sembrar flores y que sentía un profundo respeto por la naturaleza y un inmenso placer al convivir con las boas, tan especiales en la historia de la humanidad, que si eso las contrariaba se marcharía de inmediato. Que continuara, lo autorizaron, que embelleciera el sitio sin olvidar su recomendación; debía establecer el orden perfecto, que pusiera en su lugar a una mujer que destruía orquídeas y boas. Sss. James se comprometió a protegerlas, allí mismo invitó a dos a acompañarlo en un viaje a la ciudad de México. Ellas no tenían idea de dónde quedaba ese lugar, pero llegado el momento lo seguirían porque él había contribuido a acelerar un proceso del que ya le contarían. Edward se puso contento y acarició la mancha amarilla de la más gruesa como saludo mientras las tres remolineaban suavemente. ¿Por qué quieren tanto a esta orquídea? Porque su nacimiento se ha retardado por años y porque es la diosa de este lugar. James la observó, blanca, jaspeada de negro, carente de alguna distinción apabullante, salvo ese magnetismo que desde el principio lo atrajo; sin embargo, guardó su opinión, no osaría contrariar a sus nuevas amigas, que tenían un aspecto francamente aterrador. Se ve interesante. Sss. Lo es, expresó la de la mancha amarilla. Y usted debe ayudarnos a que crezca. ¿Qué debo hacer? Lo buscan dos de sus trabajadores, después se lo decimos, tenemos que resguardarnos porque algunos nos temen y nos atacan. Fue un placer conocerlas, de ahora en adelante las tendré por las reinas de este Jardín del Edén y nadie se meterá con ustedes. Luego nos explicas qué significa edén, esa palabra me suena. El inglés abrió la boca. Ahora retírese para que sus hombres no lleguen hasta acá. Dijeron y envolvieron de nuevo a la orquídea. Edward fue a encontrarse con Cornelio y Alvarado.

Cornelio, que nadie se atreva a dañar las víboras, sobre todo a las boas. Si es venenosa, que se alejen, pero no quiero que maten o maltraten a ninguna.

Edward trabajó toda la mañana planeando la invasión del mercado europeo. Italia sería uno de los principales destinos para las flores.

Qué libro más raro, y yo, clavado en él. Neta que si me fuera a una isla desierta no me lo llevaba. Veré qué más hay en el librero del restaurante. Y esos güeyes sin hacer contacto.

Avanzando detrás de James, Ángel Alvarado se cimbró, cerró los ojos, fumó con tanta fuerza que produjo una bola de fuego que consumió el cigarro de inmediato, luego lanzó una humareda que desapareció en el aire como si hubiera entrado en una corriente rápida. El vello de sus brazos estaba erizado, creyó advertir movimiento en la maleza y permaneció quieto. Tenía muchos años sospechando que estaba vinculado al cerro aunque nunca estuvo seguro de por qué. Cornelio, que lo vio en esta situación, optó por ser prudente; sólo recordó a su tata, el viejo chamán yaqui que lo había criado.

Arsenia H, que se encontraba cerca del cerro, percibió la sensación de Alvarado. Su ojo rojo se iluminó. Se hallaba en un callejón sin salida y no se iba a quedar con los brazos cruzados. Debía localizar la orquídea blanca y destruirla. Valiéndose de su velocidad, inspeccionó las miles de orquídeas sin encontrarla. Ante la presencia de los trabajadores que rociaban las plantas con agua se tuvo que retirar, pero ya volvería, sus horribles enemigas no se saldrían con la suya.

Puras loqueras. Será mejor que vaya a la plaza a despejarme; como ven, huyo del teléfono cada vez que no aguanto la ansiedad; ¿Dónde tendrán a mi jefe? El que me puede ayudar es Romeo Torres pero debe andar vendiendo hongos.

Paseo vigilando, muchos turistas caminan o entran en los restaurantes. Algunos compran artesanías, otros, frutas. Apenas empiezo a buscar el Tsuru veo demasiados y dejo de hacerlo: no tiene caso. Distingo a la chica de los shorts con una falda corta paseando, acompañada del chango gorila de la barba. Conversan, ella, sonriente; él, serio, como fastidiado. Me ignora; con esas piernas está en su derecho y con esos ojos puede matarme. Busco a la chica inglesa. Me llama la atención un hombre que vocifera al lado de una carpa.

Pasen ustedes, no se pierdan el extraordinario espectáculo, conozcan al ser que se convirtió en culebra por desobedecer a sus padres. En unos momentos daremos la última función, no se la pueden perder, vengan a conocer al joven que se transformó en serpiente por no hacer caso a sus padres y faltar a misa los domingos. Vean el caso que ha asombrado al mundo, el caso que ha desconcertado a los científicos y a la humanidad entera.

Me levanto, a los dieciocho algo debo tener de niño que aun tengo curiosidad por ver al monstruo. Es un lugar pequeño, con una docena de sillas de plástico. Tomo asiento con otras seis personas, se apaga la luz y se abre un telón con lamparones. Una luz azul ilumina una caja de cristal donde se mueve una víbora de buen tamaño con cabeza humana, aunque sólo se nota el cabello negro.

Sabemos que está triste, dice la voz del anunciador. Pero debe ser fuerte y sobreponerse a su desgracia; hay varias personas aquí que han venido a verlo, por favor muéstreles su cara.

No puedo.

Voz lastimera.

¿Por qué? Son personas interesadas en su caso, quizás alguna de ellas sea un científico que lo saque de su sufrimiento.

Tengo vergüenza.

Está bien, mientras se tranquiliza, dígales por favor, ¿por qué se encuentra en ese estado?

Desobedecí a mis padres.

Pero cómo, esa es una falta gravísïma; estoy seguro de que ninguno de nuestros visitantes se ha atrevido a semejante imprudencia; empiezo a creer que usted merece el castigo que le fue enviado; ¿hay alguna otra razón?

Observo con indolencia el descaro de aquel truco; sin embargo, mis acompañantes están prendidos, órale, no se mueven de sus asientos.

Dejé de ir a misa los domingos.

Pero qué bárbaro es usted, de veras; ¿y aun así no se atreve a dar la cara a la audiencia? Qué desfachatez. Ande, déjese de cosas y muestre su cara, sirve que estas amables personas jamás cometerán los errores en que usted ha caído y podrán vivir sus vidas con normalidad, no como usted, con ese cuerpo de víbora.

La hace de emoción, se vuelve despacio: es Balam.

Ay, güey, ¿en esto trabaja el futuro ingeniero de caminos? Qué terrorífico y qué vaciado. Se me queda viendo; no sé si sonreír o hacerle al loco.

El telón cae, se enciende la luz y salimos. Nunca conocí a alguien que se ganara la vida así, mis amigos no trabajan, sólo algunos ayudan a sus padres en sus negocios o ranchos. Con razón no se despega de su boa. Veo que sale de la carpa y lo espero.

¿Te gustó?

Está bien extraño; no imaginé que trabajaras en algo así, güey.

Estoy convenciendo al dueño de la carpa para que se vaya conmigo a San Luis. Estudio en el día y en la noche damos función.

Buena idea, ¿quieres ir a cenar tamales?

No puedo, tengo que ir a casa. La boa necesita descansar.

¿Tiene nombre?

No me gusta ponerles nombre a las boas, sólo entienden el siseo. Bueno, nos vemos después.

Toma un callejón rumbo a una bajada llena de casas y se pierde. Vuelvo al hotel. Justo al llegar encuentro a Romeo Torres con el sombrero de palma hasta la frente.

Don Romeo, qué me tiene de nuevo.

A tu padre lo secuestró una pandilla de San Luis y lo vendió a otra que al parecer es foránea.

¿Es eso posible?

Por lo pronto no se sabe dónde lo tienen; lo más probable es que en San Luis o cerca, por aquello de que moverlo de sitio tuviera sus riesgos.

¿Cómo se enteró?

Tengo mis contactos.

Con razón no contesta el caporal, debe ser del primer grupo. Mi abuelo ya me dijo que tendremos el dinero en cuarenta y ocho horas pero los secuestradores no han llamado, ¿qué va a pasar?

¿A ti qué te gustaría que pasara, que los atraparan o simplemente quieres pagar y que se queden con tu dinero?

Quiero a mi padre vivo.

Muy bien, ahora sube a tu habitación y duerme; veo que ya hiciste un amigo que te llevó a Las Pozas; tu vida peligra, así que sé juicioso, no puedes socializar con cualquiera.

Dice esto y se aleja. Ingreso al hotel. Entre la puerta de la calle, que siempre se debe abrir, y el portal del primer piso, hay un corto camino con figuras de grandes pies de cemento que voy pisando. Antes de tomar la escalera me asomo a la sala de estar donde veo luz. Lady Di lee muy concentrada el mismo libro que leía cuando la vi y el mismo que leo, a veces, yo. Se ve hermosa, siento que mi corazón enloquece.

Nunca he escuchado que se incomoden con una interrupción de la lectura como cuando se están maquillando.

¿Sabe que la busqué toda la tarde en la plaza?

Cierra el libro despacio y se vuelve hacia mí. Me siento en un sillón cerca de ella.

Este pueblo está ubicado en el lomo de un cerro y a la gente le gusta la plaza, pero no estuve esta tarde allí, ¿la pasó bien?

Ansioso por encontrarla, ¿sabe que también estoy leyendo *El misterio de la orquídea Calavera*?

Edward James es un personaje inexplicable o al menos no es fácil comprender su conducta.

Para mí le falta un tornillo, hace puras loqueras.

Sonríe. Su boca de labios finos es muy expresiva.

Es un poeta, ¿usted escribe?

Nada, ¿y usted? Porque tiene un aire de misterio que llama la atención.

Deja de sonreír. Sus negros ojos miran retadores. Se pone de pie.

Buenas noches.

No se vaya, por favor, disculpe por interrumpirla.

Ya me iba. Que descanse.

Sale. Me encanta su paso modosito, sabroso. Creo que no le gusta que la molesten; pues sí: a nadie.

Me estoy enamorando, debe ser el efecto del huanacaxtle. Si tienen a mi papá en San Luis, ¿por qué me citaron aquí?, ¿quién le dijo que en San Luis podía comprar toros brasileños?, ¿lo comentó con mamá? Me hace falta

Valeria, ella podría investigar y de paso me aconsejaría sobre el asunto de Diana, vieja más tonta no he conocido, ¿cómo que embarazarse por pura calentura? Porque ella se encargó de todo y aunque estaba borracho, recuerdo bien que le dije lo del condón, y ella que no había problema, que no me preocupara. Cada vez que me acuerdo de ese momento me parece que el abuelo Nacho tiene razón: soy un inútil, ni siquiera recuerdo si traía calzones; en cambio Iveth es tan diferente, tan sensual. Tendré que ir al parque y correr a su lado. Qué flojera; mejor damos vueltas en la camioneta de papá escuchando a Los Tigres del Norte: *Qué de raro tiene que me esté muriendo por esa mujer*. Ay, güey.

De improviso me viene el sueño: debe ser la tensión. Apenas cierro los ojos suena el teléfono.

Sorpresas te da la vida

Es mi abuelo. Está conmocionado. Los secuestradores hablaron con él.

Capi, resiste, Andrés hizo un trato con ellos y nos dieron unos días más. Hay que andar con cuidado, no salgas, dijeron que todo el día estuviste fuera del hotel. Es gente sin entrañas pero vamos a rescatar a tu padre.

Me cuenta de la violencia de los malandros y por primera vez lo veo, o más bien lo escucho, afligido. Para empezar no me agrede.

Quiero que te cuides, no salgas y tampoco hagas amigos, es imposible saber la clase de gente que son; de muchachas ni te digo, quizá no sabes cómo llegarles y este no es momento para aprender.

Aquí estaré abuelo, no se preocupe.

Me extraña su buen trato: con las mujeres, según él, no la hago. Ya imagino cómo se pondría si llegara a saber lo de Diana.

Colgamos. Qué bueno que no le conté de Balam. Pienso en mi padre, en que no merece estos momentos; contengo las ganas de llorar y reconozco que estoy en un callejón sin salida y que no sé qué hacer. Miro por la ventana pero sólo está la terraza de al lado. Dicen que todo tiene solución: ojalá. Como se me va el sueño sigo leyendo. Es increíble, nunca he leído un libro completo y ahora tengo curiosidad; ni siquiera me he acordado de la televisión ni de conseguir el cargador del celu. No me han molestado las alergias; ayuda no comer alimentos con canela y pimienta. Mi madre estaría feliz.

Si muchos ruegan a sus dioses contemplando el cielo, Arsenia H lo hacía concentrada en la tierra, deseando llegar hasta el centro mismo. Esa madrugada permaneció tanto tiempo sentada en una piedra redonda que hasta el gato la abandonó. Ese tiempo de reflexión la hizo comprender que el desafío no era fácil, que le costaría vencer a las boas que ya no eran las mismas de años atrás. El hombre de la barba no era de los que daban pelea, era realmente simpático y no sería difícil acabar con él. Tenía que encontrar cualquier orquídea blanca que hubiera nacido en el cerro; si no lo lograba estaría en gran peligro: el corazón me lo avisa y ese nunca miente.

Al amanecer, con su gran velocidad fue a la gruta sagrada donde, después del roce de la corteza terrestre, se oía el sonido del mar, el suave, el que tranquiliza los nervios, el que hace que las ideas se asienten. Subió por el arroyo hasta una pequeña cascada y se perdió en sus entrañas. Casi aparecía el sol cuando salió y observó el horizonte verde, se veía la determinación en su rostro, había comprendido que debía actuar sin piedad, cayera quien cayera. Su ojo izquierdo se hallaba más rojo que nunca.

En casa la recibió el gato que se desperezaba. Rrr. Bestia peluda que no da leche, al fin sé lo que debo consumar aunque no esté del todo segura, tendré que hacer una visita al Cenote Sagrado; ya verás cómo los dioses no me abandonan a mi suerte. Rrr. El gato no estaba interesado. Bestia peluda, ponme atención cuando te hable que los dos estamos en esto, lo pateó. Miauuu. El gato escapó al patio. Todos los malditos machos son iguales, jamás dejarán de creer que la vida gira alrededor de ellos. Encendió la hornilla y se quedó mirando las llamas sin parpadear ni sonreír. En el aire está todo, musitó. Pero el agua es más justa y está conmigo. Luego puso la cafetera.

A la salida del sol la mujer penetró la cueva del Cenote Sagrado. Un lagarto oscuro la vio llegar. Sobre las paredes llenas de musgo bailoteaba un arcoíris de diez colores. El reflejo del agua iluminó su rostro circunspecto. Ojo rojo. Sus labios temblaban. Se sentó en una piedra grande y masticó una pulpa jugosa. Dejó que su boca palpitara y poco a poco entró en trance. Oscuro. Silencio. Esperaba un trueno como saludo pero nada ocurrió. Sin desanimarse pidió que la iluminaran, pero percibió que las deidades no la escuchaban. Les habló del inglés, del cerro sagrado, de las boas y de que necesitaba una indicación de por dónde debía continuar. Nada. El lagarto observaba en el otro extremo protegido por unas rocas irregulares. De vez en cuando movía la cabeza. Arsenia H permaneció inmóvil mucho tiempo. Preguntó si debía atraparlo y ofrecerles su corazón. Ninguna señal. Esperó sin ansiedad. ¿Qué hago con el mestizo? Pensaba lento, los diez colores oscilaban en su mente y se dejó conducir adonde quisieran llevarla. Flotó apresuradamente en cavernas de extraños resplandores. Muchas horas después, cuando abrió los ojos, se encontraba acostada en otra piedra y era de noche. El arcoíris había desaparecido. Supo que se había dormido pero que de nada sirvió. En otras ocasiones eso la aproximaba a las voces indiciadoras. El lagarto esperaba encima de su roca con la misma actitud. La mujer agitó la superficie del agua solamente para comprobar que conservaba el poder. Construyó una columna líquida que tocó la parte más alta de la caverna y la dejó caer libremente. Splash. Reflexionó. Comprendió que el mensaje era claro: ella debía decidir; los dioses confiaban en su capacidad y le indicaban el camino; si su deseo era recuperar el cerro e impedir el nacimiento de la orquídea blanca, debía esperar, permitir que el inglés y las boas se confiaran y zaz: acabar con todo, incluyendo la orquídea, si es que nacía. Era evidente, por eso se le enrojeció el ojo y quizá debía espaciar sus visitas al cenote, tal vez se hallaba liberada de consultar todos sus asuntos. Se puso de pie y entumida salió a la luz de las estrellas. Afuera la aguardaba el gato. Miau. La Silleta se veía cercana. En cuanto tomó al felino en brazos desaparecieron. Zummm. En su casa la esperaba una sorpresa.

Voy a orinar. La ventaja de los hoteles es que uno puede manchar el retrete y nadie te reclama. Al salir me asomo por la ventana de arcos parecidos a los de Las Pozas y veo a Lady Di en la terraza, sobre la baranda observa la lejanía. Tiene un atractivo inexplicable esta chica. Permanezco quieto un rato, como un minuto, y salgo. Llego a su lado.

¿No debería estar en Londres?

Me hago el simpático.

¿Qué le hace pensar que debo responder su pregunta?

Qué manera de contestar, ¿acaso no tenemos dieciocho? Antes de ofrecerle disculpas digo:

Estamos leyendo el mismo libro; además, usted me ha regalado la sonrisa más bella que he visto en mi vida.

No parece impresionada. Me coloco a su lado y miro la oscuridad como si buscara algo. Huele, es un perfume suave.

Me observa fríamente, se ve que no le importa.

Aunque hay algunas cosas que se me escapan, no puedo negar que tengo gran interés en ese libro.

A mí se me escapan casi todas; todos esos personajes que menciona no tengo idea de quiénes son, sólo sé que pasa aquí, en Xilitla.

Veo que lee por emoción, eso es estupendo.

Quiero usar el tú pero no puedo; no entiendo qué me lo impide. En la semioscuridad se ve más hermosa que en la luz.

¿Usted no?

Dijo que debería estar en Londres, ¿por qué?

Cuando pienso en usted creo que es inglesa.

Por segunda vez se vuelve hacia mí: su rostro es como de piedra y no muestra ningún indicio de que pueda sonreír. Siento algo en la panza. Recuerdo un consejo de mi padre: saber comportarse, parecen iguales pero no lo son, son diferentes y algunas, muy diferentes. Al fin sonríe.

Conocí a Edward James cuando era niña y me fascinó; ahora investigo sobre su obra y leo lo que encuentro sobre él, y a usted, ¿por qué le interesa?

No me interesa, es lo único que tengo para leer y me entretiene; aparte de que en mi cuarto no hay televisión. Cuando era niña, ¿por qué dice eso?

Hay una biblioteca en el pueblo; podría conseguir otro libro. Tienen de todos.

Me pasa una cosa rara con este libro, como que le tengo cariño; no es como el suyo, está escrito a máquina, ni siquiera en computadora; cada que regreso a mi habitación quiero leerlo, eso me extraña, sólo he leído un libro en mi vida.

¿Sabía usted que su habitación se llama Don Eduardo por Edward James?

¿Dormía allí?

Y este hotel lo fundó una persona muy querida por él.

Me siento un imbécil, ¿por qué no sé eso? Creo que debería tomarme más en serio las opiniones de mi abuelo. Saco mi celu.

Fíjese que olvidé mi cargador, ¿tendrá usted uno que me preste?

No, buenas noches.

Oiga, ¿entonces es cierto lo que dice de Edward James?

Piénselo, es parte de la diversión.

Se aleja sonriente, camina suave pero decidida, como Lady Di, aunque es más baja y debe pesar unos cincuenta kilos. Siento mariposas en el estómago. ¿Y mi chica? Bueno, está lejos.

Al día siguiente me despierta Diana.

Perdón por lo del otro día, me exalté, es que los embarazos desquician, perdón, perdón.

Diana, no sé qué onda contigo, güey, eso del embarazo es muy agresivo, ¿cómo puedes pedir que te haga el amor a alguien que sólo conoces y luego salirle con eso? Dijiste que el condón no hacía falta, acuérdate, dijiste que querías hacerlo por placer.

No recuerdo haber dicho eso.

Pues lo dijiste, también que sólo pretendías pasarla bien, recuerda que yo no quería, nunca tuve nada contigo; bien sabes que apenas te hago en el mundo y ya hasta el Osuna Espinoza me agarró a pedradas.

¿Sabes qué, güey? Eres un miserable pendejo. Púdrete.

Cuelga. Recuerdo otro consejo de mi padre: aclara bien las cosas, luego ellas o tú pueden creer que se trata de algo que no se ha dicho.

Es increíble lo que puede hacer una calentura. Me baño y voy a desayunar. La mitad de las mesas están ocupadas. No veo a Lady Di, en cambio la chica de shorts casi termina; se peina con los pelos parados; me sonríe, ¿y el chango? Resisto el deseo de sentarme con ella. Carmen me recibe con Chocomilk. Me sirve fruta y jugo de naranja; pido unos huevos con tocino.

No me dé nada que tenga canela o pimienta, soy alérgico.

Cuidado con el pan, lleva un poco de canela; qué tal, ¿le ha gustado el pueblo?

Es bonito, Los Ángeles es una ranchería a su lado y Las Pozas son impresionantes.

Ya me contó Balam que lo llevó a conocerlas.

Sí, y ya lo vi en su actuación, lo hace muy bien, es un verdadero artista.

Ni le diga, luego va a andar de presumido.

La chica se sienta conmigo.

¿Eres norteño?

¿Cómo supiste?

No supe, sólo lo imaginé, soy Fram.

Soy el Capi. ¿Fram es nombre o apodo?

No sé, pero puedes decirme así; no he visto a tu familia, güey.

Desde los cinco años viajo solo; los padres tienen ciertas ideas que los convierten en estorbo; tampoco he visto a los tuyos.

Murieron hace un año; de hecho ando reponiéndome de ese dolor.

Callo, ¿qué más puedo hacer? Ni modo de decir *lo siento* como en las películas gringas.

¿Te gusta bailar, güey?

Me dicen el Michael Jackson, güey.

Hay un antro cerca que se ve interesante. A las once.

Se marcha. ¿Y ahora qué? Como dice mi papá: si una potranca se acerca por lo menos hay que acariciarla, y lo que dije: sus ojos verdes matan. También debe pesar cincuenta kilos; todas las mujeres de mi edad pesan cincuenta kilos, ¿por qué? Qué maniaco.

Hago tiempo desayunando pero Lady Di no aparece. ¿En qué parte del libro irá? Decido volver a leer, ¿estaré en lo correcto? Quizá los secuestradores ya no me llamen, quizá con esa llamada al abuelo se conformaron; sin duda Valeria lo haría mucho mejor, es tan aventada y yo no dejo de ser ese morro al que todo le sale mal; a lo mejor siempre voy a estar ahí, sin hacer algo que valga la pena. Chale.

Estás en San Luis Potosí, Edward James, en el corazón de tu locura; convéncete, muchas cosas existen porque son alucinaciones. Siembra orquídeas, que es igual que sembrar sorpresas; báñate en el arroyo de La Conchita donde conectarás con lo que buscas y mastica hongos: muchos hongos, hongos, hongos.

Conozco a un vendedor que los tiene muy efectivos, se llama Romeo Torres.

Cuando te acuerdes, prende una vela para el capitán Zappa.

Edward James estrelló la botella de escocés en una de las paredes de su habitación. Última vez que se pasaría de copas en su vida. Odiaba esa voz cavernosa. Se levantó, bebió agua y abrió la ventana para que entrara el sol. No repetiría la experiencia de Beverly Hills. No alucinaría más en su vida.

Una hora después se hallaba en Las Pozas, tenía que entender qué significaban todos esos indicios y cuál era el papel que debía desempeñar. Si hubiera sabido algo del olor de la muerte lo hubiera detectado.

Después de la comida aparece Romeo Torres. Me espera en el mismo lugar donde conversé con Lady Di. Sonríe y su boca se pone oscura. Creo que no tiene dientes. Lo pongo al tanto. Permanece en silencio unos segundos.

Bukowski piensa que deberías pagarles, y en cuanto liberen a tu padre recuperar el capital; dice que es como en el hipódromo: metes dinero y luego lo retiras.

Grábese esto, don Romeo, quiero a mi padre vivo, y si hay que pagar, pagaremos.

Sólo comentaba una idea.

¿Quién es Bukowski?

Es un escritor que vive en Los Ángeles.

¿Cómo es que mi abuelo y usted se hicieron amigos de un escritor que vive en Los Ángeles?

Tu abuelo lo leía y se veían allá, quizás aún lo lee; yo me emborrachaba con él aquí; oye, si esos tipos negocian directamente con tu abuelo, quizá podríamos investigar a fondo y rescatar a tu padre.

No estoy seguro de que convenga, mi padre está herido y ellos son sanguinarios.

Tienes razón, pero no tienes de otra.

Luego camina rápido hacia la calle. Viejo loco, ¿cuál es su ayuda? Para mí, ninguna; sólo un idiota como yo acepta estas recomendaciones. Estoy desesperado, me gana el llanto y prefiero estar en la habitación, no me vaya a ver Lady Di con su cara de ángel. Ninguna mujer se interesa por un hombre que llora.

Tarde lluviosa

Papá nos llevaba al cine y a las nieves, nos enseñó a montar, a conducir jeeps y a que cada quien fuera como debía ser; buen padre, ¿no? Y lo secuestró un grupo y se lo pasó a otro. El dinero lo tendremos mañana, ellos me dirán dónde lo entregamos. ¿Por qué hacen eso?, ¿por qué hay secuestradores? Por la condición que pusieron le temen a la policía y al Ejército. Son las cinco, voy a leer un rato para pensar en otra cosa, ya no siento el dolor de la pedrada pero la comezón en la espalda sigue, no puedo llegar a ese antro en mal estado; aunque Fram vale la pena, quizá no debería ir: ni mi mamá, ni Valeria han podido enseñarme a bailar, dicen que soy muy tieso. ¿A qué hora llamarán los secuestradores? Tienen un Tsuru y son varios. Otra vez llueve, pues sí, es verano, qué manera de vacacionar, ¿no?

Edward James cruzó la portezuela bajo un arco medieval construido recientemente, descendió unos cuantos escalones y se metió al agua fresca y ruidosa del arroyo, cerró los ojos y se quedó quieto; le gustaba reflexionar sobre lo que no había ocurrido e imaginar soluciones, esculturas y caras de sorpresa; flotaba feliz, el lugar había sido acondicionado como represa y se podía nadar; siete cariátides soportaban una gran roca que sobresalía del cerro contiguo; de pronto, una piedra se deslizó hasta el arroyo a unos metros de él. Splash. Como resorte se puso de pie. Pálido, aterrorizado, balbuceante. No evitó recordar el gravísimo accidente sufrido años atrás, y que por poco le cuesta la vida.

Lo de las orquídeas marchaba perfectamente: las contaba por miles. Derrochaba energía y dinero. Entusiasmado, giró órdenes para producir una variedad delicada en unos árboles frondosos ubicados a medio cerro; en cuclillas, escarmenaba el humus cuando advirtió que de lo alto se desprendía una piedra de buen tamaño. Oh, Dios.

¡Cuidado!

El grito de Bojórquez, ubicado junto a los árboles, lo sacó de su azoro. Gulp. No obstante, no se pudo mover y arrojarse a un lado. ¿Por qué? Pronto fue demasiado tarde. ¿Qué le impidió lanzarse a la orilla del pequeño sendero? Su tío Frank, devorado por los leones, su padre William, por el cáncer, su madre por... ¡Oh! La piedra de poco menos de dos kilogramos se impactó en su cintura, derribándolo: crack; otras menores que formaban el alud se estrellaron en su cuerpo y cabeza. ¡Ay! Rodó desvanecido.

Cornelio, que escuchó un zigzag fugaz, y dos trabajadores lo llevaron al pueblo en un vehículo desvencijado por el uso implacable. El doctor Eugenio Cabrera lo atendió solícito pero reconoció que no podía hacer mucho, requería un hospital, un cirujano, además de instrumental y medicamentos que no se encontraban en Xilitla.

Tenemos un avión, alucinó James. Cornelio, busca a Federico Campbell, que sea el piloto; es un bombardero que compramos en Checoslovaquia y que no pudimos donar a los republicanos españoles; caray, me odian demasiado en este lugar, esa roca no pudo desprenderse sola, quiero a esa gente en la cárcel; Cornelio, quiero que esa gente pague su delito; no puede quedar impune, el futuro sería terrible si permitimos la impunidad, este país se vería envuelto en una guerra salvaje, como todas, contarían los muertos por miles, hagamos lo que sea para que lo dicho por el capitán Zappa no se cumpla. Las orquídeas, debes cuidar los injertos, nos darán fama mundial, y no olvides las boas, son muy sensibles, que nadie se atreva con ellas, que las dejen cambiar de piel donde se les antoje y que tampoco se metan con esa orquídea rara que prefieren. ¿Sabes que oí tu grito? Pero no pude moverme. Está bien, don Eduardo, cumpliremos sus deseos, ahora lo vamos a llevar a San Luis Potosí y de ahí en avión a la ciudad de México; quizá no en ese bombardero que usted menciona, pero sí en uno más confortable. Busca el hospital inglés, debe haber uno, y no olvides llevar comida para las boas, y que las alojen en una habitación al lado de la mía, la gente las asusta y las pobres pierden el apetito, que la guacamaya te diga cómo hacerle; avísale a Leonora, quiero discutir con ella asuntos de sus cuadros, sus figuras alargadas me recuerdan demasiado a El Bosco, ¿vendrá mi madre? Que no se vaya a poner su maldito vestido azul, no va conmigo, y asegúrate de que antes de verme haya ido a misa. Si busca la biblioteca no la dejes entrar.

Eugenio lo sedó y en una ambulancia lo trasladaron hasta el aeropuerto de San Luis.

La recuperación fue dolorosa y el diagnóstico muy cruel: no podría caminar el resto de su vida. El viajero quedó devastado. ¿Qué es un hombre sin viajes? Nada.

Te pintaré delgado, con alas venerables, pies de Aladino y ojos desmesurados.

Prometió Leonora Carrington, la chica de Lancashire que era una de sus mejores amigas y que lo visitaba con frecuencia en el Hospital Inglés en la ciudad de México.

Soy un fauno sin patas, sin bosque y sin paraíso. No obstante tienes todo lo demás; para empezar, amigos fieles; Cornelio no se ha movido del hospital y tampoco ha descuidado tu obra en Xilitla. Alguien quiere acabar conmigo, Leonora, es parte de lo que ocurrió cuando llegamos al pueblo, inexplicablemente llovieron piedras y la boda de Cornelio fue muy rápida y llovía mucho; no obstante, las orquídeas son una realidad, tengo alrededor de quince mil. ¿Tú hablas de eventos inexplicables?, ¿a quién le importa que el mundo sea explicable?, ¿quién sufre por quince mil orquídeas? No creo que tú.

El silencio es un beso no pensado.

Alguien me quiere matar. Algún artista mediocre que apoyaste más de la cuenta. Nunca me vas a perdonar, ¿verdad? No puedes olvidar que te ofrecí doscientos dólares por tu obra. Te perdoné cuando nació mi hijo.

Entró el doctor Betancourt revisando unas radiografías del enfermo. La noche anterior había soñado que James permanecía inmóvil y que se consumía hasta quedar convertido en una orquídea morada con azul, encima de una piedra.

¿Cómo está mi enfermo? Extraña el whisky. Ayer el doctor Ojeda me prometió una botella pero, la verdad, quiero volver a casa; necesito otro ambiente, ver otras caras, una ventana nueva; este hospital me deprime. Anoche lo soñé, señor James, que después de una terapia intensiva se reponía, volvía a trepar por la selva potosina y a bañarse en los arroyos: lo vi tan claro que creo que será verdad. Yo también creo en los sueños, doctor, por lo pronto quíteme este maldito dolor aunque me vuelva adicto.

El médico hizo una seña a la enfermera.

Tiene que venir a casa conmigo, doctor; Rafaela, la esposa de Cornelio, la mejor cocinera del mundo, le mostrará lo que es la vida. Comeremos y beberemos a su salud, y la señora Carrington brindará con nosotros. Brindar es mi especialidad.

Edward regresó de sus recuerdos. Temía a ciertos ruidos y a alucinar. La guacamaya revoloteó, saltó y se posó en su hombro.

Edward James, te hablan.

En la ribera un grupo de hombres con uniformes militares lo observaba atento. Armas a la vista. James les sonrió desconcertado.

Somos el pelotón suicida del Ejército Imperial de Seclusia, señor.

Dijo el sargento, y enterró su cuchillo en su vientre.

Aggg.

Sangre, ojos en blanco. Muerto.

No nos iremos hasta que nos diga el secreto.

Manifestó el cabo, de pie al lado del difunto, y se degolló. Quedó encima de su superior con la cabeza apenas prendida al cuerpo.

Deténganse, por favor, ¿qué es esto?, ¿qué les pasa?

Ordenó Edward James con ojos desorbitados.

¿Por qué lo hacen?, ¿quiénes son ustedes?, ¿de qué Seclusia hablan? El secreto, señor.

Reiteró un tercero antes de meterse un tiro en la sien e ir a dar sobre unas rocas con la cabeza destrozada.

Están dementes, ¿de qué secreto hablan?

Inquirió James a la guacamaya en voz baja.

¿Cuál ha de ser? El de los Beatles.

James quedó boquiabierto.

Qué estupidez, admito que se desmayen adolescentes, ¿pero esto, un pelotón suicida? Estamos esperando, señor, su secreto: nos urge.

Manifestó el siguiente antes de desplomarse con un balazo en el corazón.

James no lo podía creer, como pudo les tarareó *Rock around the clock* y todos comenzaron a bailar muy contentos. La guacamaya se dedicó a seguir el ritmo con la cabeza.

Qué vaciado, ¿es eso posible? Están bien pirados. Qué se me hace que el autor era cliente de Romeo Torres.

Cornelio hizo numerosas fotos del pelotón bailando, vociferando y bebiendo felices. El degollado disfrutaba sentado en una piedra con la cabeza en una rodilla. Años después serían encuestadores, y además de la Huasteca potosina conocerían Michoacán, donde serían secuestrados, pero ese es un hecho que ocurrirá mucho después.

Órale, ¿tiene esto que ver con mi padre, son michoa-canos los secuestradores? No ha parado de llover. Suena el teléfono, se ve tremendo, como una araña negra. Descuel-go. Es la voz suave y rasposa. Se oye cortada por la lluvia.

Ya hablamos con tu abuelo, Alberto, y también con tú tío; acordamos que te quedaras para recoger el cadáver de tu padre.

Por favor, tengan consideración, no le hagan daño.

Silencio, imbécil, te vamos a mandar unos dedos para que veas lo que le va a pasar, todo por tener una familia de sabandijas que lo desprecia. Queremos el dinero ya, ¿entiendes?

Dime dónde lo entregamos, aunque no tenemos tres millones de dólares; dice mi abuelo que sólo nos darán un millón por el rancho y mi mamá ya remató la casa, sus joyas y las de mis hermanas, un jeep y apenas completó doscientos ochenta mil dólares. Por favor, agarren eso, de verdad no tenemos más; en Michoacán hay mucho dine-ro, no creo que pase nada si nos hacen esa rebajita.

¿Michoacán, qué tiene que ver Michoacán en esto, es-túpido?

¿No hay dinero allí?

Qué pendejada. Está bien, que quede en dos millones doscientos ochenta mil dólares, pero ya; ¿has visto La Si-lleta?

Claro, es el símbolo del pueblo.

De un helicóptero vas a dejar caer el dinero en mochi-las; pondremos una señal que se verá del cielo. Al menor indicio de policías o Ejército tu padre será fiambre; no nos importa perder el rescate.

Quiero aclararte que nosotros nada tuvimos que ver con que atraparan a la banda que les entregó a mi papá.

Entendemos muy bien eso de que debemos estar callados; la palabra fiambre es muy fuerte.

No cabe duda de que vino el pendejo de la familia. Te mandaremos la lengua de tu padre para que te excites un poco.

¿Ya le curaron su herida?

Sí, pero tiene gangrena. Escucha: si cumplen el plazo de pasado mañana aceptamos esa miseria; si no, tendrán que pagar los cuatro millones del principio. Lástima que tu padre no aguante el dolor, llora con cualquier navajazo.

Por favor.

Mejor hubiera venido Valeria, es una chica popular y no se le dificulta nada.

Si no entregas el rescate a tiempo, tendrás que recoger el cuerpo de tu padre en pedacitos.

Ya vendimos el rancho, pero nos pagarán hasta mañana.

Pues pasado mañana, ya te dije; no olvides que te tenemos vigilado, y deja de pasearte por Las Pozas como turista.

Quedo petrificado como dos minutos. Romeo Torres me reactiva con su llegada.

Acabo de hablar con los secuestradores, son michoacanos.

¿Cómo lo supiste?

Eso se lo cuento después; se lo dije al que me habló y no lo negó.

¿Lo aceptó?

Tampoco.

Entonces ten cuidado; se me hace raro porque los michoacanos son de ley.

Pues ya ve.

Marco a casa. Responde el viejillo. Por la lluvia escucho mal.

Abuelo, sólo hay que pagar dos millones doscientos ochenta mil; ya me dijeron dónde y cómo.

Pues aquí todo va mal, el comprador se echó para atrás y no encuentro la manera de conseguir el capital. Tu tío sigue a la espera.

No me diga, ¿qué vamos a hacer?

No tengo idea y la verdad, estoy agotado, mañana vemos el asunto.

Pero, abuelo…

Cuelga. No puede ser, viejo hipócrita, pasa la vida hablando bien de papá y ve con lo que me sale. Don Romeo me observa.

Estamos fritos, el comprador del rancho se rajó.

Lástima; bueno, me voy, no olvides la idea de Bukowski.

Voy a abrirle la puerta.

No te preocupes, tengo una llave maestra.

Sonríe y se va. Llamo de nuevo a casa. Responde Fritzia.

Capi, mi abuelo no ha parado de buscar a Valeria, mamá no se ha vuelto a desmayar, vi en la tele un medicamento especial para las alergias, ¿Cómo está papá?

Está bien, ¿sabes quién es el vecino que iba a comprar El Toro Cáram?

Es lo que te iba a decir: es el papá de Iveth, la chica que te trae volado; oye, si Diana te dice algo yo no le he dicho nada, eh, a mí no me eches la culpa.

Consígueme el teléfono de Iveth.

Qué atrevido.

Muévete, güey.

En la administración consigo un chocolate caliente que me salva la vida, como dice una amiga de Valeria. Pienso sin llegar a nada. Tal vez no sé pensar, no sé tomar decisiones, no sé qué hacer con mi vida. Aunque sé que no sirve de nada, dejo que la tristeza me invada. Luego llamo a casa de nuevo. Fritzia me da un número y marco. Contesta la madre. Pido con Iveth, pregunta de parte de quién y responde que fue al cine.

¿Me comunica con su esposo, por favor?

Fueron juntos a ver *El discurso del rey*, dijeron que había ganado el Óscar a mejor película.

Me despido, parece que hoy todo está en contra.

Para ir al antro voy primero a la farmacia a comprar condones y saco el Tsuru del estacionamiento. No volveré a caer en esa emboscada. Paso despacio por enfrente y me animo, dejo el carro a cincuenta metros y le llego. Un DJ que viste de negro los tiene prendidos con el skrillex de Calvin Harris. Me invade un gran sentimiento de culpa pero me hago el loco. Descubro a Fram, que ahora trae un short ajustado y una blusa brillosa, besándose con el chango gorila en una mesa visible. Qué onda, ¿para qué me invitó, para que vea cómo traga saliva de ese pendejo? Chale, y yo que esperaba acción. Pido una cerveza y me bebo la mitad; una chica de blanco, cubierta del cuello a los pies, me observa y sonríe pero no me entusiasma: no enseña nada la güey; si Fram fuera la que me llamó, ¿tendría tiempo de estar aquí? Mejor regreso al hotel, pienso puras pendejadas. ¿Cómo no se le ocurrió a Edward James tirarse a un lado?

Arsenia H y Ángel Alvarado eran hermanos. Él la esperaba sin parar de fumar. Poco se veían y cuando se encontraban discutían acaloradamente lo mismo:

Quemaré tu casa, vieja bruja; eres la vergüenza de la familia, todas esas tonterías de que eres guardiana del cerro te han afectado la cabeza.

El hombre encendió un nuevo cigarro, hizo un ademán que levantó llamas hasta el techo que la mujer apagó con lluvia menuda, lo mismo que el cigarro.

Lo soy por encargo de mi madre, ¿se te olvida que estuve con ella en su última hora? Mientes, mi madre lo hubiera comentado. Tenía demasiado dolor para hablar del asunto, algo que por supuesto ignoras. Otro de tus inventos. Naciste al final, así que poco sabes de la familia, y ese cerro es parte de nuestra historia. Infórmame. ¿Para qué?, no le veo ningún sentido. Para mí lo tiene, y no me apagues el pinche cigarro, puedo quemar tu jacal a la hora que se me hinchen los huevos.

¡Miau!

Ya vi que andas muy de la manita con el inglés y con el mestizo. Es un buen trabajo y me gusta. ¿No te importa que pisoteen un cerro sagrado?, ¿te parece bien que derriben La Silleta y que maten a nuestros animales?, ¿te agrada que destruyan nuestra tradición? Estás pendeja, esos señores cuidan más el cerro que tú, y en cuanto a los animales, tenemos instrucciones terminantes de no tocarlos, y menos a las víboras, con las que nunca he visto que te lleves. ¿Cómo las voy a querer?, representan a Quetzalcóatl, el dios barbado que abrió el camino a los conquistadores; y tú, deberías alejarte de esos hombres, aceptar que soy la guardiana del cerro y apoyarme en lo que te pida. Estás más loca que una cabra. ¿A qué viniste?, porque si no dejas a esos invasores me olvidaré de que eres mi hermano. Me dan ganas de romperte la cara. Si lo haces te rompo el corazón, ahora contesta. Vine a decirte que dejes a estos señores en paz, me consta que no hacen ni harán daño a nadie. No lo haré, tengo la aprobación de los dioses, y si eso es lo que piensas, desde este momento no tengo hermano, ¡largo!

Se miraron con fiereza. El gato se apartó temeroso. En ese momento ambos tuvieron la certeza de que estaban en bandos contrarios. Alvarado encendió un cigarrillo que Arsenia H no humedeció, luego se retiró perturbado; ¿de dónde sacaba esta mujer que debía cuidar el cerro? Los que podrían sacarlo de dudas estaban muertos.

Un día muy agitado

Duermo mal. Sueño a Diana, que me obliga a casarme con ella, donde todos los invitados son secuestradores que me amenazan con pistolas y no puedo escapar. Despierto sudoroso, voy al baño, apago la luz y me acerco a la ventana. Ahí está Lady Di en el mismo lugar que anoche. ¿Qué hora es? Me visto apresuradamente, quiero preguntarle de los michoacanos, eso de que se suiciden, ¿es verdad?, ¿qué significa? Cuando salgo se ha ido. Me acerco adonde la vi, ¿qué es lo que observa si todo está oscuro?, ¿qué busca?, ¿qué espera? Aunque no llueve, está nublado. Recuerdo a papá: no trates de explicarte lo que hacen las mujeres, podría ser una acción superior, y lo decía en serio; casado con una mujer que llora por todo, se convirtió en una persona de amplio criterio, y tengo que salvarlo, quizá mi hermana con sus encantos podría hacerlo más rápido, pero soy yo el que está aquí, además leyendo una novela bien locochona. Pasa de la medianoche.

Descubro a Lady Di contemplando la pequeña alberca que se halla en el jardín. Algo me dice que se va a lanzar. Bajo rápidamente. Me acerco.

¿Siguiendo los pasos de Edward James quien de tanto alucinar casi se ahoga?

Debe ser cierto que provenimos de los peces porque el agua tiene verdades que no detecto en tierra firme.

Estoy a su lado pero no se vuelve hacia mí.

¿Por ejemplo?

Gracias al agua la Tierra es redonda y estable.

Arsenia H.

Es el reino de Arsenia H, lo mismo que de Edward James, ¿no ha notado que siempre se baña?

No puedo resistir, le acaricio el pelo, se vuelve con cierto candor y la beso. Labios fríos pero siento que responde. Pretendo abrazarla, me frena, me da un beso leve y se va. Su mirada es suave pero firme. La sigo mas no alcanzo a ver dónde se mete. Voy al comedor que encuentro vacío, lo mismo que la entrada. No nos hemos dicho nuestros nombres.

En la habitación Don Eduardo abro lo que más me acerca a ella: *El misterio de la orquídea Calavera*.

Las quince horas, las tres de la tarde, después de la comida. El camino era un capricho entre cerros verdes. Edward James se hallaba agotado pero le sobraba orgullo para caminar. Soy inglés, del país de William Shakespeare, Newton y la Reina Virgen; donde la reina Victoria impuso una moda que fue emocionante acabar; soy del pueblo de los taxis perfectos, de los aviones de guerra y de los musicales exitosos; soy de una casta de exploradores en tren, a caballo y a pie; soy el dueño de West Dean, el lugar donde habitan los zorros que se salvaron del rey Eduardo VII y sus amigos; este camino no es problema: el problema soy yo que tengo seis kilos de más; no tanto, estoy protegido por este papel sanitario que no pueden traspasar las bacterias; este joven, Ángel Alvarado, no me abandonará a mi suerte; fuma demasiado pero no importa; en cuestión de vicios uno puede elegir o imitar a sus amigos; me asegura que estamos cerca, que Xilitla está pasando esos cerros; eso mismo dijo hace dos horas; parece no cansarse, como si caminara sobre una nube, en cambio mis pies, ¡auch!

De improviso el cerro de su izquierda le llamó la atención. Se hallaba lleno de piedras color hueso de diversas dimensiones, lavadas por los años. Una docena de árboles chaparros. Edward James permaneció unos minutos observando. Ángel Alvarado esperó. ¿Qué es esto? No sabemos. Como si estuviera enfermo. Pensamos lo mismo. ¿Desde cuándo está así? Desde siempre, sólo crecen hierbas y esos guayabos de los que nadie se atreve a probar la fruta. Voy a ver de cerca una piedra, son como un barrito maduro. No, señor, mejor sigamos. ¿Por qué?, ¿qué me puede pasar? No sé, pero es mejor que no se acerque demasiado a ellas: aquí nadie lo hace. ¿No tienen curiosidad? Sí, pero nos aguantamos, sigamos, nomás pasamos esa loma y ahí está. Debe haber una razón para que esté así. La desconocemos, ahora caminemos. ¿Y ese paralelepípedo donde llovizna? Quién sabe. Hay una casa adentro, ¿es eso posible? Pues parece que sí.

Soy inglés, acabamos de perder una gran guerra en la que Londres fue bombardeaba sin piedad. Los refugios se pusieron de moda y Harrods cerró por meses. El capitán Zappa dice que la ganamos pero pienso lo contrario: junto con los alemanes la perdimos. La ganaron los rusos y los norteamericanos que no vieron afectada su vida civil ni sus edificios emblemáticos. Él dice que soy un holgazán pero se equivoca; soy un inglés respetable; también soy poeta, *Los huesos de mi mano*, publicado por la Oxford University Press, contiene mi trabajo de varios años. ¿Cómo puede un cerro enfermarse? Ni siquiera el Gólgota que está tan señalado. Volveré a Londres, como siempre, mis hermanas querrán pelear y las voy a complacer; reñir es ahora nuestro deporte favorito, como en nuestra niñez; nunca olvidaré sus desplantes, sobre todo los de Doris, esa niña mocosa convertida en gran señora. No entiendo por qué les duele tanto que sea el heredero universal de mis padres, ¿convendría romperles algunos huesos? Seguro les tardarían en soldar y me odiarían más.

El dueño del hotel Taninul me aseguró que la viuda del coronel Castillo vende un cerro lleno de orquídeas. Se lo compraré, puede que sea como una gran maceta de colores. En realidad no importa, se lo compraré de todos modos. Si crecen orquídeas en todas partes no debe ser tan especial; lo convertiré en un jardín para que lo sea. ¿Para qué me servirá un jardín tan lejos de casa?

Al oscurecer entraron a un pueblo pequeño de casas blancas asentado sobre un terreno irregular. James no quiso descansar para ver a la viuda; sólo se lavó cuidadosamente. Al verse en el espejo, vio claramente que su piel estaba llena de pústulas como las del cerro. ¡Oh! Iba a gritar pero advirtió que su piel era la de siempre, que la imaginación, la maldita loca, lo había trampeado de nuevo.

Aquí es cuando llegó a Xilitla y entró vestido de momia. Qué vaciado.

Una noche, Fernando Séptimo y Miguel Poot bebieron más de la cuenta y trastabillando se presentaron en la casa de Arsenia H como para darle serenata. Sucios por las caídas durante la caminata, la llamaron. Intentaron traspasar la cortina de agua pero sólo Miguel Poot lo consiguió. Tocó a la puerta y regresó con su compañero. Gritaron su nombre hasta que abrió. Vieron salir al gato. Miau, y perderse rumbo al guayabo más grande. Enseguida apareció la mujer parada en la puerta. No son horas de venir a molestar. Disculpa, Arsenia H, habló uno. Sabemos que estás en dificultades y queremos ayudarte, expresó el otro. La chamana se aproximó a ellos. Si se puede saber, ¿para qué necesito a un par de borrachos como ustedes? No hay enemigo pequeño, Arsenia H, ese señor tiene lo suyo y con tantas orquídeas que van a nacer es posible que haya muchas blancas y no las puedas exterminar. Las boas son cada vez más astutas y numerosas. Creemos que podríamos sumar fuerzas. Hemos pensado también en la orquídea Calavera. No nacerá ninguna orquídea Calavera, y ustedes, par de inútiles, no me sirven, sola me basto para cuidar ese cerro. Ni Ángel te apoya, creemos que con nuestra ayuda nadie te vencerá. Desciendo de Cuauhtémoc, y ustedes son un par de idiotas que malamente fueron dotados por los dioses, fuera de aquí, se aproximó a los hombres, le atizó tan tremenda bofetada a cada quien que fueron a dar al suelo mojado. Largo, ¡tarados! ¡Miau! El gato entró a la casa y tras él Arsenia H tratando de controlar su rabia. No pudo, regresó y acomodó un par de patadas a cada uno de los visitantes para que no se les ocurriera volver.

¿Soportaría a una mujer que me pegara? Si el Alejandro aguanta a Xiomara aunque le ponga el cuerno, ¿por qué no?

«Estimado Enrique. Ven Xilitla, buena luna y muchos pulpos. Saludos.»

Cada día, la conversación entre Rafaela, la quinceañera, y Cornelio, era más prolongada y feliz. Cada vez les brillaban más los ojos. Una noche, el mestizo se fue satisfecho, sosegado, meditando en que quizás había llegado el momento de sentar cabeza. Compraría una casa e instalaría un negocio. Ella es todo lo que deseo. Tendremos hijos que querrán a Xilitla más que nadie. Mientras don Eduardo descubre orquídeas y alucina con la de plata que dice que vio, yo encuentro el amor. Encuentro una joven que vale por sí misma. Unos ojos como para cantarles todo el día: *Trigueñita hermosa, linda vas creciendo, como los capomos que se encuentran en la flor*. Avanzaba despacio, dichoso, bajo la luna. En una techumbre el gato gris observaba y se relamía los bigotes. De improviso, se plantó frente a él Arsenia H, ojo izquierdo rojo. Santa de Cabora, protégeme, virgen de Guadalupe, no me desampares.

Mestizo, porque eres mestizo, ¿verdad? Tienes que convencer al extranjero de que se largue; tú entiendes, eres de los nuestros; el indino no puede sembrar donde le venga la gana. No se puede llevar nuestras flores ni nuestras piedras, ni siquiera el olor de la podredumbre del suelo; no quiero que se bañe en el arroyo, vuelve al agua salobre y la gente no la puede beber.

El hombre se paralizó ante la visión de un rostro rugoso, la voz grave de fumadora y el ojo rojo de brillo intolerable. La escuchaba claramente. Su estómago hecho nudo.

Es poco el terreno que compró. Es un cerro sagrado, mestizo, no se debe mover ni siquiera un pedrusco, por algo nuestras deidades lo dejaron así; les mandé dos avisos insignificantes; la voluntad de los dioses es que la próxima vez les mande una fuerza mayor.

Cornelio se recuperaba paulatinamente, recordó las enseñanzas de su tata, un chamán yaqui que no se andaba por las ramas, igual que ella.

Con todo respeto, Arsenia H. No te he autorizado para pronunciar mi nombre, mestizo; lo que te pido es muy claro, los quiero fuera de aquí, ¿entendiste?; lo más lejos posible. Hace unos días tuvo una señal. Lo sé, puede quedarse con la catleya de plata, si la atrapa, los dioses saben por qué lo hacen; pero, si busca la de oro tendrá una muerte horrible, y tú con él, por seguirle la corriente. Creo que es una señal de aprobación. No digas idioteces, mestizo, nuestras deidades jamás consentirán un despojo irreparable; juegan, pero tienen un límite, y ahora quieren que se vayan.

Su ojo rojo resplandeció.

Así que ¡largo, fuera de Xilitla!

Luego atrajo al felino, Miau, que se encontraba en el techo y se marchó calle arriba como flotando, impulsada por el viento.

El norteño permaneció unos instantes inmóvil. En cuanto supo que se hallaba en el sitio donde les cayeran guijarros empezó a llover, estas eran piedras grandes, hasta de medio kilo, que deformaban las láminas de metal de las techumbres. No había nubes ni gente, sólo la intensa luna. Se guareció desconcertado. Una chispeante brasa se acercó.

No me entendió, ¿verdad? No es lo mismo que usted le hubiera hablado.

Alvarado, que se encargaba de cuidarlos, se alejó sin que Cornelio pudiera articular palabra. Sólo vio su cabeza iluminada por la flama del cigarro.

La mañana es fresca. Como a las diez bajo a desayunar. Pregunto a Carmen por Balam. Me cuenta que madrugó ayer para inscribirse al Tecnológico de San Luis, pero que ya está en casa. Me sirve fruta, leche y café; pido hot cakes con miel de abeja. El restaurante sigue medio lleno. Fram está acompañada de su galán, un chango gorila demacrado y barbón. Se les nota la trasnochada. Me ignora. Mastico despacio, espero que Lady Di venga a desayunar pero no llega. Termino y voy a buscar a Romeo Torres. Lo encuentro en la puerta de la cocina acompañado de un hombre delgado y pálido, de barba mal cuidada y cara de poquísimos amigos.

Buenos días.

Aquí tienes a Carlos Bukowski.

Mucho gusto.

El hombre hizo cualquier gesto.

Estuve pensando en su idea, señor Bukowski; mi abuelo Nacho no pudo vender el rancho ni mi tío sus acciones de una clínica y mi papá tiene una herida que se puede gangrenar; tenemos que actuar con rapidez. Cada que me llaman los secuestradores me dicen que lo van a hacer papilla.

¿Dónde debes entregar el dinero?

En La Silleta, hay que dejarlo caer de un helicóptero; ellos pondrán una señal que se verá desde el cielo.

Mira nomás, qué sofisticados.

El que me habló se sorprendió cuando le dije que eran michoacanos.

Sean de donde sean, lo que importa ahora es saber dónde tienen a tu padre y rescatarlo.

Torres, debes ponerte en acción; conoces Xilitla como la palma de tu mano.

Entonces no la conoce, ¿cuándo mira usted la palma de su mano? Ni siquiera cuando se rasca.

Me miran con atención, luego sonríen.

Espera en el hotel. En un par de horas pasamos por ti.

Llego al hotel. Lady Di está en el restaurante. Es hermosa la güey. Bebe café con leche y come pan como Edward James. Viste formal. Compruebo que no tiene frutos rojos.

¿Me permite acompañarla?

Me señala una silla con la mirada. No sé por qué pero me siento nervioso. Me encanta su belleza de chica débil mezclada con la fortaleza de sus ojos. Mastica despacio. Relajada, me observa.

¿Terminó de leer *El misterio*?

Estoy en la segunda lectura.

Yo apenas voy donde Arsenia H habla con Cornelio en la calle y desaparece.

Es el preámbulo del choque verdadero, donde el protagonista y el antagonista se harán considerable daño.

No me la cuente, por favor, prefiero ir poco a poco.

Veo que le gustan las emociones al extremo.

Realmente no lo sabía.

Leyendo libros se descubren cosas de uno.

Usted, ¿qué descubrimientos ha hecho?

Bebe un sorbo de café con leche. Carmen me pregunta si deseo algo. Le digo que al rato.

¿Realmente le importa?

No tiene idea de cuánto.

No estoy seguro, pero podría decir que hay algo de repulsa en su sonrisa. Al menos mi hermana así sonríe cuando no quiere nada de nada.

Descubrí que me gusta buscar lo que los escritores dicen entre líneas. Hay expresiones que revelan cómo era su tiempo, sus amigos, sus amores.

Qué interesante; entonces, ¿por qué yo sólo me entero de la historia?

Porque le gusta emocionarse.

¿Habrá cosas que un escritor diga que tengan que ver con el que lee?

Por supuesto.

¿En serio? Porque me impresionó la parte del pelotón suicida, no le entendí, y luego dice que los secuestraron en Michoacán.

Me mira con atención.

Es probable que el autor trate de señalar lo absurdo de querer saber un secreto que no existe, es una canción de amor en que todo es evidente; lo de Michoacán no tengo idea; podría ser una experiencia del autor, aunque no sea michoacano.

Usted, ¿tiene algún secreto?

Me reta con coquetería. Chale, qué difíciles son las chicas que a uno le interesan.

No tengo por qué responderle sobre nada y menos sobre asuntos personales, lo sabe, ¿verdad?

Perdón, por favor termine su café, ¿conoce Michoacán?

No, con permiso; debo retirarme.

Se pone de pie.

¿Y al autor de la novela? Dijo que no era de Michoacán.

Después hablamos.

¿A qué le teme?

Me mira sin hablar. Me estremezco.

No le he dado motivos para que me acose, majadero.

La veo alejarse, hermosa, vestida de verde claro, con su paso modosito.

¿Qué le pasa a la güey, no es capaz de pensar que me gusta un resto, que podría ser la mujer de mi vida? Qué linda es. Mientras llegan los carcamales leo un poco, quizá descubra qué onda con los michoacanos.

Bojórquez se encontró con Fernando Séptimo un atardecer que salía del restaurante donde había almorzado tamales de elote y caldo de pollo. Era moreno, fuerte, de ojos grandes y bigote mexicano. Edad indefinida.

¿Puedo hablar con usted?

Pensó que tal vez quería trabajar en Las Pozas.

Dígame, señor, en qué puedo servirle, soy Cornelio Bojórquez. Y yo Fernando Séptimo, a veces también me dicen Zopilote; lo que quiero tratar es referente a esas cosillas que les han pasado, usted me entiende, esas cosillas raras, esa mujer del ojo rojo, esas lluvias.

Cornelio se apartó un paso, alerta, y escuchó con atención. Dos noches atrás había tenido la experiencia con la chamana. Miradas profundas. Hizo un gesto de aceptación.

Pero no aquí, siga por la calle del convento hasta un arroyo pequeño después del camino real; suba por él hasta que encuentre una casa de barro entre el monte, allí lo esperamos; ah, lleve algo.

Cornelio lo sintió alejarse, entendió que no debía verlo ni acompañarlo. En el camino compró una botella de mezcal y se apegó a las instrucciones. El arroyo tenía poca agua, por lo que pudo remontarlo sin dificultad. Transpiraba, se oían fuertes ruidos y sólo unos cuantos rayos penetraban la floresta. No quiso pensar, sólo se dejó llevar por el líquido que bajaba entre los pedruscos. Tiempo después vio la pequeña casa de madera y lodo entre los árboles. En la puerta lo esperaba Fernando Séptimo, quien lo invitó a pasar. En la única pieza, encontró dos sillas libres y un hombre sentado que se puso de pie para saludarlo: Miguel Poot.

Cornelio abrió la botella, bebió un trago y la pasó. Los señores lo imitaron y la colocaron al centro, en el piso de tierra, junto a otra vacía; luego observaron largo a su invitado que esperaba sereno, tenía una ligera idea de lo que representaban sus anfitriones, para los que el silencio debía significar algo; aunque eran jóvenes, se parecían un poco a su tata.

Somos chamanes y usted es nieto de chamán, por eso no podemos desampararlo.

Gracias.

Fernando Séptimo hizo un gesto de afirmación, tomó la botella, bebió y la hizo dar la ronda. La habitación medía seis por ocho metros, con un hornillo y una mesa donde sobresalía la olla del agua.

El ser que les hizo las travesuras es muy poderoso y no los quiere por aquí. Su nombre es Arsenia H.

Musitó Miguel Poot, dejando notar un ligero candor en su voz. Ambos lucían caras afeitadas.

Sabemos que te encontró hace unas noches. Le gustan las noches.

¿Por qué no quiere que cultivemos la loma? Esa mujer piensa que desciende de Cuauhtémoc y que es su obligación preservar cualquier cosa que llame la atención a los extranjeros. Dijo que era un lugar sagrado.

Los chamanes se miraron.

De eso mejor no hablamos. Ella era buena, incluso fue mujer de Fernando Séptimo. Cierto, fue mi primera mujer y era educada, muy hacendosa, nadie como ella para preparar pollo en pipián; después fue mujer de Miguel Poot. Es verdad, fue mi mujer hasta que se volvió loca y le dio por hacer maldades a la gente, sobre todo a los que intentaban sacar algo del cerro del coronel Castillo o se dejaban crecer la barba. Sucedió cuando quedó huérfana.

Bojórquez miraba a uno y a otro; estaba apaciguado.

La trae contra la gente con barba, por lo de la conquista. Nosotros no vamos a robar nada, las flores que sacaremos serán las que produzcamos y yo no tengo barba. Eso pensamos, pero ella no quiere enterarse y es una mujer violenta que no conoce escrúpulos; a Miguel Poot lo golpeaba. A ti también.

De inmediato se generó una tensión que impactó al mestizo; ambos chamanes arrugaron sus frentes y dejaron de parpadear.

Amenazó con mandar una fuerza mayor, ¿qué quiso decir?

Dejaron pasar dos minutos, bebieron y Miguel Poot tomó la palabra:

Cree que puede hacer toda clase de ruindades, que puede mover montañas, ríos y nubes, ablandar el metal y envenenar las frutas de los árboles; también controlar la oscuridad; tiene un gato gris del que no se separa y que mira a través de las paredes. ¿Es eso posible? Se mueve velozmente; la he visto impulsar piedras grandes; un día cerró el camino real a unos queretanos que transportaban madera; tuvieron que dejarla allí mismo. Y hace llover pedruscos. Eso es fácil, Fernando Séptimo le enseñó. Yo la enseñé a impulsar piedras y tú a desbordar ríos.

Cornelio les pasó la botella a punto de vaciarse.

Dijo que la catleya de plata había elegido a Edward James y que no tenía remedio, pero que si buscaba la de oro nos mataría a los dos, sin piedad. ¿Te digo algo?; créele, ese conocimiento ella no lo debería tener, pero...

Fernando Séptimo hizo un gesto de arrepentimiento.

Pero tú se lo enseñaste.

Le recordó Miguel Poot en franco reclamo y mirada fría.

Fuiste un inconsciente. ¿Yo?, inconsciente tú y no te quieras hacer el puro; cierto, yo le enseñé la fuerza de la catleya de oro, pero de nada le servía si no hubiera conocido el poder de la de plata, que le enseñaste tú, si la memoria no me engaña.

Se sintió un ligero temblor.

Por eso tembló, por el amor.

Miguel Poot esbozó una leve sonrisa que consiguió que Fernando Séptimo se encrespara y la piel se le pusiera dura, rugosa, negruzca. Cornelio admiró la metamorfosis, lo mismo en Miguel Poot a quien le brotaban pequeñas plumas negras en los brazos y su cabeza se alargó y algo de pico de águila apareció en su nariz.

Señores, tranquilos, por favor.

Expresó con calma pero firme. Momento de tensión. Los chamanes volvieron a la normalidad con gestos amistosos.

Se acabó el mezcal.

¿Por qué brilla su ojo rojo? Que te lo cuente Miguel Poot. Con mucho gusto, siempre y cuando vea una botella de mezcal hasta el borde en lugar de esa vacía. Es lo mejor para la mala memoria. No falla.

¿Es tan bueno el mezcal? Preguntaré a Balam, seguro se echa sus tragos, así como nosotros le llegamos a la chela. ¿Qué le gustará a Lady Di? Podría regalarle un becerro blanco; en cuanto a Fram, debe entrarle a tocho morocho, se ve bien locochona, y con ese novio, ni hablar. Los becerros blancos son rarísimos, más que las orquídeas que destruye Arsenia H.

Encontró a Edward James en el hotel cenando trozos de carne y queso con cerveza rubia. Sobre la mesa un montón de servilletas usadas. En el tocadiscos Caruso cantaba *La donna è mobile*, versión grabada por la empresa Víctor por primera vez en 1907, año en que el inglés nació.

Siéntate, Cornelio, esta noche olvídate de tu chica y cena conmigo.

El recién llegado se instaló con una sonrisa, se sirvió trozos de queso, carne y pan y abrió una cerveza. Esperó un par de minutos y le refirió su reciente experiencia.

Qué contrariedad; vamos a considerar la situación; no podemos exponernos al grado de perder la vida; aunque esas orquídeas bien valen una misa.

A mí, el pueblo me gusta, usted me invitó a trabajar y estoy trabajando; no voy a salir corriendo por esa mujer de ojo rojo.

Creí que estabas enamorado, pero no tanto.

Pues eso también; además, ya dijo la vieja, puede quedarse con la catleya de plata.

¿Hablas en serio, acaso no fue una alucinación?

Quedarse con ella es, quizá, simplemente contemplarla.

Claro, como una obra de arte; recordarla será un buen ejercicio.

La voz de Arsenia H es como una pared con un temblor dentro; por cierto, vive en el cerro de las pústulas.

Qué coincidencia, bueno, quizá no lo sea tanto; lo sagrado, ¿es definitivo?

Los chamanes, aunque se observaron significativamente, no quisieron tratar el punto. Ya les preguntaré de nuevo, porque la verdad creo que es importante.

No se puede creer lo que tienen los pueblos hasta que estás en ellos.

Conversaron largo sobre orquídeas y el mercado inglés, sobre West Dean y su coto de caza. Sobre Roma que lo marcó para siempre y de qué manera. Acabaron una botella de escocés y se fueron a dormir. James viajaría al día siguiente. La cosecha estaba próxima y urgían los últimos acuerdos con los distribuidores.

Entrada la mañana se despidieron.

Entonces, definitivamente nos quedamos; le diré a Leonora para que nos visite y venga a pintar acá; ah, y ese asunto del amor, se ve bien; no olvides que hay que dar por partes iguales; en mi caso, como sólo yo ponía, todo se vino al traste. Gracias, don Eduardo, y si no estoy equivocado, Rafaela se pondrá feliz. No me digas que está enterada. No le he hecho un solo comentario, pero en este pueblo todo se sabe, aunque no se sepa. Buscaré una guacamaya, dicen que son muy parlanchinas. Buen viaje.

El automóvil se alejó. Cornelio lo vio perderse al final de la calle; después se acordó de Enrique Serna, sonrió y fue a enviarle un telegrama.

Ese Serna es el de Cuernavaca. Esas flores raras que he visto, son orquídeas. ¿Cómo estará mi papá? Pobre don Camilo, tengo que hacerlo bien por él, ¿a qué hora llegan los viejos? Qué amigos tan raros tiene mi abuelo Nacho.

Alrededor de las doce aparecen Torres y Bukowski. Los dos flacos y feos. Bukowski es alto, cara picada de acné; Torres es bajo y moreno, rostro redondo, piel seca. Simpáticos.

Mira nomás, el idiota de la familia.

Bukowski me palmea con suavidad.

Lo veo bien, aunque su abuelo piense que es atarantado.

Torres, te recuerdo que fui el idiota de mi familia, así que algo sé de eso. Bueno, mi percepción es que tu padre está cerca: te citan en el Huanacaxtle de los corazones, quieren el dinero en La Silleta, te provocan para conocerte, prefieren tratar con tu abuelo y las ruinas del rancho Durango están cerca.

No olvidemos que pudiera estar en San Luis.

No insistas, Torres; si vendieron rápidamente al secuestrado, como parece ser, pudiera estar en cualquier parte y aquí es donde les es más propicio.

Bukowski saca una botella de mezcal cerrada, la observa con deleite y la pasa a don Romeo que le mira la marca, la tapa sellada y se la guarda. Caminamos a tomar un taxi.

Así que vamos a inspeccionar algunas partes de la zona.

Señala Romeo.

¿Dices que revisaste el pueblo?

En el pueblo no está, de eso estoy seguro.

En el cerro de las piedras blancas hay una casa.

Sí, es la vieja casa de Arsenia H, pero allí nadie se acerca, debe estar en ruinas; ¿cómo sabes eso? Ya te dije que seas prudente.

Está bien, ¿y en la casa de Miguel Poot?

Los veteranos me miran sorprendidos.

Definitivamente estás haciendo algo indebido.

Es usual en los idiotas de la familia.

Para saber dónde está papá no debo pasármela encerrado en el hotel, aunque me vigilen.

Tampoco a esa casa te puedes acercar, ¿a quién quieres engañar?

La voz de Torres se vuelve ronca. Bukowski lo tranquiliza.

Saco un mapa de la zona que tomé del hotel antes de que llegaran y lo extiendo.

Tengo una inquietud.

Nos detenemos y se los muestro.

Aquí está Xilitla, aquí Las Pozas y hasta acá La Silleta. Con eso que dice usted, Bukowski, ¿no se les hace muy lejos?

Reflexionan.

¿Crees que lo tengan en Las Pozas?

Por lo que vi, hay numerosos escondites donde lo podrían ocultar, incluido el Cenote Sagrado.

Los viejos se miran de nuevo, hacen gestos de afirmación.

Tiene sentido.

Dice Bukowski, y agrega Torres:

Será mejor que te quedes en el hotel; nosotros haremos la exploración, al fin que los secuestradores no nos conocen.

Es correcto.

Los llevo, casi no he usado el Tsuru.

Mejor, así tendrás en qué regresar a San Luis; no olvides que llevarás un pasajero.

Anda con cuidado, ¿has oído hablar de la orquídea Calavera, tu amigo el de la boa te ha dicho algo?

Sé de ella, pero no por Balam.

Deja eso, Torres, es sólo un mito.

Tú sólo entiendes de caballos, Bukowski, déjame esto a mí; y más respeto para nuestras presencias.

¿Por qué no son razonables?, ¿por qué deben relacionar todo con misterios?

Los dejo discutiendo y regreso a mi habitación. Recuerdo a la llorona de mi madre pero prefiero no llamar; quizá sólo tengo una oportunidad de rescatar al viejón y no la voy a desperdiciar. Mi celular sigue apagado y no encuentro cargador. No le he preguntado a Balam: qué pendejo.

Cornelio y Rafaela se casaron un domingo soleado a las doce del día. La ceremonia fue en la vieja iglesia del exconvento de San Agustín que mereció una mano de pintura blanca. La novia era una reina, su belleza y su alegría, un resplandor inmenso. Los invitados la veían y se contagiaban. Su corte era de lindas chicas vestidas de rosa.

Después se hizo la fiesta, que es la manifestación extremada de la espera.

Miguel Poot y Fernando Séptimo intentaron decir augurios pero Cornelio los disuadió. Nada codiciaba saber del futuro, fuera lo que fuera, quería esperarlo sin prisa y sin aprehensiones. Les dio las gracias y brindó con ellos con mezcal.

Lo único que debes saber es que tendrás un hijo.

Vaticinó Miguel Poot muy formal, vestía de blanco, con elegancia. El mestizo se puso parco.

Con esa ropa parecen palomas. Pero varias hijas.

Completó Fernando Séptimo con una sonrisa, que suavizó los rasgos del mestizo, que buscó con la mirada a la novia que saludaba a la concurrencia. En una mesa al aire libre depositaban los regalos.

Me recuerdan a mi abuelo, siempre adelantando lo que sucedería años después; cuando ocurría, nadie recordaba que lo había anunciado. ¿Vive tu abuelo? En Sonora, y si le gustara salir aquí lo tendríamos. Te irá bien; digamos que no te quejarás de tu suerte. Nunca me he quejado; creo que he estado donde debo estar en el momento preciso.

Mesas con manteles blancos al aire libre. En una de ellas, Edward James departía con el director de cine John Huston que buscaba locaciones para filmar *La vorágine*, de José Eustasio Rivera. La novela es extraordinaria, con una historia atractiva, un personaje completo y un final de antología; además, una colombiana de dúctiles caderas le había bailado un par de cumbias en privado y merecía un grandioso homenaje; él, ¿para qué había nacido si no era para ofrendar a la belleza? Probaron el aguardiente y a Huston le encantó.

Tengo un proyecto para cine, John, he hablado con Luis Buñuel pero está demasiado ocupado en París, él y Dalí traen algo entre manos y no sueltan prenda; me pregunto si lo podrías hacer tú. Te escucho, me contaron algo de ti que me pareció fantástico, esa metáfora del papel sanitario tiene sentido en una época en que todo parece irse a la mierda. No no, no es eso, no creo que eso sea importante; durante la guerra civil española, Dalí y yo estuvimos a punto de comprar un avión para apoyar a los republicanos pero desistimos, quiero traer ese avión u otro a mi jardín de orquídeas, que haga vuelos regulares por las montañas y que dé la idea de turismo espacial; algún día se pondrá de moda. Y que deje caer papel sanitario de colores sobre la jungla con mensajes para Tarzán y Jane.

Propone Huston entre interesado y escéptico.

No me entiendes; el papel sanitario no entra, el personaje es el avión, otros podrían ser la selva, quizá los ríos, los arroyos, la lluvia o las orquídeas. Buena idea, un bombardero forrado de papel sanitario en picada y con flequitos de colores. Eres insoportable, Huston.

James se levantó molesto y se retiró a su hotel. John Huston consumió la botella, llamó a unos músicos que le tocaron *Las tres Huastecas* y con eso lo llevaron al mismo hotel a dormir la borrachera. Alucinaba con el recuerdo de su padre y con una joven morena de cuerpo perfecto.

Las mejores familias se hallaban presentes en la boda, se divertían, bebían y cotilleaban. De vez en cuando ponían atención a los chamanes que departían entre sí y con Cornelio, que cada vez que podía se acercaba a brindar con ellos y con Ángel Alvarado, quien permanecía con sus camaradas sin dejar de fumar. Si el novio era amigo de esos brujos, esperaban que Rafaela no lo sufriera. Era tan linda que merecía lo mejor; sin embargo, el amor es un perro sin dueño y se había enamorado de ese forastero que quién sabe de qué familia sería; no siempre se puede confiar en los norteños, tienen arena en los ojos, miran tan raro y sonríen tan bien.

La fiesta debía terminar al día siguiente a la hora que se fuera el último invitado: era la regla.

Las niñas serán muy hermosas, Cornelio, muy listas; serás feliz. Gracias, Miguel Poot, pero quedamos en que no me revelarían nada, prefiero no preocuparme del futuro hasta que llegue. Y estamos cumpliendo, esto que te digo es presente. No pierdas el equilibrio, muchacho; vamos a reducir las horas a la mitad para que amanezca, se larguen estos gorrones y se arrejunten ustedes cuanto antes. Es lo que hacías cuando vivías con aquella, ¿verdad; el día duraba doce horas y la noche, treinta y seis. ¿Y tú?; los diluvios eran de más de cuarenta días y cuarenta noches nomás porque no querías salir de casa. Ey, compórtense, estamos en mi boda, no lo olviden.

Ángel lanzaba humo suavemente. Los músicos no paraban de tocar sus alegres sones. La gente, enloquecida. Poco después un gallo cantó pero nadie se movió; continuaron bailando y bebiendo.

En un tejado próximo, el gato gris observaba. Ojos fluorescentes. En silencio.

Entonces empezó una lluvia torrencial que obligó a los presentes a marcharse porque no aguantaban el frío. Fernando Séptimo, mojado y sonriente, observó a Miguel Poot, que se había puesto circunspecto. Cornelio les hizo una señal de despedida.

El tejado se hallaba, ahora, desierto.

Me gustaría saber lo que me sucederá en la vida, ¿con quién me voy a casar: con Lady Di que se hace la difícil, con Iveth y sus grandes ojos, con Diana que me hizo trampa, con la sexy Fram o con alguien que conozca en la universidad? Ni idea. Llamo a casa de Iveth, espero que no ande corriendo o en el cine. Siento los labios hinchados. Responde una voz de chica pero ronca.

Con Iveth, porfa.

Soy yo, ¿quién habla?

Alberto Garay, hermano de Fritzia.

Ah, el Capi, me dijo mi mamá que habías llamado; ¿quieres hablar conmigo o con mi papá?

Contigo, ¿qué tal la película?

Me encantó, estoy enamorada de Colin Firth.

¿Qué no es gay?

Ay, no sé, está guapísimo; ¿qué tal Diana? Su exnovio anda diciendo que desapareciste porque le temes.

¿El Osuna Espinoza? Está mal de la cabeza el güey, y no tengo nada con Diana, de verdad, hay un tremendo malentendido.

Fritzia dice que sí, hasta está contenta con su cuñada.

Mi hermana está loca de remate; ¿tenemos que hablar de eso?

Como quieras, a mí ni me va ni me viene.

Oye, porfa, no es para tanto, luego aclaramos lo que sea.

Conmigo nada tienes que aclarar.

Está bien, ahora permíteme una pregunta, ¿es verdad que tu papá quería comprar nuestro rancho?

Tu abuelo se lo propuso pero no creo que le interese; va a instalar un rastro súper moderno y está invirtiendo todo en eso; ¿quieres hablar con él?

Me gustaría.

Llama en dos días, ahora está en Dallas, Texas.

¿Te gustan Los Tigres del Norte?

Guácala, cómo crees, lo mío es Beyoncé, adoro a La Ley, Beto Cuevas es un ángel.

Bueno, ¿podríamos vernos cuando vuelva?

¿Por qué no?, ¿dónde andas?

En Monterrey, quiero ingresar al Tec.

Me comentó Fritzia que irías a una universidad texana.

Es mi primera opción, pero igual vine a ver qué onda.

Colgamos, ¿y ahora? Maldita Diana, está destruyendo mi vida, y la mensa de Fritzia involucrada, y hasta el Osuna Espinoza me hace propaganda. Otro pendejo. ¿Por qué Iveth habló de eso, está celosa? Ojalá, si te celan te quieren, dice mi mamá; le voy a llevar un cedé de La Ley y otro de Los Tigres. ¿Y mi papá? No queda otro camino que rescatarlo como en las películas, ¿valdría la pena avisar a la policía? No creo, a ver si el libro me da una pista.

El color es vida, y así se veía el cerro que Edward James, Cornelio Bojórquez y un grupo de trabajadores habían convertido en arcoíris granulado esparcido en suelos y troncos podridos.

¿Cómo medir la belleza que no sea con la primera impresión?

Preguntó el inglés con rostro concentrado y sudoroso. Bojórquez emitió una leve sonrisa. Habían pasado meses desde que estuvieron a punto del fracaso y ahora todo parecía tomar el rumbo correcto.

Mañana mismo iremos a Veracruz a cerrar el trato con los navieros aunque algún porcentaje enviaremos por avión; esto es para colorear media Europa. Claude Monet hubiera muerto de asombro ante este espectáculo. Son diecinueve mil doscientas seis.

Recorrieron parte del orquideario y constataron que estaba sano: las *Cymbidum*, las *Phalaenopsis,* y desde luego las vistosas catleyas, crecían en los árboles añosos; algunas *Paphiopedium* y *Selenipedium*, se encontraban en hojarascas podridas, y la *Calanthe vestita* y la *Cyclopopon*, se desarrollaban muy bien en tierra; además de infinidad de especies silvestres que habían surgido de pronto. Edward James no cabía en sí de gusto; lo que parecía una excentricidad era una realidad, una extraordinaria realidad. El calor era leve, aun así fue a darse un chapuzón antes de regresar al hotel. Esa agua debía tener una fuente natural porque nunca se agotaba, ¿era eso lo sagrado? En cuanto vea guacamayas compraré una, dicen que son de buen agüero.

Apenas se había metido cuando apareció la catleya de plata, excelsa bajo los rayos de la tarde, flotando con ritmo especial. Edward intentó tocarla pero se desvaneció para aflorar a un metro de su nariz. En un parpadeo, a su lado surgió una más hermosa, dorada, caprichosa, que se movía con mayor donosura. Edward James abrió los ojos y respiró profundo. La de oro, la catleya de oro. ¿Cuál era la amenaza? Una música extraña se apoderó de sus oídos y se activó su sentido de apropiación: hay obras de arte que es mejor tener en casa, pero ¿qué debo hacer, cómo consigo estas piezas tan especiales?, ¿a quién puedo comprar esta maravilla? Son perfectas y nada saben de Newton o de Einstein. ¿A Arsenia H?, ¿a los chamanes amigos de Cornelio? Alucinado, se quedó quieto. Oh, sintió que se desmayaba. Jaló aire, el mundo empezó a girar alrededor como una esfera que contenía todo lo visible y lo invisible y se perdió, lo arrastró el agua sin conocimiento, la sensación era similar a la padecida años atrás en el comedor de West Dean. Las únicas diferencias fueron que en vez del viñedo flotaban orquídeas, y en lugar de la alfombra olorosa a pescado, se deslizaba entre piedras hirientes a la poza contigua. Ángel Alvarado, quien trabajaba a unos metros del arroyo, gritó: ¡Cornelio, el señor se ahoga, apúrese! Y corrió a rescatar el cuerpo blanco que descendía sobre las rocas afiladas, ramas y burbujas.

El norteño se lanzó al agua, tomó de las axilas el cuerpo inerme que sostenía Alvarado y lo arrastraron a la orilla. Tenía algunos kilos de más. Cuidado con eso, cuidado, repetían las boas que escondidas entre el follaje atestiguaron el suceso. Le habló Cornelio: No se vaya, don Eduardo, no se vaya, regrese, tenemos la primera cosecha importante, debe escribir más poemas, y le oprimió el pecho varias veces hasta que soltó un chorro de agua, tosió y volvió en sí; quiso ponerse de pie pero el mestizo lo calmó.

Tranquilo, deje que sus pulmones se regularicen, tome su tiempo, respire, quédese quieto.

Edward se hallaba muy mareado, había recorrido su vida y no comprendía por qué. Minutos después, externó:

Cornelio, amigo, es el síndrome de Stendhal, uno se desmaya ante el impacto de la belleza, sólo que yo estaba en el agua y si no es por ustedes no la cuento; una vez más apareció la orquídea de plata, pero no venía sola, pude ver la de oro que es realmente deslumbrante; en ese momento me vino el desmayo, parecido al que experimentó el novelista francés en un templo de Florencia, en 1817; la auténtica belleza es insoportable. No se olvide de Arsenia H, don Eduardo; ese asunto sigue pendiente e incluye esas orquídeas.

Y fue mencionar su nombre y que se hiciera presente. En un árbol ribereño el gato pardo se relamía los bigotes y sonreía. Había engullido tres palomitas de un nido y aún tenía plumas en el hocico. A pocos metros, sobre una roca, la mujer del ojo rojo brillante, vestida de negro, cubierta la cabeza con un rebozo también negro y desmenuzando una orquídea blanca, amenazó con voz imponente.

Se los advertí, forasteros, la maldición de las siete lunas, la de los siete soles y la oscuridad eterna…

Miaaa…

El desgarrador maullido del gato la distrajo. Inevitable. Todos se volvieron al árbol y vieron cómo la gran boa líder, de mancha amarilla en la cabeza, lo ingería con todo y sonrisa. Lento deleite. Luego pusieron atención a la mujer que continuaba sorprendida. Nooo, saltó rápidamente al pie del árbol en pos de la boa que no se había movido de su sitio, cuatro metros arriba, dispuesta a todo. El ojo rojo resplandecía.

Escupe eso, maldita, antes de que acabe contigo.

Temblaba. Ángel Alvarado, quien mucho veía y poco decía, quitó el cigarro de sus labios y rugió:

Retírate, Arsenia H, ya no es tu tiempo.

A la vez, un lagarto oscuro se interpuso entre la boa y la chamana, un águila poderosa graznó detenida a su lado y las otras dos boas se hicieron presentes. Sss.

La mujer, que ya trepaba el grueso tronco con piedras blancas en la mano, donde crecían hermosas catleyas, se paralizó. Arriba, la boa vigilante. El gato se notaba en su cuerpo. Conocía de sobra a esos animales aparecidos y Alvarado era un idiota, jamás comprendería las cosas de la familia; se dejó caer, su ojo se opacó un tanto, los barrió con un rencor vivo y se alejó arroyo abajo. Antes de desaparecer, se dirigió a Fernando Séptimo y a Miguel Poot que, transformados en humanos, la acechaban sudorosos. Estúpidos, medios hombres, traidores, los insultó y continuó su camino con cierto orgullo.

Un minuto después se les unió Cornelio.

Es tremenda, intentó matar a don Eduardo.

Los chamanes se miraron. Miguel Poot tomó la palabra.

No es enemigo pequeño, por fortuna estuvimos a tiempo. Los vi, pero entonces, ¿no fue suficiente?

Miguel Poot echó un vistazo a su compañero y se volvió al mestizo.

No creo. Yo tampoco. Ese gato era el ser más importante en su vida; será mejor que se cuiden. Era como su esposo, quizá mejor que cualquiera de nosotros. Eso no lo digo yo. Pero yo sí.

James se aproximó auxiliado por Ángel. Trastabillaba y aún estaba pálido, pero sus ojos azules habían recuperado el brillo.

Señores, agradezco muchísimo su valiosa intervención; y quiero que sepan que esa mujer no nos detendrá, ¿por qué habríamos de parar? Agradezca también a las boas, que son las verdaderas guardianas del lugar. Ese es un compromiso que me tomo con seriedad; desde hace meses pedí que se respetaran, que nadie les hiciera daño.

Expresó y pensó: «Deidad divina, símbolo de la medicina, estás sentenciada a la extinción…».

Y díganle a esa mujer que no tomaré una piedra de este cerro; tampoco me apropiaré de las orquídeas flotantes; son de Xilitla y en Xilitla se quedan; a propósito, ¿por qué despedazó una orquídea blanca?; no tenemos blancas, ¿acaso las destruyó todas? Esa historia no se cuenta fácilmente.

Manifestó Fernando Séptimo.

Es correcto.

Aseveró su compañero.

Que te cuenten: es tiempo de que sepas la verdad, le susurró la boa líder a Edward.

Subieron a una camioneta de trabajo, Cornelio al volante, y regresaron al pueblo. ¿Cuál es la verdad con respecto a ese cerro? James hizo la pregunta a los chamanes que miraron al guía. Alvarado asintió. Miguel Poot contó que en ese lugar se hallaba enterrada una niña pequeña, hermana de Arsenia H, que vivía temerosa de que algo peor que la muerte le sucediera si no cuidaba bien el sitio. Ángel encendió un nuevo cigarro. También creía que la niña retornaría en forma de orquídea blanca. ¿Por eso las destruía? Los chamanes afirmaron. Qué maravilla, ¿qué le hizo Arsenia H a la niña cuando estaba viva? Los tres miraron el suelo.

Arsenia H se retiró del cerro caminando. Esta vez no hizo gala de su velocidad; tardó tanto en volver a casa que cuando llegó era de noche. El dolor por la pérdida del gato era profundo y su deseo de venganza la tenía atrapada. ¿Cómo se le escaparon esas boas, si las mataba todos los días? Espero que no haya crecido alguna orquídea blanca por ahí que pudiera ser un peligro. Suprimió la cortina de agua, entró, comió carne seca, bebió café y esperó. Horas después se encomendó a los dioses y salió al patio, se paró en una piedra blanca, sus labios temblaban, se concentró intensamente hasta que sintió que su elemento, el agua, la obedecía. Un aire espeso y húmedo flotaba a su alrededor. Expresó enérgicamente:

Bestia peluda, vivirás para siempre porque este día jamás se olvidará.

Luego alzó los brazos al cielo, trémulos, y el aire se agitó obediente; de sus manos brotó una fuerza oscura que generó corrientes en la atmósfera que chocaron en un estruendo espantoso. Brownnnn. Luego se formó una masa blanca que descendió enigmática sobre el cerro del coronel y sus alrededores.

Esa noche, el frío caló sobre Xilitla. En su casa de barro, Miguel Poot escuchó el zumbido del viento y vio caer los primeros copos de nieve. Lo creo porque lo veo, murmuró. Había enseñado a la chamana el secreto para mover el agua, para cambiar su estado y manipularla a placer; ¿acaso no había provocado lluvia en la boda de Rafaela como un deseo de buena fortuna? Qué estupenda aprendiz: lástima que quiera estar sola.

En la ventana de una casa pequeña, muy cercana a Las Pozas, Ángel Alvarado fumaba a llamaradas; luego la cerró para evitar el frío inclemente.

En el abismo, donde la flor crecía a ritmo normal, las boas se acomodaron una sobre otra para proteger a la orquídea blanca manchada de negro, que temblaba por el frío y la nieve que casi cubría a sus protectoras. Tres conejos que buscaban refugio por ahí sucumbieron ante las boas, que en vez de cenarlos, los encimaron para que dieran calor a los pétalos de su diosa. Todo el tiempo que duró la tormenta, pudieron ver la enorme cantidad de animales pequeños que perdieron la vida congelados, entre ellos los escarabajos.

Lo que dije: esa Arsenia H está pesada, si la tuviera de mi lado podría rescatar al viejón sin mayor bronca. Imagino a los secuestradores congelados, no, mejor no, podría afectar a mi papá; mejor que los ahogue en un río crecido o que les lance piedras a la espalda. Escucho murmullos y tocan mi puerta. Pienso en Lady Di pero son los viejos. Sus ojos brillan. Sólo con verlos sé que no hay novedades.

Recorrimos caminos, azoteas, escaleras y nada. Lo siento, si hay algo sospechoso en Las Pozas no lo vimos.

Dice Bukowski y Torres afirma con la cabeza.

Esperemos a que los secuestradores hagan contacto de nuevo.

¿Por qué me preguntó por la orquídea Calavera, don Romeo?

Dicen que está ligada a Las Pozas y a todo lo que tiene que ver con el lugar, que de alguna manera interviene en los problemas, pero nadie la ha visto aunque todos creen que es real.

Deja eso, Capi, toda creencia entorpece el entendimiento, los peores son los mitos pueblerinos. Ahora debemos esperar y eso haremos.

Tú no sabes de esto, Bukowski, y será mejor que te calles.

Me callo, pero eso no te da la razón.

Está bien, aguantaremos un poco.

Digo, pero por dentro me estoy quemando, ¿esperar qué, que me dejen por ahí a mi padre hecho fiambre, como dicen ellos? No, no lo haré, pero enmudezco, debo pensar. Los ancianos se van discutiendo acaloradamente. Minutos después salgo en busca de Carmen. Pregunto por Balam.

Debe andar por la plaza con su boa.

Y allá voy.

La casa de los colibríes

Balam está rodeado de jóvenes en bermudas que admiran su boa. Les cuenta que es originaria del cerro de Las Pozas, que no sabe su edad y que come sólo carne blanca. Me descubre y en cuanto puede viene hacia mí.

¿Que te fuiste a inscribir a San Luis, güey?

Sí, pero me faltó dinero; dejé mi lugar apartado; tengo que conseguir un certificado médico.

Te van a sacar medio litro de sangre.

¿Tanta?

Debes llevar caca y orina, toda la que puedas, y también mocos.

¿Mocos?

Entre más verdes, mejor.

Estas jugando, ¿verdad, güey? El caso es que me lo puedo hacer aquí; ¿a ustedes también se los piden?

155

Claro, güey, a todos, además te hacen el tacto para ver cómo andas de la próstata y si has tenido gonorrea.

Estás inventando; qué onda, cómo van tus vacaciones.

Bien animadas, he recorrido el pueblo y conversado con algunas personas.

Es raro que alguien de tu edad pase vacaciones aquí y solo.

Es cierto, al principio vine nomás a ver qué onda; ahora ya me interesé por Edward James y Las Pozas.

El otro día te vi más bien indiferente.

Es que no te tenía confianza.

¿Y ahora, güey?

Vamos y verás, quiero conocer cada rincón.

De acuerdo, tenemos tres horas antes de que anochezca, me toca dar función a las siete.

¿De qué lengua es tu nombre, güey?

Maya, y quiere decir jaguar o algo así.

Órale, suena bien; oye, ¿sabes dónde puedo encontrar un cargador para este celu?

Es muy moderno, apenas en San Luis.

Utilizamos el Tsuru. Ya en Las Pozas recorremos el arroyo hasta una gran cascada. Entramos por arriba a la zona de esculturas y observo cada rincón. En la Casa del Ocelote hay una especie de templo de meditación donde encuentro dos fichas de refresco y un trozo de tela sucia con algo que podría ser sangre. Los guardo. Siento comezón. Tal vez mi padre estuvo aquí. Balam lo nota.

¿Qué te pasa, güey? Parece que viste al diablo.

No lo vi pero me acordé de él.

Eres chistoso, Capi, y a la boa le caes bien; te pusiste tenso, lo detectó pero no se preocupó.

¿Detecta todo?

Bueno, no es como los perros que huelen y ya; pero percibe cosas, incluso reconoce a las personas; a mi mamá, por ejemplo, nunca la molesta, ¿la quieres cargar unos minutos?

Es una boa pacífica, ¿verdad, güey?

Es artista y como puedes ver, te aprecia.

Me la cuelga del cuello. Es fría y rugosa. Veo su cabeza que se mueve con parsimonia. Pesa. Balam se lo toma natural y sigue caminando. Me cuenta que cuando se la regalaron ya era larga y gorda y que no quiere a ninguno de sus amigos.

¿Y a tus amigas?

A una nomás, que por cierto también estudiará en San Luis.

Ah, picarón, vas sobre seguro, ¿no, güey?

No pensarás que sólo me gustan las boas eh, güey; hay una disco en el pueblo, si quieres vamos.

Luego te digo.

Cinco minutos después me la quita.

La boa te quiere, Capi, eso es bueno.

También me cae bien, ¿conoces la orquídea Calavera?

Me mira, tarda en responder.

No estoy seguro, ¿qué escuchaste?

Me preguntaron que si me habías dicho algo de ella.

Dicen que interviene en la solución de las broncas de Xilitla, pero nadie lo puede comprobar.

Se nutre de piel de víbora.

¿Quién te dijo eso, güey?

Lo leí.

Es un enigma, la verdad no estoy seguro de que exista.

La Casa de los Colibríes me apantalla; soy testigo de un misterio especial, de algo que nunca había experimentado, quizá sea el efecto ese que se menciona en la novela.

Estoy observando cuidadosamente. Cerca hay un par de habitaciones ocupadas por personas que son estudiosos de la obra de James. Tienen las puertas abiertas y los vemos. Uno de ellos comenta unos dibujos, los compara con fotografías de las esculturas. Son cuatro jóvenes de barba, nos saludan. Me concentro, si mi padre estuviera aquí podría percibirlo. Nada. Balam me dice que ya es hora. Al salir, vemos un Tsuru negro con cristales polarizados, avanza despacio, me da un vuelco el corazón, luego se aleja a toda velocidad rumbo a la carretera.

¡Los secuestradores! Sobre de ellos.

Digo y me arrepiento de inmediato. Balam no entiende pero se sube al carro sin preguntar. La boa se agita un poco. Acelero por el camino de terracería que une al pueblo con Las Pozas y más adelante con una carretera.

¿Qué secuestradores, güey?

Unos que adoran el Huanacaxtle de los corazones.

¿Te secuestraron?

Luego te explico, güey.

Pongo atención al camino que es de curvas; lejos brillan, entre los árboles, las luces rojas del auto negro que frena y luego sube al pavimento quemando llanta. Poco después llegamos, un tráiler y un camión ocupan todo el espacio.

¿Tomaron a la izquierda o derecha?

La verdad, no vi.

Estoy a punto de golpear el volante por la desesperación pero veo a la boa que me observa. Me calmo. Entre otros vehículos enfilo despacio rumbo a la plaza y en el camino le invento a Balam una historia donde me secuestran.

Qué raro, güey, primera vez que me entero de que pasa algo así en Xilitla.

Me vieron cara de rico, güey.

Si quieres que avisemos a la policía te llevo de una vez.

Mejor no. Ya les ajustaré cuentas; ahora vete a sufrir por no ir a misa los domingos.

Sonríe, nos despedimos. Tengo que aprender a tener la sangre fría, a no decir lo que no debo decir. ¿Serían ellos? Quizás estuvo bien que no los alcanzara, digo, para que no la tomen contra el viejo. Dejo el carro en el estacionamiento y por no dejar voy a buscar el cargador. No hay de esos, joven. Ya en el hotel prefiero no llamar a casa, mejor leo, ¿me llamarán los malditos? Porque seguimos sin dinero y según Iveth, sin posibilidades de que su padre nos compre El Toro Cáram. Dios mío, no permitas que le hagan algo al viejón.

1931. No puedo, caminaba en la plaza de San Pedro, cientos de fieles de diversas nacionalidades hacían fila para ingresar a la Capilla Sixtina o adonde fuera, siempre y cuando se ubicara tras los altos muros del Vaticano. La fe moverá montañas pero no relojes. Edward James, delgado, sin desayunar, vestido de negro, con algo de frío no contemplaba a los feligreses ni a las construcciones adyacentes: se examinaba a sí mismo y el balance era desalentador. No puedo, se repetía. Hay algo dentro de mí que no sé describir, no encuentro las palabras ni la manera; es una nube que se mueve en mi cerebro que me es imposible desglosar. Y esa imposibilidad no era de ese momento o de la noche anterior, desde que años atrás no supo explicar la diferencia fundamental entre un hombre que concebía a la Tierra plana y otro que la conocía redonda, percibió sus limitaciones; no en las palabras, que lo tenían aunque no fuera tan estricto, sino en él mismo que sólo podía ser un poeta mediano que escribía sobre oscuridades, un poeta que expresaba sólo medias razones, medios asuntos, media insensatez. Mirando las piedras de la plaza lloró, vio el semicírculo de columnas de mármol y se sintió lejano: en el centro de nada. Una mujer vestida de azul le recordó a su madre, que era hermosa pero que jamás se interesó por la poesía. La poesía es fiesta pero ella jamás lo reconoció, decía que era algo que exigía demasiado, especial para solitarios y esquizofrénicos. Su imagen lo era todo y era su apuesta constante. Edward decidió ir por su Alfa Romeo, siguió el famoso túnel del Papa hasta llegar al río Tíber, de aguas blanquecinas. Cruzó el río por el puente Sant Angelo rumbo a la plaza de España a la que llegaría en media hora, donde había dejado su automóvil estacionado. Conversar es un arte y los sueños pueden construirse, ¿cómo puedo conseguir eso? Sólo sueño cosas terribles, pesadillas donde estoy en la selva y West Dean es la guarida de los bucaneros más crueles, ¿es eso posible? Tendré que seguir los pasos de mi padre y de mi tío Frank por África; matar leones es algo que nunca haré, así que sólo caminaré por la selva; quizás existan veredas y pueda conversar con algunos animales, quizá sepan más de política que yo. Avanzó despacio por calles empedradas, con los brazos hacia atrás. Una mujer cantaba *Funiculì, funiculà* con buena voz. Dejaré la embajada, el servicio exterior no es para mí, me atosiga; además se avecina una guerra y no le simpatizo suficiente al embajador, la otra noche le oí decir que soy un aristócrata arribista; si un arribista es el que va hacia arriba no lo veo ignominioso; en realidad no aprueba mi estilo de vida. Iré a Nueva York a visitar a mi primo; lo convenceré de que me nombre su heredero universal, me casaré y buscaré para vivir un lugar donde todo sea sorprendente, vuelen mariposas amarillas y el cielo sea imposible; debe haber algo así, ¿acaso no es el mundo redondo? No somos nada si el paisaje es nada. Es lo que mis amigos jamás entenderían. Ser o no ser, esa es la cuestión.

Al doblar una esquina dos mozalbetes lo pusieron contra la pared con una navaja en la garganta. Si te mueves eres fiambre, marica, quédate quieto que sólo queremos tu dinero, expresó el que lo amenazaba. Tu mierda de vida no nos interesa. James se aterró. El otro le extrajo su cartera, le quitó sus joyas, la llave del carro y reaccionó abanicándose la nariz. ¿Lo puedes creer? El cabrón se acaba de cagar, apesta horrible; cuando comas burro quítale los cascos, imbécil. Déjale algo para que compre papel sanitario. ¿Estás loco? Que se bañe en su mierda. Se burlaron. Ahora vamos por el Alfa, se marcharon a paso veloz, mientras James se ponía rojo de vergüenza. Comprendió a los ladrones, pero no su autohumillación.

Una mujer adusta le abrió la puerta de su casa y le indicó que podía usar el baño.

Soy una nulidad, algo tan común me ha puesto en el más profundo ridículo, ¿qué me pasó?, ¿estoy enfermo o soy un puerco sin remedio?

A partir de allí, no podría vivir lejos del papel sanitario.

Ah, con razón siempre quiere tener papel sanitario a la mano. Claro, lo entiendo, la noche que fui al Huanacaxtle de los corazones por poco me pasa eso. Dijeron la palabra fiambre, ¿qué significa realmente?

Son las siete y cuarto y empieza a llover. Veo el teléfono; ni siquiera Diana ha telefoneado. Debería llamar a Iveth y convencerla de que su papá compre el rancho y de que vaya conmigo al concierto de Los Tigres. Dijo que se había enamorado de Colin Firth, ¿qué tanto me le parezco? En los codos, quizá. Tocan a la puerta. Deben ser los viejos, ojalá traigan buenas noticias. Abro. Oh: es Fram, labios rojos, shortcito ajustado. Sin decir palabra se me lanza y me besa arrebatadamente. El susto me dura dos segundos y respondo. Es increíble como el cuerpo reacciona. Recuerdo que fue lo que hizo Diana y sí, la güey no traía calzones. Abrazo a la ojos verdes y siento que nos quemamos. Cuerpo duro. Permanecemos así como dos minutos en los que sus labios dejan de ser rojos y los míos se vuelven rosados. ¿Dónde guardé los condones? Maldita sea, están en el carro. No me pasará lo que con Diana; sin embargo, en determinado momento ella se separa, me empuja sobre la cama y susurra:

Que sea la última vez que me plantas, ¿eh, güey?

Estuve ocupado.

¿Crees que yo no? Estuve hablando con un idiota como veinte minutos.

Toma el libro que tengo sobre el buró, me lo arroja a la cara y se larga. Tendré que ir por los condones.

Cuando digo que la vida está en otra parte no me refiero a otro planeta, hablo de una forma de nombrar, del peso del lenguaje en relación con los objetos que nombra. Nombrar es dar vida y movimiento. Los sueños suelen proponer ideas novedosas.

Carl Jung mantenía sus lentes redondos sobre la punta de la nariz. Bebía, apacible, atento a sus amigos y a un par de golondrinas que picoteaban restos de comida. Vestía un traje café claro.

Por eso Freud no te quería. Jamás tuve dificultades con el maestro, él con su método, su manera de escribir y de pensar sobre el subconsciente, y yo con la mía, considerando al ser humano como un universo complejo donde la religión, la cábala, la cultura y tantas cosas juegan un papel decisivo. ¿También usas cocaína? ¿Cómo crees?; uso algo peor. Algo he escuchado de tus hábitos.

Qué será, será, lo que vas a ser será, el tiempo te lo dirá, que será, será.

Leonora Carrington cruzó la cubierta cantando: iba hacia los camarotes.

Una vez Dalí me llevó con Freud, quería que le contara mis alucinaciones y algunos de mis sueños; pero nunca apareció, después supimos que era adicto y que de vez en cuando se quedaba anclado en ese mundo. Freud hubiera sido feliz conversando contigo y escribiendo sobre ti: un aristócrata sin miedo a ser diferente y a vivir su vida. Aunque esto de los sueños va más contigo, pienso yo.

Max Ernst bebió hasta agotar su vaso. El aire agitaba su cabello. Navegaban en el Mediterráneo tomando y comiendo. Arturo Pérez-Reverte los había levantado en Cartagena con la promesa de llevarlos a Formentera, pero los vientos estaban locos y no tenía la menor idea de su ruta.

Lloyd Wright, dime una cosa: ¿qué haces si una nevada destruye tu orquideario más logrado?; digamos que lo sembraste en esos parajes que tanto te gustan de las montañas y funcionó. Descanso diez minutos, toco el piano media hora y después me largo a Nueva York, pido un Martini seco y toco el piano, siempre hay que tocar el piano. Con tanto piano debes ser amigo de André Breton. Lo mejor de Breton es su mujer, la de piernas de cohete y pestañas de escritura infantil, y no creo que toque el piano. A mí Breton me cae bien.

Dijo Remedios Varo que había vomitado tres veces por la borda. Una de ellas, si Juan Cruz no la abraza a tiempo, se la hubieran desayunado los peces que seguían la nave.

¿Algo más de beber, señores?

Xavier Velasco le sirvió escocés a Max Ernst y ofreció a los demás.

¿Y Leonora? Durmiendo, hay ciertas cosas que ve mejor en sueños. ¿Por qué tan callado, señor Beckett? Creo que a esta nave le falta un tornillo, desde que subimos en Cartagena escucho un rechinido que no puede tener otro origen. Arturo, ¿puedes arreglar eso? Don Samuel, señores, este barco está en perfectas condiciones, nada le falta y nada le sobra; abróchense los cinturones porque en unos minutos escucharemos el canto de las sirenas y no respondo si alguno de ustedes se queda por ahí desperdigado. Me encantan las sirenas. A mí también, pero a las brasas, con un buen Côtes de Rhône.

Mi querido Edward James, debo partir, es mi hora de piano y aquí no encuentro ninguno. Pero, ¿cómo, llegarás nadando a París? Me iré como llegué; me despides de Chagall y de Chirico, no han parado de discutir desde que salimos: deben estar delirando.

Les gusta soñar el mundo, lo imaginan sin gravedad moviéndose a merced del viento o de las olas; lo que pasa es que comieron comida mexicana, que es realmente surrealista; el mole es algo tremendo, y no se diga las enchiladas potosinas, son suaves y apetitosas; ahora discuten sobre eso; después irán al baño. ¿Hay suficiente papel sanitario?

Ese asunto de las orquídeas tómalo como una señal, eres un cazador y no dejarás que tu presa escape, es el sentido de la cacería; además algo muy inglés; pero qué te digo, si eres propietario de un bosque. He visto zorros en Londres. West Dean está lleno, por estos años nadie va a cazarlos; si a alguien le apetece sólo tiene que aparecer por allá. Qué horror. Lo haremos deporte olímpico.

Quizá se filtra agua por algún sitio, el ruido que escucho es muy sutil, prácticamente imperceptible pero cada vez más frecuente.

Insistió el maestro Beckett.

Con permiso.

Remedios se acercó trastabillando a la borda. Juan Cruz la siguió. La tomó del abdomen para que vomitara. Pálida. Gala le trajo un poco de agua mineral.

¿Embarazada? Ni de broma.

Esperando que el viento calmara a la pintora, vieron emerger del mar proceloso una escafandra oscura cubierta de pólipos y tras ella un brazo haciendo señales.

Alguien necesita ayuda.

Gritó Cruz, sin soltar a Remedios. De inmediato Arturo lanzó una escalerilla que el buzo utilizó para subir con torpeza. Xavier y Tanguy ayudaron a acostarlo en cubierta. Pérez-Reverte procedió a retirarle la pesada escafandra con gran esfuerzo debido a la humedad. Los demás habían rodeado al buzo que resultó ser Salvador Dalí, que en cuanto pudo, incluso antes de ponerse de pie, se arriscó los bigotes. Edward James demudado, Magritte sonriente, Jung reflexivo.

Dalí, no lo puedo creer, ¿qué haces vestido de esa manera? ¿Tan pronto olvidaste nuestra experiencia del 36? Jamás la olvidaré: fue una genialidad y todavía nos critican por eso; el sillón de los labios de Mae West es un icono, y qué decir del teléfono langosta. Pues nada, que cuando iba a casa uno de mis enemigos me lanzó al Támesis y he estado nadando todo este tiempo; he comido y bebido en las cocinas de ochenta y pocos barcos hundidos, pernoctado en otras tantas naves fantasmas y trabajado en las cubiertas más increíbles; pero ya necesito un poco de sol.

Gala lo abrazó y besó amorosamente, después fue a buscarle un espejo.

Qué gusto encontrarte, Dalí, luces muy bien, veo que por ti no pasan los años. Me casé, Edward, con la sirena mayor, tuvimos un sirenito justo al año de casados; sin embargo, fue necesario divorciarnos porque estoy enamorado de Gala; Gala es la gota que derrama todos los vasos. Algo me contó Francisco Haghenbeck. Ella es la mujer de mi muerte, la del horizonte y del reflejo del agua que me bebo sin respirar. Anuncian que veremos sirenas. No, capitán Pérez-Reverte, evítelas, conseguí escapar y no quiero volver allí; son hermosas pero de momento prefiero estar lo más lejos posible de ellas.

Los escritores despojaron al pintor de su traje de buzo; quedó con medio smoking amarillo que se quitó de inmediato por el calor.

¿Qué se toma, don Salvador?; tenemos de todo. Un orujo está bien, y un poco de jamón ibérico. Dale algo de esa comida surrealista que nos tiene tan inquietos; que coma y después que vaya al baño.

Velasco sirvió a todos, que resultaron realmente insaciables. En una tumbona, Remedios vivía otra vida mientras Arturo anunciaba que el mar se hallaba lleno de sargazos. Edward James bebió de una vez su escocés. No cultivaré más orquídeas, decidió, construiré algo que no puedan dañar las estaciones: ni el frío ni el calor, ni la insidia, algo que aumente su valor con esas historias raras de niñas que resucitan como orquídeas; si es tierra sagrada que se incremente su importancia. Haré de Las Pozas un sueño real, que los otros inventen los nombres. Y no discutiré más: soy un romántico sin remedio. Un grito de Pérez-Reverte puso a todo mundo en revolución y Remedios volvió a las arcadas.

¡Señores, me cago en la leche, un iceberg viene hacia nosotros, la colisión es inminente, todos a las lanchas salvavidas!

El teléfono me despabila. Lo dejo sonar un poco. Bailotea la araña negra.

¿Diga?

Digo que eres poco hombre, güey, que a pesar de que nos amamos no te has interesado por mi embarazo, en cómo me siento o cómo me fue con el doctor.

Cuelgo. Las discusiones histéricas son inútiles, me enseñó mi papá una vez, si han de ser que sean cuando ambos están en sus cinco sentidos. El teléfono suena de nuevo. Pienso rápido. No puedo tener esa interferencia, así que será mejor que enfrente a Diana.

Está bien, en cuanto llegue a Culiacán hablamos.

Entonces empieza a buscar el cadáver de tu padre, imbécil.

Es la voz velada. Suena amenazante.

Ey, espera por favor, sé que mi padre no merece vivir pero es mi padre; uno no escoge a sus padres. Ten piedad.

Cada que le arrancamos un pedazo de piel, chilla como un cerdo; el estúpido de tu abuelo nos quiere tomar el pelo pero no va a poder. Te dicen el Capi y te vamos a chingar, Alberto, lo mismo que a tu padre si no nos entregas el dinero. Si avisas a la policía vamos a ir por tu madre y para empezar, le vamos a cercenar los senos.

Por favor, un poco de tiempo por favor, vendieron nuestro rancho pero el banco nos cambiará el cheque hasta mañana, su dinero está seguro, en billetes de cincuenta y cien dólares; tú no eres mala, te escucho y siento como si escuchara a la virgen de Guadalupe.

Te vamos a mandar una pinche oreja para que tengas claro lo que le espera.

¿Puedo hablar con él?

Te tenemos vigilado, si mañana a las seis de la tarde no aparece el helicóptero con el dinero sobre el Huanacaxtle de los corazones, tu padre chillará como un cerdo.

Clic.

¿El Huanacaxtle? Estos secuestradores cambian todo el tiempo de idea. Claro, temen que avise a la policía, y la voz rasposa es de una mujer, le dije tú no eres mala y no lo negó. ¿Qué hay más, hombres o mujeres? Ya me chingué.

Media hora después en el restaurante veo a Lady Di y le pido su anuencia para acompañarla. Huele rico, se ha puesto otro perfume; espero que haya sido por mí. Carmen me trae una malteada de chocolate.

¿Gusta una cerveza?

No vendemos bebidas alcohólicas.

Aclara la mesera y Lady Di sonríe.

Gracias, Carmen.

Neta que esta güey me tiene atrapado.

¿Pasó bien su día?

Lo vi en Las Pozas.

¿De veras, por qué no me saludó?

Le tengo pavor a los ofidios y usted tenía uno enorme sobre sus hombros.

Ah, hizo bien, esa boa es muy peligrosa, ha matado a siete hombres y a cuatro vacas; yo apenas he conseguido dominarla, ¿dónde se escondió?

Estuve con los investigadores que se ocupan de la obra de James, ¿cómo va su lectura?

Me falta poco para terminar; ese Edward James está bien pirado; hace rato leí la parte donde un montón de borrachos va en un barco y una señora vomita siempre.

Lo recuerdo, es una alegoría de los viajes imposibles; un viaje con tantas personalidades, si ocurriera, jamás tendría buen fin.

Sentí que lo pasaban divertido; disculpe que lo señale: hoy la encuentro más hermosa.

Me mira profundamente y deja de sonreír. Se me antoja besarla.

Edward James platicaba con las boas y usted les teme, ¿es eso posible?

¿Es buena su malteada?

Ah, es la mejor que he probado en mi vida.

Entonces está usted perfectamente acompañado; con permiso.

Por favor, no se vaya, si la importuné, disculpe.

No es nada, que pase buena noche.

Se pone de pie. Su pelo corto brilla. Trae un vestido negro hasta la rodilla, y ese perfume, tengo que aprender de perfumes. Se marcha con rapidez.

En el fondo veo a Fram con su noviecito, un tipo que parece que no se baña. Ella me clava la mirada. Él se da cuenta, comenta algo con ella, que se fastidia, y viene hacia mí.

¿Qué le ves a mi chava, niño?

El tipo es delgado pero musculoso. Tiene una mirada feroz que impone. Trae una playera de Scarface, la

169

comparo con la mía que dice: *Now or never, life is a sort of decisions.*

Es bonita.

Me empuja y casi caigo, me llega el tufo del alcohol, noto un calorcito en mi cuerpo y lo miro a los ojos. Me pongo de pie pero llega Carmen.

Por favor, muchachos, se los suplico, no peleen aquí.

Este mocoso le hacía señas obscenas a mi chava.

Me siento. El güey regresa a su mesa pero Fram se ha ido. Carmen me mira desaprobando y se marcha.

¿Qué pasó, me quedé como el perro de las dos tortas? De cualquier manera voy por los condones al carro. Me gustaría recibir llamadas de Lady Di diciendo que está embarazada. Mejor no, ahora entiendo que es una bronca que hay que evitar. En mi habitación suena la araña. Descuelgo rápidamente. Es mi abuelo Nacho.

Escúchame, tarado, si tu padre muere, no vayas a utilizar una funeraria de allí, yo tengo un plan para entierros y lo menos que puedo hacer es cooperar con él dejándolo para tu papá; una carroza de aquí iría por el cuerpo.

Escúcheme usted, abuelo, no dejaré que muera mi padre, es el mejor hombre del mundo, ya quisiera usted tener una uña de él.

Cuelgo con violencia. Siento que las ronchas vuelven a mi cara, la comezón a la espalda pero no me importa, algún día tenía que decirle algo a ese viejo cabrón. Se me vienen las lágrimas. Al rato envejezco mirando por la ventana.

El siguiente paso

Amanece. Tengo ojeras. La mañana está fresca y húmeda. Más o menos a las siete voy a casa de Romeo Torres. Encuentro a los rucos conversando, sentados en el patio, muy quitados de la pena. Me parecen más delgados que ayer. Me invitan a sentarme en una piedra. Visten formal: pantalón negro y camisa blanca.

Dicen que esa piedra le gustaba a Edward James.

Así es, estaba a la orilla del arroyo y le encantaba sentarse en ella. Cuando murió me la traje.

¿Trabajó con él?

Casi todo el tiempo, aunque su consentido era Ángel Alvarado; claro, el más consentido era Cornelio Bojórquez, el administrador, un mestizo que trajo del norte, de por ahí de donde tú eres.

Trabajaste con él hasta que llegué yo.

Aunque eras más pobre, no estabas tan loco y me sentía mejor contigo; mira que ponerse a gastar cemento y cal en esas cosas que no sirven para nada.

Vivíamos tomando mezcal y buscando carreras de caballos, ¿te llamaron los secuestradores?

Tengo hasta las seis de la tarde, más o menos once horas, para lanzarles el dinero desde el aire; ahora lo quieren en el Huanacaxtle de los corazones.

Ese lugar no te da buena suerte.

Mi papá está en Las Pozas, podría apostarlo. Ayer recorrí muchos rincones acompañado de mi amigo Balam y su boa; encontré en un lugar cerrado dos tapas de refresco y este pedazo de venda manchado. Mi padre iba herido.

Les muestro ambas cosas. Las observan.

Lo tuvieron ahí.

Ese muchacho tiene boas desde pequeño; su madre es una buena mujer; pero ten cuidado con él.

Si lo cuidaba una persona y había dos tapas podemos pensar que es posible que se haya dado el síndrome de Estocolmo.

¿Qué es eso?

Cuando la víctima establece vínculos afectivos con sus captores.

No exageres, Bukowski, no estás escribiendo uno de tus libros.

Si se habla de él es que ya ocurrió, acuérdate de Patty Hearst y su escándalo.

Vine a ver si sabían algo de mi papá o de los secuestradores.

Se miraron entre sí.

No te vamos a engañar, no hemos salido de aquí.

Claro, como no es su padre.

Mira, muchacho, esa no es forma de reclamar; a mí mi padre me trataba como animal, me pegaba brutalmente todos los malditos días hasta que me largué de casa.

Al mío ni lo conocí. Después supe que había sido padre de Arsenia H, una poderosa chamana que vivía en el cerro de las piedras blancas.

Lo sé, una mujer con un ojo rojo, capaz de hacer llover y producir nieve, que cuidaba el cerro de Las Pozas; también hermana de Ángel Alvarado.

Se volvieron a mirar entre ellos.

¿También investigaste eso?

Veo que poco nos necesitas y está bien, nosotros estamos algo desfasados.

Claro, lo mismo que mi abuelo, con quien no pienso cruzar palabra el resto de mi vida.

Este chico sabe lo que quiere, ¿eh? Algo no muy frecuente en los idiotas de la familia.

Expresa Bukowski sonriendo con su boca oscura y agrega:

Oye, han pasado varios días desde el secuestro, entonces no es coherente lo de la venda manchada. Si fuera de él debería tener pus seco más que esa manchita negra.

Además, no olvides que el caporal jamás te respondió; probablemente tu padre no llegó a Las Pozas.

Sin embargo, presiento que está aquí.

Lo digo angustiado. Se miran entre sí de nuevo, luego se vuelven hacia mí pero permanecen callados.

Como no dicen algo coherente en unos siete minutos en que sólo murmuran entre ellos, los dejo. Adiós, me despiden o creo que lo hacen. Balam debe estar en la plaza y allá voy pero es muy temprano y aún no aparece. Elijo desayunar en el hotel. Tomo fruta y huevos con jamón. Me dice Carmen que su hijo salió de casa con ella, que debe andar por ahí con su boa. Veo que Fram, labios pintados y shorts morados, me mira con cierta coquetería, le gusta amarrar navajas a la güey. Está sola. Me levanto y me siento con ella. Espero que no aparezca el chango. Ni Lady Di.

Hola, ¿te caíste de la cama?

Tenía ganas de un café; oye, disculpa, qué oso el de ayer.

Admirar a una mujer hermosa tiene sus riesgos.

Me pongo formal y repito esa frase del viejón.

Es que no me lo explico, él no es así, es un buen chico, muy espiritual.

¿En serio? Pues más bien parecía un orangután buscando su plátano; pero no te preocupes, prometo no golpearlo al güey.

¿Siempre eres así? O estás de presumido.

173

Estoy de presumido.

¿Te gustó mi visita?

Es lo mejor que me ha pasado en la vida, y para que se repita dejo la puerta abierta.

¿Mejor que la flaca?

Llega Carmen.

Joven, le llaman, ¿quiere tomarla aquí o en su cuarto?

Es el presidente, no me deja en paz el güey.

Sonríe. Voy a la Don Eduardo. Siento la piel erizada. Valeria me sorprende.

Capi, qué onda, güey, ¿qué hay de papá?

Valeria, qué bueno que llamas, te quiero, hermana.

Eres mi hermanito querido, güey, ya sabes, el nene de la casa al que debo proteger.

En ese momento me ocurre algo extraño. ¡Prack! Antes de su llamada creía que jamás podría salvar a papá, que era un pobre pendejo, como decía el abuelo; sin embargo, en cuanto la escucho siento algo raro, me molesta lo que dice: que soy el nene que debe proteger. Me doy cuenta de que lo que responda es clave.

Cuéntame todo, Capi, el abuelo está que no lo calienta ni el sol.

Cuelgo.

Lo siento, güey, te quiero pero esto lo haré yo, salvaré a papá, juro que lo llevaré vivo a casa; lagrimeo; en nueve horas y media, al no entregar el dinero, los malandrines me buscarán, les diré que tengo el rescate pero que no hay helicóptero, les mentaré la madre. Como estoy muy conmocionado y lleno de comezones resuelvo salir del hotel; antes de llegar a la puerta de la calle topo con el novio de Fram que me derriba con una zancadilla y me cae encima. Estoy tan paralizado que no reacciono.

Pídeme perdón, pendejo, a mi vieja no se le acerca ningún mocoso y vive para contarlo.

No quiero que me pase pero me siento vencido, sin fuerzas, temeroso, con ganas de ir al baño. El tipo me cachetea, aprieta mi cara, la siento hinchada y también algo de comezón en la espalda, luego trata de asfixiarme. Estamos sobre las huellas de la entrada y recuerdo el papel sanitario de Edward James. Estoy a punto de pedirle perdón al güey cuando veo a la gran boa de Balam que trepa por su espalda. El tipo la descubre, grita y se arrodilla; la boa lo enreda. Mi amigo se halla al otro lado de la puerta de la calle que es de barras delgadas de hierro negro; me levanto, recojo su mascota y la coloco en mi cuello; sonrío, el chango está demudado, amarillo, le echo una mirada matadora.

Fíjate con quién te metes, güey; ah, y el pendejo eres tú.

Después acaricio la boa y le digo a su dueño:

Te dicen «el Oportuno», ¿verdad? Vamos a la plaza.

Abro la puerta y salimos. Me doy cuenta de que Fram ha visto todo, lo mismo que Carmen, quien con esa idea de que no se debe molestar a los clientes se nota fuera de sí.

Te invito una nieve.

Ya vas.

Le regreso la boa.

¿Por qué te embroncaste con el señor?

Por su chava, por ahí nos echamos unas miraditas de becerro ahorcado y se puso bravo de celos.

Ya con la nieve y en una banca de la plaza me pide que le cuente de mi secuestro. Le invento una historia, se nota que no me cree. En el quiosco del centro del lugar veo a la muchacha de blanco sonreír con unos niños.

Mira, esa chava de blanco es la que vi en Las Pozas.

Balam se vuelve pero los niños están solos.

¿Cuál chava?

La güey desaparece. Me intriga, ¿qué onda? Llego al hotel a las diez. La propietaria, una señora morena, me saluda con amabilidad. Para no pensar en Valeria abro *El misterio de la orquídea Calavera*. ¿Por qué reaccioné así?, ¿acaso no requiero la ayuda de alguien mayor e inteligente como mi hermana?, ¿acaso no deseaba que viniera? La explicación que me doy no presagia nada bueno. Bien dicen que no hay pendejo que no haga daño.

Amaneció fresco, húmedo, luminoso; como si no hubiera ocurrido nada por la noche. Claro, en Xilitla hacía un frío de perros pero jamás nevaba.

¿Qué significa esto?, ¿acaso es la fuerza mayor? Dígame usted.

Rafaela tenía opinión pero se la guardó. Con su hija en brazos preparó café y convidó a los hombres. El café olía a Xilitla, un aroma que condiciona el sabor puro. Algo que se explica por la tierra.

James y Cornelio, muy desconcertados, fueron a Las Pozas en automóvil por el camino abierto años atrás. La piel del inglés se notaba amarillenta. Su mirada era intensa. Los recibió un cementerio de flores y los trabajadores que observaban anonadados. Edward James no pudo evitar las lágrimas; le dolía la inversión perdida, pero más la muerte de esa belleza conseguida al final de tantos años de esfuerzo. ¿Cómo era posible?, ¿qué país era este?, ¿quién era él?, ¿qué fuerza puede conseguir una nevada en una selva tropical? Dalí tenía razón, no era más que un romántico trasnochado que deseaba demasiado un mundo mejor. Jamás lo entenderían, jamás apreciarían sus ideas ni sus esfuerzos. Le pasó antes de la guerra y le pasaba ahora. Debió alistarse en el Ejército y quedar en algún pantano para alimento de aves carroñeras; el fiasco de Normandía hubiera servido. Tenía que aprender a jugar de otra manera, a ser perverso, a soñar diferente, ¿y si volvía a ser niño, a jugar en Seclusia, a vestirse para ir a misa? Reparó en Bojórquez removiendo con sus dedos largos y finos algunos pétalos muertos. Qué bueno que encontró a esa gran mujer, Rafaela le da destino seguro, la confianza que todo hombre necesita. ¿Qué seguía? Tendría que pensarlo, pero no allí. Toda devastación hiere extremadamente.

Después de recorrer parte de Europa y descansar un mes en West Dean, caminaba solitario por la orilla del arroyo: Tuve una orquídea de plata dos veces a la vista y respeté sus movimientos; después una de oro e hice lo mismo; consideré las señales como me lo pidieron las boas y nunca cambié una piedra de lugar. Qué lástima que tantas orquídeas hayan muerto; sobre los troncos y el suelo donde antes crecían sólo había podredumbre. La belleza tiene un tiempo y no retoña, y esa mujer, ¿puede hacer tanto daño?, ¿lograr que una selva en pleno verano se congele?, ¿cómo lo consiguió? ¿Siendo tan poderosa por qué teme a una orquídea blanca? Los amigos de Cornelio dijeron que jamás había nevado en la región pero no estaban sorprendidos, se les notaba que tenían una explicación que no compartieron ni con su camarada. Se detuvo en la poza donde siempre se bañaba pero no se le antojó; aunque vestía de monje no quiso quitarse el calor en la corriente. Observó los trescientos tonos de verde de la selva y reconoció que era especial, que era más que una alucinación. Si no puede ser un santuario natural quizá pueda ser un santuario artificial, un lugar donde existan señales de que el hombre es el gran creador. Las tres boas lo observaban, la de la mancha amarilla lo contemplaba con afecto. Edward las descubrió y les dedicó una sonrisa que ellas respondieron con lengüetazos. ¿Están bien? Eran las reinas, sus aliadas. La de la mancha amarilla se había comido el gato de Arsenia H.

Hola, ¿trajeron la manzana?

Las boas caracolearon un poco, con lentitud, y James rio levemente.

Es una broma, desde que la helada destruyó mi campo de orquídeas hago las bromas más insulsas que puedan imaginar, ¿recuerdan la nevada?

Las boas se miraron entre sí; no les gustaba recordar malos momentos y vaya que los habían soportado para salvar a su orquídea blanca del frío.

No quiero dejar este lugar, me agrada, lo vi en el techo del comedor de mi casa cuando era muy joven, aluciné con él cuando vivía en Beverly Hills; eso debe significar algo, ¿no les parece? Aconséjenme, por favor, ustedes que han visto tanto y que saben cómo se las gasta la gente de por aquí. Ya me contaron la historia de Arsenia H y su hermana pequeña y lo entendí, pero me gusta, ¿es muy grave que quiera quedarme? Ustedes son las reinas, ¿podrían hacer algo? Nada, ni siquiera podemos aconsejarte.

Expresó la manchada.

Nosotras no hablamos; podemos comer gatos, ratones, alimañas y demás, pero no sabemos aconsejar, es muy complicado.

James sonrió con ternura.

Tú me salvaste aquel día; al fin puedo darte las gracias. No tienes idea del bien que nos hiciste tú a nosotras: un día te lo pagaremos. Nada me deben, si algo hice por ustedes fue un placer. Nos gustaría que nos hicieras un poema. Sería un honor. Que no abandones el cerro y que descubras qué debes hacer aquí. Lo pensaré, sólo fundaré algo de lo que esté totalmente seguro de que sea nada más de Xilitla, que transforme el paisaje para siempre: lo prometo, ¿cuándo irán conmigo a la ciudad de México?; de verdad es un lugar interesante. Te necesitamos, aún sucederán cosas en las que tendremos que estar unidos; luego iremos a ese lugar.

Después, cautelosas, se perdieron en la maleza, y Edward James continuó con sus cavilaciones. Cada vez hay más salas de cine; Nueva York está llena de galerías lo mismo que París y Roma. ¿Por qué no puede haber un gran orquideario? Porque me vendieron tierra sagrada y es especial, y porque en tierra sagrada no entran moscas, ni tipos como yo que no tienen claro dónde deben estar. El mundo es pequeño pero no tanto; muchas veces he escuchado que los ingleses somos tremendamente contaminantes, que asumimos un afán por corregir y terminamos echando a perder lo que tenemos al alcance de la mano. Si no son orquídeas lo que debo producir en este cerro, ¿qué será? Escribiré poemas, podría escribir otra novela; realmente no sé estar quieto. Su amiga guacamaya se acercó. Era una bola de fuego.

Hola, Frank, ¿sabes alguna canción bonita? Quizá sepa *Funiculì, funiculà*. Es buena, pero muy pegajosa, la cantas una vez y estás toda el día con ella en la cabeza; has escuchado esa que dice: *qué será, será, lo qué vas a ser, será, el tiempo te lo dirá, qué será, será.* ¿Dónde la oíste? Una golondrina no para de cantarla, se la aprendió hace dos meses en un barco de turistas en el que descansó un poco. Primera noticia de que las golondrinas cantan; no obstante la letra me dice algo y, la música también, no recuerdo, pero se la oí a alguien cercano; ¿la canta Doris Day?; *What will be, will be?*, quizás en la película *The Man Who Knew Too Much*. Yo qué sé, pero escucha, esperé que volvieras para darte mi opinión: qué bueno que te destruyeron las orquídeas, eran horribles, sólo a un imbécil como tú pueden gustarle esas flores deformes y con colores tan chocantes. No te permito que me ofendas, bola de plumas apestosas. Pues sólo a un idiota se le ocurre sembrar flores en tierra sagrada; a los dioses no les gustan, dicen que son para los muertos; a ellos les gustan los corazones frescos, la sangre chorreando, el cuerpo de los guerreros: eso les gusta, ¿no te lo dijeron las víboras? Jamás les ofrendaré restos mortales, soy un hombre civilizado y lo que hay aquí es una leyenda increíble. No exageres, tampoco eres una hermanita de la caridad; ya vi cómo haces rabiar a tus hermanas y lo alejado que estás de Dios. No soy religioso y no me interesa halagar a ningún dios, jamás lo he hecho. Pues entonces despídete de esta loma, y también de mí: me voy, no puedo ser amiga de un tipo tan negativo. Pero si apenas te conozco, ¿acaso eres una diosa? ¿Te atreves a ofenderme, malnacido?, ¿te atreves a dudar de mi amistad y de la calidad de mis consejos? Perdón, no era mi intención. Eres muy ofensivo, ¿lo sabías?; presumes de tratar bien a los animales y te ensañas conmigo. Ya, discúlpame, no exageres. Está bien, me quedo, pero vas a hacer dos cosas, serán las únicas que te pida en la vida.

Silencio. Oscureció de pronto. Edward cerró los ojos para borrar la imagen del ave que se había posado en su pierna. Los abrió y seguía allí, percibió su peso y la rigidez de sus garras. Temió que surgiera otro pelotón suicida.

Habla, pajarraco inmundo, antes de que te retuerza el cuello. Dos cosas: una: en adelante el jardín será de piedra, nada de florecillas delicadas y esas estupideces, nada de yerbitas por aquí o por allá, esto es selva, no lo olvides; recuerda que no había orquídeas cuando llegaste.

James tocó al pájaro y lo sintió fuerte. Reflexionó un segundo sobre escaleras al cielo, pisos flotantes, formas viajeras y flores fijas.

Dos: hablarás con Arsenia H, la del ojo rojo y le dirás que tus flores de piedra serán una ofrenda para los dioses; si ella ofrece convidarte algo, no lo aceptes. No quiero nada con dioses ni con esa mujer, me interesa la humanidad viva y esa mujer quién sabe de qué era ha llegado a este siglo, es algo que no puedo tolerar; ¿es parte del surrealismo de este país? Los dioses son parte de la humanidad, claro que lo son, y también las guacamayas. Las guacamayas son completamente prescindibles. Eso en tu tierra, aquí no, y ya ponte a idear cómo harás lo que te pido. Ni siquiera eres comestible. ¿Crees que sólo las aves que se comen tienen valor?; estás paranoico, y si no te corriges acabaremos contigo.

Apretó sus garras sobre la pierna en que estaba posada. ¡Ay!

Edward James regresó pensativo al pueblo. Esa noche, después de la cena, conversó largamente con su administrador. ¿Era factible un encuentro con la chamana? En determinado momento llamaron a Rafaela, quien los escuchó inexpresiva.

Afuera, la luna iluminaba los tejados vacíos.

Suena el maldito aparato. No contesto, incluso ya no quiero conectar el celu. Seré ermitaño el resto de mi vida.

Siento alergia, mis ojos deben estar hinchados. Si quiero hacer esto será mejor que hable con Valeria, como quiera que sea es mi hermana querida, una chica popular y auto-suficiente; le diré que tengo el control, que no se preocu-pe, que regrese a Los Cabos y siga disfrutando con su no-vio. Levanto la bocina.

Escúchame.

Escúchame tú, güey, esto es muy serio, necesito saber si te vas a responsabilizar de tu canallada o vas a seguir huyendo como un vil cobarde; eso de que andas de vaca-ciones yo no me lo trago. Voy a hablar con mis papás y me van a preguntar qué onda, y grábate esto, estúpido: no voy a abortar, ¿oíste? ¡Voy a tener a tu hijo!

Gulp. Diana, escúchame, güey, hay muchas cosas que tenemos que aclarar, la primera es, ¿cómo puedes estar tan segura de que es mío? El Osuna Espinoza me reclamó y me agarró a pedradas, me pidió que me olvidara de ti y tú sales con eso; te vi con él antes de que te metieras conmigo.

No me llames puta, cabrón pendejo, con el único que hice cosas fue contigo, él no me interesa, tiene mucho di-nero pero está muy feo. ¿Acaso quieres que sea el padre de tu hijo? Eres un desconsiderado.

Y tú, una aprovechada.

¿Aprovechada yo, güey? Estás pendejo, soy más mujer que esa cuerpo de uva que ahí nomás anda de ofrecida, no creas que no sé, Fritzia me tiene bien informada.

Mejor cuelgo, ¿qué es esto? Fram me coquetea, el chan-go me ataca, Iveth me deja claro que sabe lo de Diana y se burla, Diana me quiere hacer responsable de algo com-pletamente inesperado y me reclama lo de Iveth, Lady Di se escabulle y lo de mi papá está bien cabrón; además le cuelgo a Valeria. Extraño ver televisión, allí me puedo entretener sin pensar en nada. Voy al baño y trato de leer.

Arsenia H nadaba lentamente en la tibieza del Cenote Sagrado. De la entrada se colaba la luz del mediodía. Se veía satisfecha, la cadencia de sus brazadas lo expresaban perfectamente. La noche anterior había destruido todas las orquídeas que crecían en el cerro y ahora agradecía a los dioses y se relajaba. No había sido fácil y el esfuerzo fue mayúsculo, como no pudo acabar con las boas y no debía matar al inglés, aquella opción fue la correcta. Ninguna orquídea viva ni tampoco amenazas de su hermana muerta hacía tantos años, que según su madre regresaría como orquídea. Recordó a su gato y sintió que debió dejar que se reprodujera; ahora mismo contaría con un lindo gatito. Le hacía tanta falta, era el único que no le reprochaba su proceder. Poco a poco se acercó a la orilla, parte de su ropa flotaba. No se había quitado el vestido ni nada. Iba a salir pero se encontró de frente con el lagarto negro que la observaba con rencor. No te había visto. Anoche casi muero de frío. Arsenia H no respondió, se alejó un poco de la orilla. Muchos animales pequeños murieron, ¿hasta cuándo te hemos de soportar?, ¿por qué esa violencia contra nosotros? No es contra ustedes, ese hombre pretendía saquear tierra sagrada. Falso, además es un protegido de la catleya de plata, las boas me lo han dicho. Una de ellas se tragó mi gato. Debes dejar en paz al extranjero y vas a pagar por los animales que congelaste. ¿Por qué debo hacerlo? Notó que alrededor de la laguna surgían otros lagartos que la miraban con desprecio. Eres culpable. Sólo quería expulsar al extranjero. Además eres mentirosa, todas sabemos que temes el regreso de la orquídea blanca, la niña que tus padres enterraron en el cerro porque tú la mataste; el fuereño es un pretexto, te asustó que entre tantas orquídeas de colores surgiera la de tu hermana. Quiso salir pero los lagartos le bloquearon el paso. ¿Qué debo hacer? Acarrea animales pequeños del cerro contiguo. ¿Puedo traer algunos del cerro donde vivo? Ni se te ocurra, todo lo que está en ese cerro está enfermo y es contaminante. Está bien, Jim, ahora por favor, déjame salir. En diez segundos los lagartos se retiraron, menos uno que se hallaba a la entrada de la gruta. La mujer salió estilando agua y él le mordió una pierna. Ay. Enseguida se hizo un silencio espeso. El lagarto líder contemplaba desde su sitio, el agresor, un lagarto de mediana edad, le hizo una reverencia que el otro respondió. La mujer, sangrando, abandonó el lugar apresurada, pero debió ir caminando pues cualquier herida en su cuerpo anulaba sus cualidades.

En casa la esperaba su hermano.

Apaga ese maldito cigarro y dile a tu jefe que ahora él probará la gran fuerza de la naturaleza. Vine a decirte que te calmes, el señor tiene protección y ni tú ni nadie podrá echarlo de Xilitla.

La mujer le lanzó agua a la cara pero el cigarrillo no se apagó.

¿Ya olvidaste que si tú eres agua yo soy fuego? Eres un idiota, un traidor a tu raza y a sus tradiciones; un mequetrefe. Y tú, una loca; y te hago saber que de ahora en adelante al señor lo protegerá también el fuego, y en cuanto a nuestras tradiciones, estás en un error, para empezar no creo que los dioses aprueben tu violencia. Los verdaderos dioses aprueban mis métodos, y son los que mandan.

Cualquier día la orquídea Calavera te ajustará cuentas y nada podrás hacer a tu favor. No ha nacido ni nacerá, a pesar de todos esos cuentos; y ya me hartaste con tus tonterías, ¿por qué no te largas por donde viniste, traidor de mierda? La puerta se incendió; Arsenia H se apresuró a apagarla. Alvarado sonrió y se retiró. Lástima de parto.

Murmuró mientras se alejaba entre las aves de corral que picoteaban el suelo en busca de gusanos.

Ella lo miró con odio, pero se quedó quieta, sabía que la maldad siempre tiene más oportunidades que la bondad. Además, la carcoma en su pensamiento crecía aceleradamente.

¿Qué quiere decir?, ¿qué los malos ganan más fácil?, ¿qué para vencer a los secuestradores debo actuar como un gañán? No quiero enfrentarme a mi hermana. Yo la quiero, toda la vida he escuchado sus consejos, ya verán cuando le cuente lo de Diana, algo que ya debe saber porque Fritzia no se calla nada; si Diana la puso al tanto ya lo sabe todo Culiacán. Leo un poco más.

Edward James despertó sudoroso. Había soñado una escalera infinita que atravesaba el globo terráqueo y no se detenía. Sintió miedo. Constantemente pensaba cómo debía ser el jardín que construiría en Las Pozas y nada tenía claro; se resistía a pensar en la idea de la guacamaya, ¿qué podría saber ese pajarraco inmundo? Además había ese misterio que implicaba a Arsenia H. ¿Por eso cuidaba el lugar con tanto celo? Una hermana muerta que podía regresar como orquídea, ¿no es una maravilla? Lo que dije, para entender a los pueblos hay que estar allí, en ellos. Xilitla era tan misterioso que nunca sabría bien a bien en dónde estaba parado. Cornelio, como hombre feliz, dejaba que todo ocurriera a su alrededor, pero él había apostado a sus sueños, tal vez más a sus alucinaciones, y no podía perder todo.

Se puso de pie. Silencio en la casa de Cornelio. Fue al patio y se sumergió en la alberca. Era verdad: estaba en un país surrealista que en su escudo tenía un águila y una serpiente; algo que no era fácil de concebir.

¿Tuvo calor?

Cornelio se sentó en una tumbona.

Soñé una escalera al infierno; penetrábamos cámaras oscuras de paredes que se movían. Un demonio de bigote nos recibía y anotaba nuestros nombres, como era flotante se agarraba del escritorio para no salir volando. Queriendo salir avanzamos durante horas por pasadizos secretos; en un lugar, unas cucarachas azules nos atacaron y acabaron con cuatro de los nuestros, entre ellos Ángel Alvarado. Se llaman chatl, Rafaela me ha hablado de ellas, habitan cerca del agua y son altamente venenosas; curioso que las haya soñado. El asunto es que lo tengo, Cornelio, al fin sé por dónde podemos empezar en Las Pozas.

El mestizo lo miró interrogante.

Construiremos una escalera al cielo. Una pieza que inspire canciones y temores.

Llaman a la puerta. Abro pensando en Fram pero son Balam y su boa.

Qué onda, güey, pasa.

Nunca había entrado a este lugar.

Es un cuarto, nada tiene de especial.

Quizá sí, dicen que don Eduardo pasaba horas aquí.

¿Edward James?

El mismo, y que le gustaba mirar la lejanía desde el observatorio que está encima.

Estaba bien locochón el güey.

Se acerca a la ventana y contempla el panorama por un minuto largo. Luego se vuelve a mí. La boa, tranquila.

De aquí se miran muy claros todos los cerros.

Déjame cargarla un poco.

Me la pongo en los hombros y siento su peso.

Qué fregón ir de vacaciones solo, eh, güey; supongo que comes y duermes cuanto te da la gana. Tu familia debe ser millonaria.

Más o menos, mi papá aparece en una lista de los hombres más ricos del mundo; ¿tienes unos minutos? Quiero que me acompañes a un sitio.

¿Qué sitio?

Ya me dirás dónde.

¿Yo, güey?

Tú y ella, pero primero vamos a ver unos amigos.

Le regreso su boa.

¿Ese es el libro donde sale Xilitla?

Está abierto sobre la cama con las pastas azules hacia arriba.

Es muy interesante, también habla de Edward James, Cornelio Bojórquez y Las Pozas.

¿En serio? Porque Cornelio Bojórquez y su esposa Rafaela vivían aquí. Mi mamá los conoció; de hecho la dueña del hotel es su hija Gaby.

Ah, de hecho el libro estaba en un librero del comedor; y no tiene autor.

Salimos del hotel. Avanzamos rumbo a la casa de Romeo Torres.

¿Conoces a don Romeo Torres? Un viejo de unos cien años sin dientes.

Lo conocí, murió hace dos años.

Me detengo, ¿es neta? Entonces, ¿quién ha estado conmigo estos días?

No puede ser, hasta comí una vez en su casa; esta misma mañana estuve allí con él y con su amigo Bukowski.

También lo conocí y también está muerto; era escritor. Sígueme.

Propone y lo escolto hasta llegar a una casa cuyas ventanas y puertas han sido clausuradas hace tiempo con ladrillos y crece hierba alta en su fachada descolorida.

Esta es la casa de don Romeo Torres, si alguien no la rescata se va a venir abajo.

La observamos unos momentos.

Ahora sígueme tú, güey.

Lo llevo por el callejón, saltamos el muro, caemos en un patio lleno de hierbas altas que no vi antes, hay basura y un descuido que no había. Las sillas donde estaban sentados esa mañana están allí, desvencijadas; la piedra de Edward James, semicubierta de maleza. Sobre la silla que ocupaba Bukowski se encuentra el pedazo de venda y las dos fichas. Guardo silencio. Balam regresa a la barda.

Vámonos, a la boa no le gustan estos misterios, ya se puso inquieta.

Mientras caminamos le cuento todo. Veo su cara de sorpresa.

¿No estás inventando, Capi?

Ojalá fuera mentira, güey; bueno, lo de que estoy de vacaciones sí.

Se me escapan las lágrimas. Me recargo en el muro del exconvento de los agustinos, donde está la placa de su fundación. La gente pasa como si nada. Mi amigo guarda silencio. Quiero calmarme y no puedo.

¿Te ocurre algo?

Pregunta la joven morena muy vestida, de ojos muy negros y rostro fino, que no vimos de dónde salió.

Me cayó una basura en un ojo.

La boa la busca con afecto como si la conociera. Balam no se mueve pero se ve que no le gusta. Ella la acaricia y le sonríe levemente. Luego se vuelve a mí.

No llores, no te ves bien.

Ah, disculpa si no te abordé en el antro.

¿Lo dices en serio?

Lo digo de corazón, no me sentía bien allí.

Se despide con un gesto afectuoso y se marcha rumbo al mercado, vemos que se pierde entre la gente. Me siento mejor.

¿Ey, güey, la conoces?

En mi vida la he visto, y me sorprende lo bien que se entendió con la boa.

Creí que era una de tus viejas.

Estás loco, güey, sólo tengo una.

Si no me equivoco es la chica que te dije, la de Las Pozas; también la vi en el antro.

A lo mejor le interesas, llégale, güey.

Caminamos rumbo a la plaza.

El caso es que disponemos de más o menos siete horas, hasta las seis de la tarde, para rescatar a mi jefe sin el dinero. Bukowski y don Romeo pensaban que podría estar en Las Pozas.

¿Ayer viste algo? Aparte de las fichas.

Nada. Don Romeo piensa que no lo tienen en Xilitla, él revisó el pueblo.

Es un fantasma, puedes creerle o no; dicen que el gringo era muy mentiroso de vivo, ¿cómo será de muerto?

Supongo que peor; apenas puedo creer lo que me dices.

¿De verdad eres de Culiacán?

¿Qué quieres decir, que somos pendejos y sentimentales?

Cómo crees, quiero decir que a veces eres muy exagerado.

Tengo dos pistolas en el hotel que nos pueden servir.

Ya, mejor dime si tienes alguna idea.

Reímos. Hasta la boa se ve contenta.

Volver a Las Pozas y explorar la parte de las grutas. Sin embargo, ya me dejaste con dudas, ¿y si Romeo Torres no hubiera visto bien y lo tuvieran en algún lugar del pueblo?

De eso me encargo yo, espera en el hotel, debo avisar al dueño de la carpa que no podremos dar función a mediodía, como lo teníamos previsto, y luego indago si alguien ha visto algún extraño. Será fácil.

Quiero ir contigo, güey, sirve que conozco el lugar.

Está bien, en unos minutos regreso por ti, saca el Tsuru para no perder tiempo.

Reflexiono: ¿Y si lo tuvieran en la casa de Miguel Poot? Torres no la mencionó. Cornelio es el único que la ha visitado y puede ser un buen escondite. Estoy en eso cuando diviso un Tsuru negro estacionado cerca del antro Órale. Me acerco sigiloso. Está vacío. Me alejo lo necesario y espero. Hay un supermercado pequeño a la vista y deben estar en él. Pues sí, también necesitan cosas, tal vez medicinas para papá. Balam se pone a mi lado, le señalo el carro y se suma. Tres minutos después salen tres muchachos del súper. Son los estudiosos de Edward James que nos saludan, suben sus cosas y se marchan.

¿Crees que ellos sean?

No sé, y sospechar de todos no creo que ayude; mejor hagamos lo que tenía pensado, ¿de veras no conoces a la morrita que nos habló?

Jamás la había visto.

Es hermosa.

Se ve que has ido al Huanacaxtle.

La otra noche la encontré en el antro, pero se me hizo muy vestida; traía esa misma ropa.

¿Siquiera le invitaste una cerveza?

No, güey; lo que te digo es que estaba allí y no enseñaba nada.

Otro Tsuru negro de ventanillas polarizadas pasa frente a nosotros y la mente se me pone en blanco.

Fantasmas

En mi carro recorremos el pueblo en poco tiempo. Balam coloca la boa en el asiento de atrás y se queda cómoda. De vez en cuando baja y entra en casas. Yo, atento, por si veo a una mujer con ojo rojo; Arsenia H conoce tan bien la selva que podría encontrar al viejón rápido.

¿Cómo escogiste las casas?

De las cuatro, dos son de veladores y perciben lo que pasa en la noche y en las otras viven las señoras más chismosas del pueblo, que saben todo de todo; nadie ha visto nada raro.

¿Y la quinta, acaso es de algún policía?

No, güey, cómo crees, es la de mi novia; le dije que iría hasta la noche.

Si la llevas al cine, vean *El discurso del rey*, que ganó el Óscar a mejor película.

No tengo dinero para ir al cine, pero al fin completé para la inscripción en el Tec y allá voy.

¿Existe la casa de Miguel Poot?

¿De quién?

Me doy cuenta de que no tiene por qué saber. Es un personaje de novela, pero don Romeo dijo que él era hermano de Arsenia H y por tanto también de Ángel Alvarado. Sin embargo está muerto, es un fantasma, ¿los fantasmas se inventan hermanas? No creo, hermanos tal vez, pero ellas son otra cosa.

Te voy a enseñar dónde vive la gente de tu pueblo, güey.

¿Tú? No seas presumido.

Eres la segunda persona que me dice presumido: tendré que pensar un poco en ello.

Tomamos una de las calles de la iglesia y por ahí llegamos a la orilla, pero no avisto el arroyo.

Por aquí debe haber un arroyuelo.

Está más abajo.

Me cuenta que la próxima semana debe volver a San Luis para inscribirse al Tecnológico Regional, que irá con su chava; pregunta dónde estudiaré negocios; aunque iré a la Texas A&M University, en College Station, Texas, le digo que no sé. Dejamos el Tsuru en la carretera y caminamos al lado del torrente que está a tope de agua y pronto entramos a la selva. La boa va tranquila, incluso la cargo un rato.

Por aquí debe haber una casa de tierra.

Ah, ya sé cuál dices, ¿quién te dijo que el dueño se llamaba Miguel Poot?

Lo soñé; ¿no es así?

Jamás supe de quién era. Es una de las casas embrujadas del pueblo; no se ve que viva alguien y tampoco se deteriora.

Miguel Poot era un gran chamán, igual que su amigo Fernando Séptimo, del que nunca se supo dónde vivía.

Vaya que has aprendido del pueblo en tan pocos días.

No soy tan listo, ocurre que a veces el diablo se pone de tu parte.

Minutos después llegamos a la casa y, efectivamente, tenía el aspecto que se señala en la novela. Nos acercamos. Un par de metros antes de llegar a la puerta nos detiene una fuerza. Qué maniaco, algo invisible nos impide acercarnos.

Te digo que está embrujada.

Murmura mi amigo y se retira, su boa baja al piso y se aleja hasta el arroyo.

Pienso en Miguel Poot, pregunto si mi padre está allí, digo que es lo único que quiero saber. En un instante siento que la fuerza cesa, ¿es esto posible? Me acerco a la casa. Abro la puerta y la única habitación está vacía, sólo la hornilla, una olla de agua y un par de sillas en buen estado ocupan el lugar. Me asomo. Apenas me retiro percibo que la fuerza protectora se restablece. Si hubiera encontrado a mi padre, ¿estaría solo? No. Debo tener cuidado. Si viniera mi hermana, ojalá y no, tengo que darle algún indicio. Mi abuelo me recriminará de todos modos. Si no está aquí, ¿dónde lo tienen? Balam ha recuperado su boa y bajamos al pueblo. Estoy triste, también angustiado. Él entiende y avanzamos sin hablar. Nos separamos en el estacionamiento.

Al rato te busco.

Ya rugiste.

Estoy llegando al límite, mi papá no debía estar tanto tiempo secuestrado; si no enloquece padecerá el síndrome de Estocolmo, como dijo Bukowski, y los secuestradores nos visitarán en su cumpleaños o en Navidad, quizá se queden varios días e irán a las cenas de los tíos.

El paisaje me parece sombrío. Se nubla. Voy al sitio donde me encuentro con Lady Di y siento comezón, ¿cómo se llamará? Bueno, tampoco ella sabe mi nombre. ¿Y Valeria, qué voy a hacer con mi hermana? Aún no entiendo mi reacción pero me siento bien; eso también es importante; ¿y si fracaso? No me verán en Culiacán el resto de mi perra vida, ¿qué hubiera hecho Edward James si su padre hubiera sido secuestrado? Ni idea, y dicen que el «hubiera» no existe. Tengo que ver a Lady Di antes de que me salgan más ronchas. He descubierto que leer me calma y le quiero preguntar qué onda, así que regreso a la Don Eduardo. Tampoco han llamado los malandrines, ¿será cierto que no les importa el dinero? Para mí que me quieren hacer pendejo.

El color blanco es el gran cuerpo del mundo, la espuma, la nubosidad envolvente.

Exclamó entusiasmada Leonora. Se hallaban en la terraza de la casa familiar de Cornelio en Xilitla. Edward James bastante repuesto de la espalda y en condiciones de caminar con bastón.

Mucho más que el negro porque el negro es la sombra que lo cubre, el negro es el dolor, la amenaza, el misterio, el monstruo apocalíptico que nos acompaña desde niños. El blanco no tiene profundidad, el negro sí, es la gran caverna del mundo, es curioso que lo asignes al dolor y advierto que ese no es un pensamiento de poeta sino de convaleciente.

Bebían whisky sin hielo, instalados en tumbonas en una terraza blanca que daba a la selva. Edward había dejado la clínica recientemente.

Un día tomé whisky con agua mineral y me supo a rayos. Apostaría que a Fram le gusta, ¿y a Lady Di? Nunca pensé que me atrajeran tanto las mujeres difíciles.

Generada por una experiencia pavorosa en la que invertiste parte de tu cuerpo. Curioso símil el que formulas, pero aún así no te serviré de modelo. Ni falta que hace, siempre será mi padre, un dandy que vestía de negro y tenía una sombra larga y una mirada circunspecta. El mío era un hombre alto y delgado que sonreía a la menor provocación; ahora pienso que era su enfermedad.

Expresó James cambiando el sentido de la conversación.

El mío también, y comía demasiado, no me explico cómo podía mantenerse esbelto; recuerdo que jamás se cansaba. Caminaban siempre, subían y bajaban lomas, nadaban por horas; si iban de cacería, recorrían muchos kilómetros. Bebían y hacían el amor con dedicación religiosa. También nuestras madres, creo, al menos la mía poseía esa fama.

Abrieron otra botella sonriendo con complicidad.

Cuando hablo del negro invariablemente recuerdo los rincones oscuros de nuestra mansión en Chorley: eran realmente tétricos, fríos, y siempre detectaba extraños movimientos en las sombras. La nuestra era aterradora, ya te conté lo que vi en el techo del comedor, cómo bailaba y se me venía encima, y del bosque, ni hablar, allí todo era posible, quizá varias veces encontré duendes y ogros; ¿alguna vez subiste a la azotea de tu casa? Jamás, ni se me ocurrió; era territorio prohibido. Yo sí, mi nana me llevó en numerosas ocasiones: era negro, inhóspito, apabullante, sentías que pisabas la noche y que el aire te podía llevar lejos.

Las hijas de Cornelio no perdían palabra, cada expresión de esos personajes les abría puertas que no siempre se atrevían a cruzar. En ese momento estaban asustadas.

El negro está ligado al arte desde el origen, fue uno de los colores que usaron los antiguos en las cuevas, el otro era el rojo. Rojo que te quiero rojo. Rojo y negro, según Stendhal, el que se desmayó de emoción. Tú utilizas ambos; pintas esas figuras tan estilizadas que se parecen tanto a tus manos; la lejanía que se va, todo es movimiento perpetuo en tu obra. Son los colores del tiempo; cuando era niña en un cumpleaños me regalaron un reloj que era rojo con manecillas negras; nunca funcionó pero se quedó en mi memoria para siempre.

Qué horror, ¿le interesa a una niña el paso del tiempo? El paso del tiempo no, pero sí la hora en que debía salir corriendo al colegio, a verle la cara mustia a la señorita Coleridge. Tú conociste a un mexicano que escribió sobre el tiempo.

Convengamos en que no es momento apropiado para mencionarlo; estás felizmente aliviado, puedes caminar y no hablas del asunto; no querrás que te empuje por una de tus escaleras infinitas, no tendrías la menor oportunidad. Dime la verdad, ¿te recuerdan en algo a Escher? Sólo cuando no pienso que es tu obra y la de esos señores que te ayudan; por cierto, *El anillo de la reina* es horrendo, demasiado esquemático para haber surgido de ti, carece de belleza; en cambio *La flor de lis* es una maravilla. No hagas que me sonroje; ¿ves cómo el defecto está ligado al acierto? Se complementan y quizá no se pueda explicar el uno sin el otro.

El conjunto del jardín es arrobador, el templo de bambúes, impresionante; produce un leve sentido de apropiación del universo. Has inventado una forma de flotar en donde las amarras no importan o no existen. Lo mismo las pequeñas piezas que brotan por todas partes.

A estas alturas todos estamos de acuerdo en que la destrucción de las orquídeas fue providencial. Cuéntame de las boas, Rafaela dice que son muy importantes pero no pasa de ahí. Me salvaron la vida; por cierto, les prometí un poema, algo que no tenga que ver con Adán y Eva; pero ellas tenían algo, una orquídea blanca por proteger; ¿concibes una niña muerta que resucita como orquídea?

En ese momento una lluvia de gotas gruesas invadió la terraza. La Silleta, que se veía perfectamente, desapareció entre la brisa. Se movieron a la sala donde la chimenea ardía y Rafaela lustraba unas piezas de porcelana.

Esta mujer no para de trabajar. Esto no es trabajo, Leonora, es un placer. Es el sentido del arte, querida Rafaela, tú sabes por qué haces las cosas, en cambio Leonora pinta esos seres alargados tan parecidos a los egipcios sin estar segura de nada. No inventes. Y claro, para salir de eso se pinta a sí misma y algunos recuerdos que debe tener de Joan Miró y de un viaje que hicimos en el barco del capitán Pérez-Reverte donde nos salvamos de milagro. Ese capitán es un navegante probado; mis amigas Félix, primas de mi protectora Lucía G., pretenden contratarlo para que se encargue de su yate *Saphiro*.

Les traeré un chocolate caliente para que discutan a gusto. Es energético.

Te pintaré algo en el pasillo frontal, Rafaela, algo que quede allí hasta que Xilitla desaparezca; se llamará *La hija del Minotauro*. Gracias, me servirá de inspiración. Algo que desde luego no te falta. Nunca supe por qué te separaste de Max Ernst, hacían muy buena pareja. ¿Y perdiste el apetito, te cayó una piedra rodante, te comieron la lengua los ratones? Eres un chismoso sin remedio, Edward. Es una forma de querer, amiga: saber cómo y por qué te ocurren las cosas. No me digas; por poco me dejas morir de parto, no creas que se me olvida esa canallada. Te recuerdo feliz, cantando *Qué será, será, lo que vas a ser será*; ¿sabías que una golondrina te escuchó y anduvo cantando por todos lados? Me hallaba en una situación precaria y me abandonaste a mi suerte, ¿piensas que eso es amistoso?, eres un malnacido, y las golondrinas no cantan.

Señores, el chocolate está listo.

Entró Rafaela con dos tazas humeantes. Como se dice acá: «Las cuentas claras y el chocolate espeso».

¿Va bien con el tequila, Rafaela? Va perfecto. Esta mujer es un encanto, puso orden en la vida de Cornelio. Y en la tuya también, no te hagas; es el fiel de la balanza.

Un rayo poderoso cortó la energía eléctrica. Los tres callaron ante la leve oscuridad y la amenazante negrura. Sin pretenderlo, regresaron a sus infancias. Leonora, incluso, controló sus deseos de salir corriendo a mojarse en la lluvia. James, impedido, apretó el bastón de más: vislumbró en Leonora a su madre vestida de azul acompañada de un nuevo marido.

Rafaela se vio jugando con su nana y mejor amiga, una chica mayor que ella; observó a ambos: le simpatizaban, pero su mirada era penetrante.

No entiendo, ¿qué significa todo esto de colores y papás muertos?, ¿existe Leonora? Porque se ve medio locochona; por lo que dicen Edward se alivió; pues claro, está libando y echando plática. Los Tigres del Norte se hallan a punto de ir a Culiacán y no creo llegar para el concierto. Iveth fue muy clara, anda en otro rollo y ni quién la saque de ahí. Chale. Pobre Diana, en qué problema la metí, ¿pero qué puedo hacer? De alguna manera tendré que ayudarla. Necesito encontrar al viejón; haré lo que él me indique. ¿A fuerzas hay que casarse? Veo el celu que no suena, quizá Valeria desistió, llegó a la conclusión de que su hermanito puede y se largó nuevamente con su novio que, por cierto, no tengo idea de quién sea. Cómo quiero a mi hermana, de verdad, lo que Fritzia tiene de chismosa ella lo tiene de inteligente. ¿Qué pasó con los secuestradores? Si esperan que esté desesperado y llorando se equivocan; el libro me salva de eso.

Su nana Jane, una mujer de ojos dulces, le acercaba objetos diversos que el niño utilizaba en la construcción de la ciudad de Seclusia. Trascurrieron cuarenta y dos minutos y continuaba en su empeño. El castillo, con su ancho foso protector, sus almenas y su puente levadizo estaba terminado, al igual que los torreones y la muralla. Una sábana tamaño matrimonial y una silla rota bastaron para conseguirlo. Las casas de los habitantes del reino se apiñaban alrededor del castillo con altas y gruesas paredes circulares y techos rojos y azules. Era lo que la nana había conseguido en telas, algunos libros y objetos para la edificación de la ciudad donde viviría la princesa Victoria. No tendría bosque ni zorros, a unos cientos de metros había demasiados, pero sí otros animales feroces que sólo dejaban ver su sombra, incluido el león que acabó con el tío Frank.

Jane le acercó algunos muñecos que se convirtieron en enemigos. Pobres, jamás conseguirían tomar Seclusia, la ciudad amurallada de su majestad Edward Primero, esposo de la reina Victoria, cuyos ojos violeta podían mirar a todas partes y a través de las paredes, incluso dormida. Para demostrarlo, el niño expresó con voz suave: Un enemigo, querido Edward, está tras la muralla. El niño tomó un muñeco de porcelana con determinación. Lo tengo, señora, y ya que osó molestarle lo acabaré. Luego lo estrelló contra el piso donde se despedazó. Ya se las arreglaría con una de sus hermanas, dueña del objeto. Murió, señora, estamos a salvo, duerma usted tranquila que yo velaré nuestro castillo, y si alguno se me pasara, usted lo descubriría con su vista telescópica que lo mira todo y yo les doy fin. Victoria, vestida para dormir, ocupaba su cama. Era una muñeca de Kate a la que le faltaba un ojo.

Al día siguiente la ciudad fue reforzada. Su majestad, Edward Primero, colocó una sábana blanca encima y se metió debajo. Estamos en invierno, princesa Elizabeth, la noche es fría y cae nieve, pero usted duerma serena, estamos protegidos del frío y de los invasores; sin embargo, me han contado que un dragón negro nos acecha, que su propósito es quemar nuestra ciudad pero no lo conseguirá, antes de que lance sus llamas, lo habré eliminado; mi plan es ahogarlo en el océano para que se lo coman las ballenas. Nana, acércame el dragón, lo dejé en mi cama, y trae un recipiente de agua, debo destruirlo. Si me permite, su majestad Edward Primero, no lo rompa ni lo ahogue, si quiere que le tenga realmente pavor, que sepa lo que es su gran poder y huya con sólo escuchar su nombre, con que lo espante y le grite será suficiente, y la princesa Elizabeth dormirá tranquila, soñando con flores y pajaritos. Tráelo pronto, nana, lo asustaré y pensará dos veces antes de intentar robarse a la princesa o quemar nuestra ciudad. Somos invencibles.

Durante días la ciudad medieval quedaba abandonada. Edward Frank se olvidaba de ella y jugaba en casa o en el jardín; a veces recorría parte del bosque hasta que se cansaba o se rasguñaba alguna pierna; otras ocasiones, caía en prolongados silencios en los que ni su nana lo hacía sonreír: las ventanas le parecían grandes o chicas, sus hermanas, feas o hermosas, y la foto de su padre muerto, un objeto extraño que nada le decía. En esas andaba cuando su madre no lo quiso llevar a misa porque su traje no combinaba con el vestido azul que ella se había puesto.

Después del rechazo se observó detenidamente: era demasiado delgado y triste. Se encontró parecido a Peter Pan, una historia que había leído con su nana donde un niño vivía grandes aventuras pero se negaba a crecer. Soy una pared, escribió en un papel, una pared sucia. Por primera vez se detuvo en las palabras, comprendió que allí había algo que le había salido de muy dentro. Se asustó. ¿Por qué se asustaba? Esas palabras, ¿podían expresar lo que sentía?, ¿salieron del corazón? La vida es una pregunta infinita. ¿Qué son las palabras? Se hallaba absorto cuando su nana se acercó. ¿Se le antoja un panecillo con leche? Nana, sentí algo muy adentro y lo escribí, mira, aquí está la frase. La Nana leyó y quedó desconcertada, sin embargo, comprendió lo que estaba pasando en el interior del niño, lo abrazó con ternura, percibió su temblor y le anunció lentamente: Señorito Edward, usted será poeta, un gran poeta como Shakespeare o Percy Shelley. El niño se cimbró, de alguna manera comprendió lo que escuchaba. ¿Y ahora, nana, qué debo hacer, por dónde debo seguir? Venga conmigo.

Bajaron al primer nivel de la mansión y entraron en la biblioteca de William James, muerto cuando Edward cumplía cinco años. Antes había pasado por allí corriendo, sin poner atención a nada; mas ahora comprendió que esos volúmenes cuidadosamente resguardados le concernían; que allí estaba el mapa de la vida de alguien que podía expresar lo que tenía dentro con palabras. Jane apartó los libros de Lord Byron para después, y sacó los sonetos de William Shakespeare. Empiece con esto, señorito, cuando haya leído estos poemas sentirá qué es ser poeta de verdad. Edward tomó el volumen y se acomodó en el escritorio de su padre. Percibía que el libro era un objeto vivo, una joya cuyas aristas poseían movimiento propio. Lo depositó sobre la superficie bruñida y lo contempló. Olía. Creía escuchar ruidos y voces que provenían del interior. La nana lo observaba desde la estantería, a la espera de que el niño abriera el volumen empastado en cuero. Edward se decidió, posó su pequeña mano en la oscura portada y dejó que sus dedos iniciaran la acción de abrir al tiempo que apareció su madre con un amigo. ¿Qué hacen ustedes aquí? Su mirada era inquisidora.

Lo que digo, es preferible una madre chillona. Qué maniaco, qué manera tan curiosa de descubrir lo que va a ser, ¿por qué voy a estudiar negocios? No estoy seguro y en este momento no voy a pensar en eso; lo que se nota es que Edward James desde pequeño estaba pirado. Tarda Balam, ¿salgo a buscarlo o leo lo que falta? Bueno, apenas ha pasado media hora, ¿cómo medirán el tiempo los fantasmas? Malditos viejos, quién iba a pensarlo, con razón don Romeo no comía. Entonces no es cierto que Bukowski le dijo a mi abuelo que buscara a Torres, ¿o sí, pero cómo?, ¿es verdad entonces que el viejillo puede hablar con los muertos? Es lo que dice Valeria. ¿Y ella? Querida hermana: lo siento, no entiendo mi reacción pero estoy seguro de que tú sí: eres tan lista. ¿Desde cuándo están los estudiosos de Edward James aquí?, ¿de dónde son?, ¿con quién se juntan? Sé quién me va a sacar de dudas.

Miguel Poot consiguió la entrevista con Arsenia H. Debes ir solo, don Eduardo. Era la condición que la mujer había puesto. No los quiero ver por aquí ni a ustedes ni al mestizo. ¿Ni a Fernando Séptimo? A ese infeliz menos que a nadie, expresó la mujer y dio un portazo en su casa de ladrillos rojos verdecidos por el musgo y los años. Poot se sintió reconfortado, no quería admitirlo pero lo pusieron feliz aquellas palabras y aquel desplante. Tocó la puerta con suavidad. La mujer abrió violentamente. La nevada que provocaste me sorprendió, qué linda forma de demostrar tu poder; si te preocupa algo, lo de tu hermana, por ejemplo, estoy para servirte. Lárgate. Nuevo portazo. ¿Continúas enamorado, verdad, cabrón? Por supuesto que no pero, no sé, sentí bonito escuchar eso. La sigues queriendo, no te hagas, güey, y quieres que te acompañe en tus largas noches lluviosas, ya te vi visitando el Huanacaxtle de los corazones muy esperanzado.

¿Aquí también sale el Huanacaxtle? Qué coincidencia. Aunque a él no le pasó lo que a mí.

Pues a lo mejor sí, pero un poquito, así como para no olvidarla, y bueno, hay ciertos casos en que cualquier símbolo del amor ayuda. ¿Le dirás al Zopilote? Ni de broma, quizás él esté más clavado que yo, ¿has visto cómo se pone cuando hablamos de ella? Debe ser difícil, una mujer tan señalada, la única que les interesa, y que no quiera estar con ninguno de los dos. No tienes idea de cuántos litros de mezcal nos hemos tragado para lavarnos el alma, y nada; lo más difícil de borrar en uno es una mujer. Deberían lavarse el cerebro. No exageres. ¿Cuánto tomaste para animarte a visitarla? Un litro nomás, por eso vengo hablando solo; sin embargo tienes que reconocer una cosa. ¿Cuál? El valor de nuestra amistad; a pesar de esa mujer, nuestra amistad sigue para adelante. Es lo mejor que tienen. Imagínate si también pudiéramos tener a la mujer, Fernando Séptimo no estaría de acuerdo. Pero tú sí, para qué te haces, eres un mandilón sin remedio. Sonreía, caminaba solitario hacia el pueblo, desde que Arsenia H lo dejó adquirió la costumbre de hablar consigo mismo sin preocuparse demasiado si alguien lo escuchaba.

Así me traen a mí, cacheteando el pavimento. Qué vaciado.

La casa de la mujer, apenas visible del camino, se ubicaba a la mitad subiendo el cerro de las pústulas, donde había rocas blancas grandes y pequeñas por todos lados. Era una edificación de una pieza, de ladrillos rojizos, techo negro y húmedo, puerta de madera oscura, rodeada de plantas medicinales, venenosas y cero orquídeas. En el acceso se alzaban dos guayabos que siempre tenían fruta.

Edward James, sudoroso, apoyándose en su bastón y con la guacamaya al hombro, subió despacio la cuesta hasta la casa de la chamana. Recordó la primera visita y al joven guía, Ángel Alvarado, que nunca le comentó de su parentesco con la mujer y que no quiso detenerse en aquel paralelepípedo. Qué tiempos aquellos. Buenas tardes, saludó. ¿Hay alguien aquí? Se resistía a pronunciar el nombre. Tres minutos después, y cuando Edward estaba a punto de marcharse, la mujer anuló la lluvia protectora y salió a recibirlo bajo un guayabo lleno de frutas apetitosas. Cerca, unas gallinas cacaraqueaban y buscaban lombrices en el suelo disparejo. Buenas tardes, señora, gracias por recibirme. Qué desea. Arsenia H no estaba para protocolos. Su ojo rojo brillaba. Vestía de negro. Qué bien se ven las guayabas, ¿me permite cortar una? Las que guste, están riquísimas. Espera, espera, intervino la guacamaya que tomó una que sobresalía por su tamaño y color y la lanzó a las gallinas que se abalanzaron a picotearla. Chasss, desaparecieron, en su lugar se formó un hervidero de gusanos rosados. James palideció y la guacamaya viró para otro lado haciendo ruido. La mujer le clavó su ojo sano, el rojo era una fuente de fuego. Ahora dígame qué desea, que no tengo su tiempo. James se atragantó, la recordaba más bien indefensa cuando su gato fue engullido. Señora, compré el terreno que usted ya sabe para. Lo sé, pero es tierra sagrada y no permitiré que usted ni nadie hagan allí lo que sea, y mucho menos que siembre flores, ¿le queda claro? Por supuesto, sin embargo, me gustaría compartirle una idea. Ninguna idea, es tierra sagrada y se queda como está, no siempre van a estar sus amigos para salvarlo. Le recuerdo que vi la catleya de plata dos veces y una la de oro. Y qué, eso no significa que pueda usted pisotear una tierra que tiene dueños y una finalidad. También tengo amistad con las boas, hace poco llevé a dos a la ciudad de México y causaron sensación. Aún así, usted debe respetar el cerro, no es un cerro cualquiera. Escúcheme, por favor, no me interesa afectar su vida privada, ya me contaron de su hermana muerta, me gustaría crear un jardín de esculturas de piedra en honor a los dioses. ¿A qué dioses se refiere, señor James? Usted no sabe nada de dioses, no me venga con eso; ¿cómo quiere que le explique que no puede tocar ese lugar? En un instante se transformó en la sensual Tilly Losh de *ballerina*, pudo ver sus muslos blancos y su sonrisa seductora. ¿Así? James abrió la boca, la guacamaya se alejó unos metros diciendo algo que James no comprendió. ¿Le agrada? Voz fresca, sonrisa, coquetería. Edward, por favor, no seas desconsiderado, deja a los dioses de esta señora en paz, son buenos. En un instante volvió a ser la misma. O prefiere esto. Voz gélida, cortante, avinagrada. El ojo enrojeció todo. Luego se convirtió en un ser monstruoso: Oh, sus manos se volvieron duras con uñas afiladas y fueron directas al cuello del inglés. Aggg. La guacamaya gritó. Aggg. El suelo se mojó. Edward James se puso amarillo, el bastón cayó, dobló las piernas mientras la energúmena vociferaba: ¿Esto es lo que quieres, miserable forastero: morir?, ¿esto es? ¡Pues muere! Y sus manos fueron garfios de acero y apretó. Apretó. Apretó. Edward abrió los ojos y su lengua salió. ¡Muere, infeliz!, ¡muere, violador!, ¡muere, sacrílego enemigo de los dioses! Y James volvió a ver aquella prodigiosa esfera en movimiento que lo marcó en su juventud, con sus nombres mexicanos y sus tonos de verde intenso, vislumbró claramente una orquídea blanca que no recordaba, y unas boas que la resguardaban caracoleando. Pensaba en West Dean, en los zorros, cuando escuchó un grito cercano: ¡Suéltalo! Las garras trémulas cedieron un poco. Suéltalo de inmediato, ordenó la voz que pudo escuchar con claridad y reconocer rápidamente. Intentó recuperar su orgullo estropeado.

Cayó al suelo tocándose el cuello y respirando hondamente. El rojo desapareció de la atmósfera. Es falso que para morir nacimos, ¿quién dijo esa barbaridad? Rafaela le ayudó a levantarse y le lanzó una mirada de apoyo. Luego enfrentó a Arsenia H con tremenda bofetada. Jamás te metas con él, ahora es parte de mi familia, y hará en el cerro lo que le venga en gana, ¿entendiste? La mujer, ya normalizada, afirmó cabizbaja. Y no te preocupes de que ofenda a los dioses, jamás se lo permitiré, ni tampoco la memoria que guardas, de la que no sé suficiente. La chamana abatió más su cabeza. Rafaela se llevó a James ladera abajo donde esperaban las niñas que lo abrazaron asustadas. Tío Eduardo, tío Eduardo, ¿te dolió? Por supuesto que no, puedo decir que apenas fue una caricia. De una piedra cercana voló la guacamaya y se posó en su hombro. De la que te salvaste, pensó James, y fue lo que exclamó el pajarraco, con el que se había simbiotizado.

Gracias, estuvo cerca.

Agradeció a la esposa de su amigo. A las niñas les contó que era amigo de la chamana y que así jugaba con ella.

Mentiroso.

Le gritaron sonrientes. En el camino, Rafaela le refirió que Arsenia H había trabajado en su casa cuidándola desde pequeña, hasta que se casó con Fernando Séptimo, y que desde niña le había resuelto varios problemas. Incluso le regaló su vestido de novia. Cornelio la había puesto al tanto y decidió seguirlo. Cuando escuchó los gritos del pajarraco supo que debía intervenir.

Qué maniaco, qué bueno que pasó esto porque ya me estaba durmiendo.

En casa, un trago de mezcal lo regresó a la vida, los siguientes lo pusieron a tono para ahondar la idea con Bojórquez: crearían un espacio escultórico a su manera, ¿y cuál era su manera? Ya lo averiguarían, pero la idea sería la misma: crear algo diferente, donde la selva no perdiera supremacía. ¿Está seguro? Ya perdió un dineral, ¿quiere perder más? No, no quiero ganar pero tampoco perder. ¿Entonces? No sé, de lo único que estoy seguro es de que este lugar tiene algo, presiento que no es un simple terreno que compré un día en un acto inesperado y me gusta, haremos esa *Escalera al cielo*. Dicen que la Huasteca hechiza, don Eduardo. Tal vez, con el añadido de que la soñé cuando no tenía ni idea de dónde se encontraba y tampoco conocía su nombre; luego he aprendido algo de los olmecas y de los mayas que es realmente grandioso y que dan idea de lo que se puede construir en la selva. Es usted un caso, don Eduardo. Ya te conté que Salvador Dalí me quería llevar con Freud; cuando hicimos la exposición surrealista en 1936 me había convencido, pero desapareció. Hace unos cuatro meses lo encontramos en el Mediterráneo vestido de buzo, huyendo de una sirena con la que había procreado un hijo. ¿Y Gala, que no están muy enamorados? En efecto, pero ellos se permiten ciertas libertades que aquí serían imposibles; por ejemplo, mientras él recorría el fondo de los mares ella se entretenía con un albañil que tardó seis meses en levantar un muro de dos metros. Volviendo a lo que me decía, ¿de veras haremos esa escalera que soñó? También haremos un castillo y algunas casas diferentes, ya encontraremos en qué; por lo pronto, nos olvidamos de las orquídeas reales y también de las flotantes. ¿Está seguro? No olvide que allí hay una leyenda que tiene que ver con una orquídea blanca que si crece se convertirá en mujer, le dicen la orquídea Calavera. Lo tengo presente y ya veremos qué resulta; si mis cálculos no fallan, podremos levantar unas treinta y seis estructuras en el cerro. Cornelio Bojórquez guardó silencio, bebió mezcal y le confió: Rafaela sabe dónde se resguardan las orquídeas flotantes cuando están quietas. Edward James abrió la boca sorprendido. Por cinco segundos Beethoven ocupó su cabeza. ¿No me engañas? Aunque a medias, soy de una raza que no miente a los amigos. Se miraron dubitativos. También sabe algo de la orquídea Calavera. Edward permaneció serio, luego sonrió levemente y dijeron «¡salud!»

A lo lejos, el sol se había puesto demasiado pronto.

En mi habitación suena el celu. Me viene un temblor de labios y de manos insoportable. Ahí están los secuestradores de nuevo. ¿Qué les voy a decir a los güeyes? Ni mi abuelo ni mi tío han conseguido dinero para pagar el rescate. Respiro como si quisiera acabarme el aire, ¿y si fuera el viejón para decirme que lo soltaron?, ¿o Iveth para informarme que su papá va a comprar El Toro Cáram y que vendrá conmigo al concierto de Los Tigres del Norte?, ¿o Lady Di para avisarme que irá a la alberca? Soy un pendejo. Descuelgo.

Lady Di

Es Valeria.

Capi, ¿qué pasa, güey, por qué no contestas?

¿Quién es? No entiendo, sólo escucho ruido.

Capi, soy yo, güey.

«Soy yo, güey», ¿por qué no dice Valeria, por qué no dice tu hermana? Claro, porque todos la conocen y la adoran. Fritzia hace lo imposible por ser tan popular como ella pero no lo conseguirá, Valeria es apabullante, lo máximo.

Quien sea que esté llamando: voy a colgar, marque de nuevo por favor.

Capi, el papá de mi novio nos prestó el dinero, dile a los secuestradores que esperen un poco.

Disculpe, no escucho nada.

Cuelgo. Pues sí, en su calidad de centro del universo Valeria lo resuelve todo. Qué bueno. No imaginé que su novio fuera tan rico. Claro, ella no se iba a fijar en un pobretón o en alguien apestoso a estiércol. Está bien, me voy a calmar y voy a llamarla; ni hablar, debo reconocer que mi hermana es la estrella de la familia y puede conseguir fácilmente dos millones doscientos ochenta mil dólares. Le voy a marcar, pero antes debo tranquilizarme, tengo comezón y siento el corazón chiquito. Ahora sí que llamen esos cabrones. Busco a Carmen: la encuentro en el pasillo donde está *La hija del Minotauro*, porta una charola con café, leche y panecillos. ¿Ven cómo es una novela con cosas que existen?

Buenas tardes, ¿y Balam?

Le prohibí venir.

Qué muchacho tienes, de verdad que no tienes por qué soportarlo; muy claramente le aconsejé que no te desobedeciera y que fuera a misa los domingos.

No le hace la menor gracia.

Nadie debe meterse con los huéspedes, todos vienen a descansar y el señor al que la boa atacó está muy molesto; se quejó con la señora Gaby; y usted no debería andar de coqueto con la novia, con eso de que fue al Huanacaxtle de los corazones anda de enamoradizo, no crea que no se le nota.

¿Eso es para la güerita?

Sonríe con picardía.

Debe usted comportarse como un caballero y no hacerse el loquito.

Permite que sea su mesero, tal vez me está esperando con ansias locas.

Le quito la charola.

Por favor, joven, no me cause problemas.

¿En qué habitación está?

No puedo decirle, ya le expliqué, la tranquilidad de los huéspedes es prioridad.

No tengas miedo, ya verás cómo le agrada que le lleve su desayuno; quizá después tenga que hacerlo a diario.

En la Niños, por el pasillo frente a la alberca; de plano usted no tiene remedio.

Me indica el camino. Es una habitación en la planta baja. Con razón desapareció la otra noche.

Veo el nombre sobre la pared. Voy a tocar pero de golpe se abre la puerta, aparece Lady Di que cierra tras de sí. Vestido floreado, ojos brillantes, perfume.

Buenas tardes: su desayuno, señorita.

¿Por qué lo trae usted? Qué falta de seriedad. Me quejaré con la dueña, nadie tiene derecho a violar mi privacidad.

Se ve realmente histérica. Sus ojos son de fuego.

Disculpe, mi intención no es molestarla, sólo preguntarle de dónde son y desde cuándo están aquí los investigadores de la obra de Edward James.

¿Por qué habría de saberlo? Y le prohíbo que se acerque a mi habitación, majadero.

¿Podríamos conversar un minuto?

Me mira fulminante, toma la charola con brusquedad, derriba el café y la leche, me la regresa, cierra con llave, camina aceleradamente hacia el restaurante y yo detrás. Carmen baja la cabeza cuando ella pasa a su lado y la sigue hasta la mesa donde se sienta y le ordena con la mirada que le traiga lo mismo. Doy a Carmen la charola y me siento sin pedir permiso. El lugar está solo.

No puedo negar que es usted especial y que me gusta, y lo último que haría en la vida sería perseguirla, y lo que le pregunté es en serio.

No sea ridículo, nada se sella con un beso.

Lo sé, tampoco conversando y ni siquiera teniendo sexo.

Usted y yo no tenemos nada en común.

Quizá sí, estamos leyendo el mismo libro.

No somos iguales.

Afortunadamente.

Entonces deje de acosarme, no necesito ni sus insinuaciones ni sus comentarios estúpidos ni su sonrisa de idiota.

Me quedo frío. Más claro ni el agua. No me importa que llegue Carmen, me pongo de pie y me largo en silencio. ¿Hay que saber perder? A otro perro con ese hueso.

Salgo del hotel, subo por Ocampo hasta la plaza con pasos acompasados, doy una vuelta y me acomodo en una banca. Veo los puestos de comida, la carpa del espectáculo y la gente que camina como si no existiera o perteneciera a otra dimensión, a otro mundo. Reconozco que me dolió; no siento comezón en el cuerpo pero si una desazón que me llega a los huesos. Chale. Balam se sienta a mi lado.

Qué pasó, güey, ¿te avisaron algo de tu papá?

No, ¿por qué?

Te ves muy mal, como si hubiera ocurrido una desgracia.

Una chica me acaba de cortar gacho, güey.

¿Tiene remedio?

No creo, me metió el puñal hasta la cacha.

Entonces olvídalo, dejó de ser problema.

No es tan fácil.

Pues mira, puedes escoger entre dos: tomar unas cervezas y llorar un rato, o buscar otra, un clavo saca a otro clavo; por si lo quieres saber, vengo de ver a mi chava.

¿No que ibas a ir hasta la noche?

Eso dije, pero me dieron ganas de verla; oye, ella tiene una amiga que te va a sacar de penas.

Ahora no quiero saber nada de viejas. ¿Y la boa?

En casa, debo recogerla; con ella no faltan los turistas que nos dan algo.

¿Come ratones?

A veces, lo que más le gusta es la carne de pollo.

Nos quedamos quietos.

¿Quién sabrá cuánto tiempo tienen acá los muchachos del Tsuru negro que investigan lo de Edward James?

Dos semanas. Vi cuando llegaron con doña Gaby y los mandó a Las Pozas.

¿Llegaron solos?

213

Los tres, en el Tsuru.

Güey, te veo en el hotel en media hora; voy a llamar a casa y luego quiero que hagamos un movimiento.

De acuerdo, iré por la boa y luego te presento a alguien que tal vez nos ayude.

Nada de mujeres, te lo advierto.

¿Te dije que era mujer?

Ten cuidado, no podemos involucrar a nadie. Nos vemos.

Estoy jodido pero tengo que ocuparme de mi padre y llamar a mi hermana aunque sienta el corazón hecho trizas. Maldita vida, y la comezón que no se quita. Es la una, veré qué onda con *La orquídea*; ¿la estaré regando? Porque en cuanto se me viene la bronca encima me pongo a leer, ¿acaso por eso lee la gente, para no enfrentar sus broncas? Qué flojera.

Arsenia H ponía diversas cataplasmas en su pierna y no mejoraba. Sabía de mordidas de lagarto y por lo mismo tenía la certeza de que no se aliviaría, al menos que fuera perdonada, lo cual no ocurriría automáticamente; debía cumplir las disposiciones del lagarto mayor y avisarle del hecho, pero ¿cómo podría restituir a los animales pequeños que habían muerto con el frío? Por otra parte, su odio hacia el extranjero, que se hallaba ausente, se duplicó; sin embargo, no podía moverse rápido y no tenía gato, no se curaba y esa carcoma cada vez la perturbaba más. Así que meditó cuidadosamente su siguiente paso para acabar con el intruso —si regresaba— y tomar el control del cerro. Qué bueno que te encuentro, dijo Fernando Séptimo justo en la puerta donde se hallaba disfrutando el fresco de la tarde. La mujer sintió que el odio le revolvía el estómago pero resistió. El ojo rojo apenas brilló. Qué quieres, inútil, el chamán olía a mezcal. Hablar contigo y, si consientes, curarte la pierna. Ponerme en tus manos sería lo último que haría en mi vida, así qué lárgate por donde llegaste, traidor, malparido, comecuandohay. El Zopilote se había afeitado, perfumado y vestido para la ocasión. No es malo desear que estés bien de salud y hacer lo que corresponde, tienes más de un mes con eso; además, ¿olvidas que estuvimos aquí para ofrecerte nuestra ayuda? Retírate, idiota, no te atrevas a tocarme. ¿Tocarte?, ¿todavía te acuerdas de eso? No recuerdo nada, desaparece. Yo no olvido tus gemidos ni tus besos, ni cómo teníamos todo el tiempo del mundo. Que te largues, si no, aquí mismo mueres ahogado. Morir por ti es lo que quiero, Arsenia H, odio mi vida sin ti. No seas ridículo, vete antes de que te congele como a un insecto. Deja curarte la pierna y me iré. Estoy sana, cuando esté enferma te aviso. No es verdad, tu pierna está infectada, deja que te alivie, no pretendo otra cosa. Aléjate, no pienso soportarte un minuto más. Un trozo de hielo se precipitó sobre la cabeza de Fernando Séptimo que lo esquivó justo antes de que lo descalabrara. Ojo levemente rojo. Te quiero, Arsenia H, eres lo único en mi vida que ha valido la pena. Qué te largues, te estoy diciendo. Sin decir palabra, Fernando Séptimo se alejó, había conseguido dejar muy claras sus intenciones; ya se enteraría ese ladino de Miguel Poot, quien seguía en el corazón de la chamana.

La mujer estuvo un rato desconcertada, después se puso contenta. Sabía por qué lo rechazaba y qué era capaz de hacer ese hombre por ella.

El amor es el vicio del que nadie se rehabilita.

¿En serio? Entonces ya me fregué, olvidaré a Lady Di pero sufriré toda la vida por su desprecio. Ah, Iveth, extraño verla correr, se nota que es una mujer a la que le gustan las cosas claras; por eso preguntó lo de Diana, esa maldita, y qué idiota, caer en su trampa; si no saben para qué sirven los condones: pregúntenme, les puedo dar unas clasecitas gratis; no va a quedar de otra, me voy a tener que casar con la güey y escuchar a Luis Miguel el resto de mi perra vida. Guácala, qué maniaco.

Por otra parte, la chamana sabía qué era esa carcoma que la agobiaba. No tenía idea de cómo pero las boas se habían salido con la suya; hicieron nacer, cuidaron y alimentaron con su piel a la orquídea Calavera, la única que la podía llamar a cuentas porque era la flor de su hermana. Mejor dicho: era su hermana. En su familia todos tenían un don y esa niña era la más dotada, la más servicial, la más querida; por eso la había ahogado en el arroyo. Al sobrevenir la desgracia, su padre se largó, en cambio su madre enterró a la pequeña en el límite del cerro y se encargó de que no se desarrollara ninguna orquídea y menos las blancas jaspeadas. Lo mismo hizo con las boas, que desde siempre habían convivido con la niña y estaban señaladas para hacerla regresar; cuando fue sepultada, cuidaron de su tumba hasta que nació una plantita que alimentaron con amor, pero llegó la madre de la chamana y la hizo papilla. También le molestaba la calidad humana de la pequeña. Luego consiguieron que brotara en otro sitio, pero eran pocas para alimentarla. El exterminio casi acaba con ellas. Mientras no fueran suficientes las que aportaran su piel, la orquídea no se desarrollaría y se secaría irremediablemente. De vez en cuando, Arsenia H pretendía olvidar su delito, pero fue imposible, cada vez que aplastaba una boa sabía por qué lo hacía y no evitaba tener presente que ella, cuando tenía once años, había matado a su hermana menor, que poseía ese encanto profundo de las personas que dicen exactamente lo que se debe decir. También se convertía en esa orquídea cuyas partes negras formaban una calavera y la seguían las boas con veneración. Un día vio cómo se alimentaba con su piel y no resistió: la tomó con violencia y en dos segundos la zambulló en el agua que además enfrió hasta helarla. Fue su madre quien le dijo que volvería y que no tendría piedad con ella. Arsenia H pidió perdón y una oportunidad. Por eso la enterraron en el cerro.

En ese momento, le llegó una señal al corazón: su hermana podía convertirse en mujer y era joven y hermosa. Acabaré contigo de nuevo, murmuró, y decidió dejar que Fernando Séptimo curara su pierna, ya que con la herida sus movimientos eran torpes.

Estoy bien entrado cuando veo a Lady Di en el lugar de siempre. Me siento herido pero no lo pienso dos veces para acercarme a ella.

¿Podemos hablar?

Me ve diferente, si no me equivoco hasta dulce.

¿Por qué no?

Luego sonríe con coquetería, no me puedo controlar y le toco un hombro, ella me abraza y me besa decidida. Labios tibios, boca cálida, cuerpo duro. Estoy tan sorprendido que no reacciono.

¿Cuál es el tema?

Dice en mi oído, su respiración es caliente.

¿Necesitamos un tema?

Respondo sin despegarme de su cuerpo.

Yo, no.

Yo, tampoco.

Nos besamos por dos minutos. Se separa, su rostro encendido es el rostro más bello que he visto en mi vida; su gesto, el más amoroso. Me acaricia la mejilla.

Nos vemos por la noche, quizá la idea de las cervezas no sea tan mala.

Se va, me quedo quieto, viendo su cuerpo avanzar modosito hacia la escalera que lleva al primer piso. Veo el paisaje extenso que rodea Xilitla más luminoso y regreso a mi cuarto eufórico; ay, güey, ahora sí tendré los condones a la mano y le pediré su número de celu.

1981. ¿Quién habla de puntos cardinales? Nadie. Es una segregación más. ¿Qué es el nornoreste? Desde los griegos sólo los navegantes tienen el conocimiento para utilizar esos términos. Cuando hablamos de culturas es una sola esfera donde cabe todo, desde la obra de Leonora Carrington hasta las tres Huastecas, pasando por *Hamlet* y *El paraíso perdido*. Entonces vamos a crear algo que dé la sensación de un vuelo inmóvil; es decir, seré parte del paisaje pero tendré los pies en el concreto, estaré en algo fijo; señor Muñoz, que no se le pase la mano con la varilla; me dice el señor Aguilar que los moldes de los bambúes están listos, quiero que los mueva el viento, que oscilen suavemente, que sean reales y los habiten los colibríes. Además deben ser como una cortina japonesa, ¿ha visto cómo son las cortinas japonesas? Son piezas de maderas delgadas, paralelas, unidas simétricamente; así deben estar dispuestos los bambúes, pero de pie. Las escaleras quedan sin barandal, que den esa sensación eschereana de soledad extrema, de que no importa cuánto camines, pues al cabo no irás a ninguna parte; algo así como vivir sin deseos. Señor Muñoz, ¿cómo va la minipiscina? Estamos escarbando donde ordenó, me parece que quedará pequeña pero profunda. Está bien, en fin que no la quiero para nadar; luego haremos un temazcal, es una sugerencia de la esposa de Cornelio que hay que tomar en cuenta. Eso es sencillo, si le parece lo haremos al lado de la piscina. Perfecto, tendremos baños más efectivos que los romanos.

Edward James vestía de monje y su cabello blanco palpitaba levemente, usaba bastón pero conservaba buena dosis de fuerza. Había regresado el día anterior de Londres y se hallaba eufórico, presa de ese ánimo que producen los buenos resultados. Se hizo acompañar de Bojórquez que le había prometido una sorpresa. ¿Cómo andamos de fondos? Mal, de los setenta trabajadores que teníamos sólo he dejado siete, muchos de ellos vienen y lo hacen gratis, ojalá y les podamos dar algo, ocurre que no tienen en qué ocuparse. Tendré que ir a Londres de nuevo, no puedo acudir a mis hermanas, están realmente insufribles, siguen con la cantaleta de que las despojé; no soy culpable de que mis padres me hayan heredado todo, ¿o sí? Además ellas viven en la opulencia; más bien son ganas de molestar, sobre todo Marilyn, quien ha envejecido prematuramente. Pues vaya pronto, la idea de La Casa de los Colibríes es estupenda y creo que eligió el lugar preciso, de allí se podrá ver parte del valle selvático y hacia arriba, la montaña. Mariposas y diversos insectos volaban a su alrededor. Cornelio lo guió hacia la entrada donde había una pieza cubierta con una manta que destapó sin ceremonias. Oh. El mestizo sonrió. Son mis manos, don Eduardo. De concreto, una de anverso y otra de reverso, se hallaban colocadas al lado de la vereda de acceso. Es una pieza estupenda, Cornelio, no cabe duda de que tienes alma de artista; son perfectas, y las has colocado como corresponde. Gracias, don Eduardo, después de tanto escucharlo a usted y a doña Leonora, algo se me ha contagiado. Es más que eso, tienes una fina vocación de artista y has conseguido expresarla con fuerza, serán el símbolo de la bienvenida y de la despedida; cómo ves, nada tenías que hacer como telegrafista en Cuernavaca. Aunque de vez en cuando extraño las buganvilias.

Vi esas manos; están a la entrada y de verdad se ven bien locas. ¿Qué es una novela? Esta no se parece en nada a las de la tele, creo que le gustaría a mi papá. Eso de Diana no tiene remedio, ni modo, en su momento se lo comentaré a Lady Di, se ve tan inteligente que lo comprenderá. Espero que los secuestradores no le hayan hecho daño al viejón, porque siguen sin marcar, son capaces de llamar a la hora de mi cita. ¿Y mi hermana? Cada que quiero echarle un cable a la güey siento miedo, qué gacho.

Callaron. Oyeron pasos decididos entre las plantas. Dos hombres vestidos de verde olivo con pistolas a la vista se acercaron decididos. Edward James recordó el asalto en Roma y contuvo esa sensación de entrega. Desaliñados, sucios, con barbas largas y miradas vidriosas. No le pasaría lo mismo. ¿Quién es el dueño de este muladar? Voz autoritaria del más bajo, ambos eran delgados. Su servidor, respondió

Cornelio Bojórquez sin inmutarse. ¿En qué le puedo servir? Poca cosa, quiero que me deje este lugar unos días para descansar con mi gente, ya vimos que las casas están inconclusas pero no importa, con que nos protejan de la lluvia es suficiente. ¿Con quién tengo el gusto? Edward James observaba. Es irrelevante quién sea yo, le hago la petición en nombre del Ejército de Liberación Local. Cornelio recordó la radio. Escuché que estaban en Tamazunchale. Tuvimos que salir pitando, traemos heridos y necesitamos bastimento. ¿Seguro que eligieron bien? Porque en este lugar no hay caza ni pesca y la vegetación no es comestible. Pero están ustedes, sonrió. El procedimiento es sencillo, el güero va por comida y medicamentos y usted se queda de rehén; si todo sale bien, no habrá problema, sólo nos acompañará mientras estemos aquí; al señor le daremos dos horas para ir y venir al pueblo, según nuestro mapa Xilitla está a tiro de piedra; a partir de ahí, por cada hora que se tarde, usted perderá un miembro de su cuerpo, empezaremos por una mano, después la otra, luego un pie, y así, paso a paso. ¿A qué le llama Liberación Local? Creí que el güero era mudo, pero ya ve, también cuestiona, ¿eres gringo? Lo último que sería en mi vida sería gringo, hay mucho guerrero allí y soy pacifista. Para ser turista no está mal, eh, ahora ve por lo que te indiqué, y nada de abrir la boca con el Ejército o la policía porque mutilaremos a tu amigo; en ese caso no esperaríamos ni un segundo; ahora mismo nos encargaremos de las gentes que están arriba. Esto es un poco raro, expresó el otro guerrillero que estudiaba *Las manos* con detenimiento, sin tocarlas, para luego otear el resto del conjunto escultórico. Realmente, ¿qué están construyendo? Porque casas no son, no dan esa impresión, más bien parecen esculturas. Qué esculturas van a ser, camarada, son casas sin terminar,

221

¿acaso les ves caras de artistas a estos cabrones? Percibo una extraña simetría, como si hubieran sido construidas para ser apreciadas, no habitadas. Edward James escuchaba con atención, experimentaba una muy grata sensación. Y tú, güero qué esperas, ¿quieres que le corte la cabeza a tu compa? El otro guerrillero continuaba empeñado con *Las manos* de Cornelio, se había puesto en cuclillas. Voy por comida y medicinas. Muévete, que tenemos hambre, si alguno de mis hombres muere acabaremos con los que están arriba y desde luego con este burgués explotador. Una joven astrosa, que debía ser bella, surgió por donde sus compañeros habían arribado, detuvo a Edward James. Güerito, traigo la menstruación, consígueme algo para que no haga yo mi manchadero. El inglés la miró realmente fastidiado pero guardó silencio. ¿Qué se está creyendo esta tipa?

Camarada Tres, ordenó el comandante a su compañero. Avisa a la gente que hemos tomado este asentamiento, que se concentren aquí porque la comida está por llegar. Luego se dirigió a Cornelio. Me está tentando expropiarte el lugar, con poca inversión terminamos las casas y creamos una colonia revolucionaria; tú eres rico, puedes comprar el cerro de enseguida y asunto arreglado. ¿Qué pasó en Tamazunchale? ¿Qué escuchaste? Que habían sido aniquilados. Pues ya ves que no, y ahora hasta construiremos una colonia revolucionaria en esta hermosa loma; y ese güero, ¿trabaja contigo o es turista? Está muy viejo para andar subiendo cerros con un bastón, ¿no te parece? Es mi amigo. ¿Es rico también? ¿Él? No tiene en qué caerse muerto. La muchacha se recostó en el suelo, se veía agotada. Estamos pensando en secuestrar a alguien, pero si él es pobre entonces serás tú; si lo quieres evitar debes pagar el rescate; nos has donado el terreno con estas construcciones inconclusas que es necesario terminar y por eso te haremos una rebaja, pero necesitamos dinero contante y sonante con urgencia. ¿Fueron ustedes los que secuestraron al banquero Echarragoitia en San Luis? Sí, pero ya se acabó lo que le sacamos, que realmente no fue tanto. ¿Y al ganadero Díaz de León? Era menos rico que el banquero; le echamos el ojo a un político pero se nos peló. Esos sí tienen dinero. Pero lo guardan en bancos extranjeros, dos veces nos pasó que no tuvieron para el rescate y a sus familias no les importaban demasiado. ¿Qué hicieron con ellos? Los soltamos, no pagaron ni lo que se comieron los desgraciados.

Esta debe ser zona de secuestros. No he escuchado que haya guerrilleros por aquí. A ver si revela escondites, allí podrían tener a mí papá y yo sabría encontrar a los delincuentes y negociar la entrega del rescate. Siento comezón en la espalda, debo tener ronchas y ya ni recuerdo la pedrada del Osuna Espinoza que será un buen padre para mi hijo, eso si Diana lo acepta, ¿le marco a Valeria o espero? Espero. Qué bonito lo que pasó con Lady Di; voy a bañarme de una vez y a ponerme una playera limpia, los tenis deben estar impecables. ¿Por qué no pude avanzar en lo de papá?, ¿será porque no salí a buscarlo? Es horrible, pero al fin entiendo que para idiota no se estudia; eso de ir a la Universidad de Texas tengo que pensármelo en serio. Le contaré a Lady Di lo de papá, quizá me dé la ayuda que me hace falta.

Minutos después Tres llegó con cinco mujeres y cuatro hombres harapientos. El que no estaba herido se encontraba hecho polvo, y todos expresaban un profundo desánimo. Se dejaron caer en una escalinata al lado de la chica. Ey, dejen esas caras, esas actitudes no son revolucionarias, les llamó la atención el chaparro, que era el comandante Uno. A ver, quiero oírlo de ustedes, no griten, sólo quiero escucharlo: viva el Ejército de Liberación Local. Sin energía, lo repitieron. El comandante quedó satisfecho y el camarada Tres se ocupó en examinar minuciosamente las piezas que más le llamaban la atención. ¿Qué poseían esas estructuras que tanto le intrigaban? Quizás el poder con que lo regresaron a sus tiempos universitarios en que pasaba horas discutiendo con sus amigos sobre arte contemporáneo y su múltiple expresividad. Era un admirador decidido de las figuras voladoras de Marc Chagall, de la multiplicidad de Roberto Matta y de los armadores de barcos que también consideraba artistas.

Camarada Dos, la joven de aspecto astroso, se puso de pie. Elija dos elementos y vaya a poner quietos a los hombres de arriba: son nueve, los ata y los deja allí, si alguno se pone difícil métale un tiro en la cabeza; cuando llegue el güero con la comida y los medicamentos veremos qué hacemos con ellos; quizá los invitemos a formar parte de la colonia. La mujer hizo el saludo militar, mandó una señal a uno de los hombres y a una mujer madura que la siguieron escaleras arriba con paso cansino.

La revolución es el mejor proyecto posible, manifestó el comandante. Son muy importantes los vivos pero también los muertos; su principal vocación es que tanto los hombres como las mujeres tengan los mismos derechos y obligaciones. Bojórquez no respondió, sabía que entre menos hablara, mejor. Por eso nos temen. El camarada Tres se acercó a él después de apreciar por unos minutos unas flores fantásticas colocadas al lado del camino señalado por serpientes de concreto. Dígame una cosa, señor, ¿conoce usted a Edward James? Jamás he oído ese nombre. ¿Quién es ese? Quiso saber el comandante Uno. Un inglés loco que vive o vivió por acá, que era amigo y mecenas de algunos surrealistas. No me tocó conocerlo. Ya, no digas pendejadas, camarada Tres, el señor es un terrateniente, seguro que no ha estado ni en Tantoyuca, ¿verdad que no? Más o menos. Hay varias cosas que me intrigan. A mí también, camarada, y la primera es, ¿por qué sigue usted confundiendo unas casas incompletas con obras de arte? Tres mejor se marchó a seguir observando. El resto de los efectivos aguardaba acostado, sin quejarse.

Cerca de allí, en el abismo y protegida por rocas, una orquídea blanca se agitaba. Creció un poco, lo suficiente para dejarnos ver que el dibujo negro de sus pétalos era una calavera.

Ni el aire la movía.

Órale, la orquídea Calavera es sensible a lo que pasa en su territorio, ¿qué hará?, ¿y qué haré yo? Tengo que llamar a casa, ni hablar, no puedo dejar pasar más tiempo sin incluir a mi hermana; Balam llegará en cualquier momento y yo clavado en el libro; apenas lo puedo creer pero casi lo termino. Si no la hago, si soy un incapaz sin remedio, qué bueno que Valeria es tan especial, tan buena para todo. Me siento orgulloso de tenerla como hermana. Eso pensaba antes, ahora no sé qué traigo en la cabeza que la veo como una intrusa. Ni modo, traté de ser el héroe de la peli y rescatar al viejón pero fracasé, llegué a mi límite. Sollozo, no por papá: por mí. Ya no le quitaré más tiempo a Balam, qué sabio mi abuelo al reconocer que no sirvo para nada. Que me disculpen Torres y Bukowski pero hasta aquí llego. Marco a casa: número ocupado. Espero no haber perjudicado a papá que nunca nos ha tratado mal y da consejos que sirven. Dentro de un rato le contaré a Lady Di y seguro estará de acuerdo. Quiero besarla otra vez, sentir su cuerpo duro junto al mío; parece que es bipolar pero no me importa.

No espero a mi amigo. Recojo el Tsuru, en la gasolinera lleno el tanque y voy a Las Pozas. Al salir del pueblo veo que viene en sentido contrario. Lo acompaña un joven de unos veinticinco años, robusto y con playera a rayas. Me detengo y salgo del carro. Me lo presenta.

Romeo Torres.

Es nieto de don Romeo, güey, ya le conté que lo conociste.

Mis respetos para usted, Capi, ¿me permite una pregunta?

Las que quiera.

¿Notó a mi abuelo triste, necesitado de algo, desorientado?

Nunca, siempre lo vi completo y de buen humor; me sorprendí cuando supe que estaba muerto.

Sí, nos dejó hace dos años. Qué bueno que está bien, porque luego tienen problemas y regresan por ayuda.

Se veía contento y también Bukowski. Traían una botella de mezcal que nunca abrieron; ahora me lo explico y también por qué nunca quiso comer.

Pues sí, los muertos ni comen ni se emborrachan.

Capi, me vas a matar.

Observé que cruzaban miradas.

¿Qué, le contaste?

Todo, güey.

Sentí ganas de romperle la cara, y a mí por indiscreto, ¿qué le diría a Valeria si todo empeoraba? Ya mi abuelo la había puesto al tanto y estoy seguro de que le contó lo peor.

Permítame, por favor; de cierta manera sabía lo que Balam me confió. Desde hace más de una semana he visto gente distinta rondando por aquí, exploran, caminan, disimulan, preguntan por los nombres; no como turistas, con cierta ansiedad, sino como si estuvieran reconociendo el terreno.

¿Son hombres, mujeres, qué tan viejos?

De los dos, y más bien jóvenes.

¿Tienes idea de dónde lo pueden tener?

No me atrevo a mencionar a mi padre.

Usted debe dejar el dinero en el Huanacaxtle, es lógico que lo tengan en el otro extremo.

¿Es usted policía?

Se podría decir, pero no, apenas soy un informante.

Caigo en cuenta de que Balam sigue sin su boa, pregunto por ella.

Anda explorando, espero que no se duerma por ahí. Lo bueno es que aquí no hay águilas ni nopales.

O encuentre una boa hembra, ya que esta es macho.

Ojalá consiga algo la güey; bueno, ayer peinamos Las Pozas y no hallamos nada.

Antier encontramos dos corcholatas de refresco pero no llegamos a nada. Tu abuelo decía que quizá lo tuvieran en San Luis.

Pero vas a entregar el dinero aquí; pues sí, tiene lógica.

Bueno, usted lo entrega y se va a San Luis para que le devuelvan a su padre.

227

Dejo pasar un momento, un carro pasa rumbo al pueblo.

El caso es que no voy a entregar el rescate; es mucho y no pudimos vender el único rancho que tenemos.

No menciono lo de Valeria.

Con razón está preocupado, se le ve la cara roja.

¿Por qué tu abuelo tendría razón?

Reflexiona.

No sé.

Un día llamé a los secuestradores y don Romeo dijo que el número era de San Luis.

¿Eso dijo? Qué raro, en su vida habló por teléfono ni salió del pueblo.

¿No fue ni a Tamazunchale?

No me recuerdes ese pueblo, Balam: mi padre era policía y allí quedó en un enfrentamiento con guerrilleros.

¿Del Ejército de Liberación Local?

Me mira estupefacto.

¿Cómo lo sabe?

Por esos misterios de la vida; bueno, voy a las grutas, tengo esperanza de que lo tengan allí.

Allí no está. De allí venimos, pero si quiere ver, lo acompañamos.

Antes de que lo olvide, no me gustaría que la policía se inmiscuyera en este asunto, la vida de mi padre correría peligro.

Entiendo, y no se preocupe; por mí no lo sabrán.

Por un camino entre la selva, siguiendo el arroyo de La Conchita hacia arriba, llegamos en cuarenta minutos a unas cavernas pequeñas y húmedas. ¿Oyen eso? Es como un ruido que raspa, ¿qué es? Dicen que es el infierno que cambia de lugar a cada rato. Las recorremos, caminando entre rocas amontonadas y filosas, tienen techo irregular como producto de un derrumbe antiquísimo. Tres veces encontramos turistas impresionados. Visita tanta gente las grutas que pronto me doy cuenta de que no tiene sentido buscar. Si mi padre estuvo allí, debieron sacarlo y esconderlo en un lugar seguro, ¿cuál?, ¿dónde? Observo a algunos paseantes, todos tienen caras de sorpresa, así que no pueden ser los secuestradores. Mis ojos se cruzan con los del novio de Fram que me sonríe con gesto de chinga a tu madre.

Esperen.

Voy rápido adonde el grupo se ha detenido ante una caverna oscura y muy alta. Los veo a todos pero ninguno es el chango gorila. Lo busco. Se van. Nada.

Dos adolescentes caminan tropezando, bien hongueados.

Es media tarde cuando vamos de regreso. Balam trae su boa que en efecto encontramos dormida.

¿No temes que se haga salvaje, güey?

No creo, pienso que le gusta volver a la selva porque ya no vive en ella; por otra parte, siempre que cambia de piel lo hace aquí, algo que será de hoy a mañana.

Nos despedimos. En la habitación decido avanzar en la lectura de *El misterio de la orquídea Calavera*: Son las tres y no me falta mucho para terminar. La verdad es que cada vez que pienso en llamar a casa me salen más ronchas. ¿Qué les digo a los secuestradores para que esperen?, ¿cuánto tiempo deben esperar?, ¿son guerrilleros michoacanos? Está cabrón saberlo.

No fue Fernando Séptimo, que se convertía en lagarto, quien restituyó a los pequeños animales al cerro de Las

Pozas, sino Miguel Poot, que metamorfoseado en águila era más respetado y menos temido que el saurio oscuro que, de cuando en cuando, cruzaba la noche rumbo al cerro de las pústulas sin atreverse a traspasar la cortina de agua. Durante una semana los pequeños, guiados por los pájaros, tomaron posesión de su nuevo hogar, los gusanos debieron soportar el continuo asedio de los guías que pretendían cobrar el favor, sobre todo cuando el hambre calaba. ¿Cuándo ocurrió? Cuando Arsenia H hizo correr la voz de que era tarea suya, que le urgía y que tenía una pierna enferma. Miguel Poot creía que estaba en el mundo para apoyar a su amada y no dudó un instante.

El mono de Fram estaba allí, estoy seguro, ¿tendrá algo que ver? Lo comentaré con Valeria y en cuanto vea a Balam le explicaré que soy un pendejo, ha sido muy amistoso y debo ser claro con él, no debe perder su tiempo por mí. ¿Cómo lo explico educadamente? Ni idea.

Bueno, también debo pedir perdón a mi hermana, así que me comunico a casa. Querida, eres lo máximo y te quiero a morir: discúlpame. Responde mamá. Lo sé porque es un llorar sin fin.

¿Tienes klínex, mami?

Ay, Capi, qué desgraciada soy; papá, Valeria y su novio van a buscarte a Xilitla y no me quisieron llevar, me desecharon como si fuera un mueble viejo, como si tu papá no fuera mi marido; Fritzia sólo quiere estar en la calle, no para en casa y casi no la veo.

Tranquila, ma. Pronto regresaremos y papá y tú podrán irse de viaje; tendrás que obligarlo a que se afeite porque la barba no le queda; ¿cuándo salieron?

Hace unas dos horas, ¿tu papá come bien?

Le encantan las enchiladas potosinas y el tasajo; dicen los secuestradores que está engordando y que les tenemos que pagar algo extra por el consumo.

Si es por su salud se lo pagamos.

Claro, te mando un beso, ma.

Empieza a gimotear, está bien chipilona. Cuelgo. ¿Qué les dije? Mi hermana es de armas tomar, se arrancó con todo y novio, y el abuelo me recordará lo idiota que soy. Antes de que me suelte cualquier cosa le diré que lo reconozco, debo pedirle disculpas porque a final de cuentas tuvo razón. Me limpio un par de lágrimas, ¿por qué soy tan tonto? Primero no deseaba venir, pero después me clavé, quería ser el bueno de la película. Jamás volveré a pensar en grande, ya se ve que las cosas importantes no son para mí. Leeré un poco para pensar en otra cosa, ¿por qué este maldito hotel no tiene televisión? Lo a gusto que estaría viendo *Los Soprano* o *VideoRola*. Dicen que no quieren molestar a los huéspedes y bien que lo logran, ¿qué les cuesta poner una tele? Edward James sí estaba dotado para todo, yo no; faltan más de dos horas para las seis y los secuestradores no llaman, quizá sea el machín de Fram el que estuvo llamando. Pinche neurótico. ¿Qué hará Lady Di en este momento? Amo a esa mujer. Seguro se está poniendo más hermosa de lo que es para la cita. Me casaría con ella sin pensarlo. Ay, güey, tendré que bañarme.

Edward James llegó al borde del infarto a casa de los Bojórquez en el pueblo. Rafaela silbaba una canción ranchera. Por más que se esforzó no consiguió ser más rápido; había trascurrido una hora y su angustia *in crescendo*. Le contó: Hombres armados hasta los dientes llegaron a Las Pozas y a su marido le iban a cortar las manos, luego los pies, las orejas y al final la cabeza. Ella le pasó un vaso de mezcal. Bebió. Medicinas y comestibles: urgen.

Compra lo que piden y llévalo, estoy agotado, no resistiría la caminata de regreso, además de que no llegaría a tiempo. ¿Ejército de Liberación Local, dice, don Eduardo? Estaban en Tamazunchale pero los echaron, eso le dijeron a Cornelio; toma el dinero que necesites y apresúrate; deben ser una docena entre hombres y mujeres; ah, una está en sus días, quiere algo para no manchar la ropa.

Rafaela se sirvió un trago largo y lo bebió, tomó un recipiente con agua tibia, subió y lo instaló encima de la barda al lado del observatorio, se lavó la cara con el contenido dejando que su cabello se agitara; se concentró y murmuró una señal de auxilio.

Es donde me encuentro con Lady Di. Qué vaciado.

Invoca al viento norte hasta que te mueva el cabello, luego a la persona que necesites, le había enseñado Arsenia H cuando era jovencita. Verás que viene adonde tú le pidas. Muchas veces lo practicó para que Cornelio no se fuera a otro lado o llegara tarde al restaurante de sus padres. Después de unos minutos regresó con Edward que lucía desesperado y se había servido un scotch doble.

Date prisa, Rafaela, Cornelio corre peligro, sólo hay que oírlos para ver que son unos asesinos despiadados, capaces de matarlo; no debí dejar que se hiciera pasar por mí. Tranquilo, don Eduardo, ya verá que no le ocurre nada, lo resolveremos a la mexicana. ¿A la mexicana, cómo es eso? Con amistades.

A los pocos minutos llegó Fernando Séptimo.

Lo pusieron al tanto. Fernando Séptimo se quedó quieto un momento, pensativo. Edward advirtió asombrado que su piel cambiaba de color y se endurecía, ¿algo así había ocurrido cuando la boa se engulló al gato de Arsenia H? Es probable, ¿quién era este señor?, ¿era posible metamorfosearse así como así? Kafka hubiera llorado de alegría. ¿Qué será? En Europa se escriben fantasías y aquí son lo más real del mundo.

Bueno, vamos por Cornelio; nos valdremos de nuestra fuerza natural. ¿Avisaremos a la policía? No es necesario, iremos a Las Pozas a tratar con esos revoltosos. Yo me siento incapaz, la caminata me dejó exhausto. Pues va a tener que aguantar, porque lo necesitamos, don Eduardo. ¿A mí? Claro, usted es importante en este asunto, nada más y nada menos que el enlace. Si no hay remedio iré, pero tomemos un taxi.

Minutos después, llegaron a Las Pozas; llevaban comestibles, desinfectantes, cápsulas contra la malaria y un par de cosas más. Acordaron que Fernando Séptimo aparecería hasta el final. El comandante los recibió con mala cara. Cornelio se hallaba atado de manos y con la ropa rota.

¿Y esa mujer? Soy la esposa del señor, ¿usted es casado? A ti no te importa mi estado civil, vieja entrometida. Aquí están la medicina y los alimentos. ¿Sólo esto?, ¿no ve cuántos somos?; pinche gente muerta de hambre; Camarada Dos, reparta esto entre el personal, tomaré queso y pan para mí; y tú, camarada Tres, deja de estar especulando sobre esas cosas y cura a los heridos. ¿Qué le hizo a mi esposo? Nada, quiso escapar y se cayó. Estoy bien, no te preocupes. Vengo por él y a decirle a usted que en cuanto coman se larguen de aquí como llegaron. Escuchen a la vieja, ¿tú quién te crees, estúpida?, ¿la reina del cielo?, ¿crees que puedes venir a corrernos de un terreno que acabamos de expropiar? Estás zafada; güero, ¿por qué trajiste este engendro?

Rafaela hizo una seña a Cornelio de que permanecieran callados. Esperó hasta que terminaron de comer y a que curaran a los enfermos. Edward James se sentó al lado de su amigo, que permanecía en silencio. La mujer habló con energía.

Ahora márchense. Este terreno es sagrado, es nuestro porque lo tenemos en comodato, lo que ustedes ven no son casas inconclusas, son monumentos a los dioses. ¿Ah, sí?, pues entonces se las expropiamos a los dioses y que vengan los idiotas a castigarnos.

Expresó el comandante Uno con sorna. En ese momento cuatro boas amenazantes surgieron de la maleza y tomaron posición frente a los intrusos. El cabecilla se puso de pie como impulsado por un resorte. Fernando Séptimo, que daba instrucciones a los animales, apareció muy concentrado.

Eh, qué es esto.

Los demás, estupefactos, se incorporaron como si estuvieran sanos. El camarada Tres, asombrado.

¿No pidió usted que vinieran los dioses a castigarlos? Pues ahí los tiene.

Las boas se movieron. Las mujeres se espabilaron, los heridos se agruparon para defenderse. Alguien tomó una piedra. El comandante desenfundó pero ochocientas moscas le nublaron los ojos. Una veintena de abejas clavaron sus aguijones en los heridos. Ay. Quien tenía la piedra la soltó.

Nosotras nos vamos.

Dijeron las mujeres y tomaron el camino en retirada. Los hombres las siguieron sin chistar. La boa comegatos se fue encima del comandante y lo aprisionó. El tipo soltó su arma y suplicó.

Quítenmela, por favor, no he dicho nada, entiendo, nos vamos, nos vamos ahora mismo. Pida perdón a los dioses, cretino.

Exigió Rafaela con voz firme.

Perdón, perdón, jamás los volveré a ofender; los dioses existen y son poderosos.

La boa lo desenrolló y desapareció en la maleza seguida de las otras. Las abejas y las moscas hicieron lo mismo. El comandante recogió su pistola y se fue corriendo, gritando que se disolvía el grupo, que cada quien se fuera para donde se le ocurriera, que la guerrilla era imposible en este país. Al camarada Tres nadie lo había molestado. Desde *El anillo de la reina* observó todo.

Sea lo que sea, es prodigioso. Me recordó a Juan Soriano, a Escher, incluso a Leonardo, que es como el padre de todos.

Expresó y se retiró haciendo una reverencia.

Fernando Séptimo desató a Cornelio que confesó sentirse sorprendido por la rapidez con que se resolvió todo.

James observaba cómo el camino había quedado despejado.

El chamán sacó de su morral una botella de mezcal y la pasó a Bojórquez que bebió y la cedió a su mujer.

No sólo eres la señora de la casa, también eres la señora de Las Pozas.

Sonrió, probó el licor y recogió unas flores amarillas para el comedor.

¿Te hicieron algo? Un par de jaloneos, nada más. ¡Nos sueltan, por favor!

Cornelio subió a liberar a los trabajadores y a ofrecerles un trago para el susto. Hicieron algunos comentarios jocosos y continuaron trabajando como si nada. Alvarado se hallaba en Jalpan comprando brochas y pintura. Esa noche en la cena James preguntó:

¿Exactamente a qué se dedican esos muchachos? Vagos sin oficio ni beneficio. Más bien inconformes, para algunos la vida no ofrece nada. El mundo debería ser más extraño que injusto; lo bueno es que hay amistades posibles. Como usted y la guacamaya. Qué gran amiga, cómo la extraño. Le conseguiremos otra. Breton dijo que México era un país surrealista, pero esos chicos se veían bastante realistas; creo que no lo vio bien. Para ver bien a México se necesitan muchos ojos. Por eso hay tantas moscas, ¿verdad? Y abejas.

Papá, soy un inútil, no pude rescatarte; no supe negociar, no supe buscarte y aunque no me lo creas, me distraje como nunca leyendo, ¿me perdonarás? También quiero que me disculpes porque ya no viviré en nuestra casa. Estoy seguro de que entenderás que no quiero morir de tristeza. Imposible no afligirme. Tiene razón el abuelo, mañana que llegue le voy a pedir perdón. Pobres Balam y su boa, nomás perdieron el tiempo conmigo los güeyes. ¿En dónde te tienen? Conseguiré que los secuestradores esperen, es lo mínimo que puedo hacer. Soy un fracasado y a la única que no le importa es a Lady Di. Valeria es lo mejor que tenemos, papá, de veras, es una chica increíble, yo la criticaba, decía que era una loca, pero no, sabe muy

236

bien dónde tiene la cabeza y consigue lo que se propone, incluso dinero para pagar tu rescate. Discúlpame porque me interesé de más en Edward James, es un tipo loco que fundó Las Pozas y no la llevó fácil. Las Pozas es el lugar donde creo que estás, pero no sé en qué punto.

Suena el teléfono. ¿Lady Di? Descuelgo sin pensar.

Si no llegas al Huanacaxtle en una hora vamos a matar a Camilo Garay, una basura humana asquerosa y deprimente.

Por favor, no le hagan nada. Tenemos el dinero.

Una hora, pendejo, si no destriparemos al cerdo de tu padre poco a poco.

Cuelga, la misma voz, suave y rasposa. Les pasaron a mi padre en cuanto lo secuestraron y ahora son los que parten el queso. Valeria, ¿por qué no llegas ahora, güey? Conocerás a esos cabrones.

El que aparece es Balam con su boa.

Capi, van a ser las cinco, qué onda.

Balam, estoy muy triste y no haré nada. Mi abuelo Nacho dice que soy un inútil y tiene razón. Si te fijas, no adelanté nada en lo de mi padre; tengo un montón de días aquí y lo único que he hecho es leer y dar vueltas sin ton ni son. Soy un fracaso, güey, de veras.

¿Lo dices en serio?

Aunque me dé vergüenza.

Déjate de cosas, Capi, y apúrate.

De veras, Balam, soy un pobre idiota, una abominación en mi familia, y la verdad, ni siquiera debería estar aquí. Don Joaquín, el dueño de la panadería del barrio, dice que el muerto no sabe que lo es, y que el pendejo tampoco.

No lo puedo creer, güey, ¿entonces?

Nada, mi hermana llega mañana y se hará cargo de las negociaciones.

Tomo la boa y la cargo. Me parece más pesada.

Está muy rasposa.

Es por el cambio de piel, ya le toca; ¿y si le hacen algo a tu jefe mientras llega tu hermana?

No se atreverán, el viejo vale dinero.

Mi mamá dice que aprenda de ti, que eres muy maduro; además, las chicas te buscan.

No le creas, y eso de las chicas, es que fui al Huanacaxtle de los corazones, ella misma me advirtió que iba a enamorarme a lo pendejo.

¿Te han llamado los secuestradores?

Ya, pero no pude decirles nada; Valeria se hará cargo de todo.

Hablas como si no quisieras a tu papá.

Nada de eso, güey, pero estoy triste, me siento frustrado.

Pero es que, no lo puedo creer, te veías tan seguro.

Qué diera por ser lo que aparento. Disculpa si te engañé.

Además te cortó una chava.

Ya volvimos, güey, nos dimos un buen faje ahí afuera. Por si lo quieres saber, en Culiacán dejé una embarazada.

¿Te cae, güey?

Y serán cuates, me voy a tener que casar.

Le regreso la boa.

Eres tremendo, Capi, ¿y no venden condones allá?

La verdad no soy lo que parezco, ya te dije, mañana llega mi abuelo y ya verás lo que opina de mí. ¿Condones? Culiacán está lleno de farmacias que a su vez están llenas de condones. Mi tío Andrés, que es médico, dice que vivimos en una ciudad hipocondriaca. Pasa que yo, güey, quería tener un hijo.

Y te salieron dos; bueno, güey, me voy, si se te ofrece algo, ya sabes dónde encontrarme.

¿Cómo hiciste para entrar? Me dijo tu mamá que te había prohibido venir.

Una chica delgada y pálida abrió y me colé.

Órale, güey, voy a dejar mi número de celu con tu mamá, si vas a Culiacán, búscame, y chócalas, fue un gusto conocerte, y también a la boa.

Lo mismo digo, güey; perdí mi celular, en cuanto compre uno nuevo te mando un mensaje y que todo salga bien con tu papá.

Cuida al tuyo.

Lo haría, si lo tuviera.

Se marcha, será un buen ingeniero de caminos. ¿Cómo se espera en estos casos? No sé, tampoco iré al concierto de Los Tigres del Norte; los batos como yo son transparentes, nadie los ve aunque se atraviesen. Caen un par de lágrimas y me relajo. Leo un poco.

Arsenia H decidió ponerse en manos de Fernando Séptimo para la cura de su pierna que a estas alturas estaba hinchada y azulosa. Sabía que le esperaban días difíciles y no debía continuar impedida. Sólo lo harás una vez, así que si me vas a aliviar es tu única oportunidad. ¿Segura? No respondió, mantenía la pierna estirada sobre una silla, entendía que cualquier cosa que mascullara podría ser utilizada en su contra por ese individuo; que lo que sea de cada quien, era un gran seductor. Será un placer servirte. De inmediato el chamán puso manos a la obra. Ella lo observaba, no le gustaba su diligencia ni su leve sonrisa. Vio que preparaba una masa con hierbas frescas que extrajo de su camisa, masticadas con abundante saliva y entonces descubrió dos cosas: la clase de hierbas que le aplicaría y que él la había mordido, ¿por qué? Ese maldito era un traidor, amigo del inglés y de las boas; tal vez hasta conocía a la orquídea. Por un instante recordó la clase de marido que había sido: afectuoso, algo bebedor pero muy mujeriego; de un tipo así más valía mantenerse a distancia. Miguel Poot era otra historia.

Fernando Séptimo se acercó con la pasta. Retírate. La miró alarmado, el ojo rojo brillaba. Deja que te ponga esto y me voy. Lárgate ahora, no quiero que me toques. Pero, Arsenia H, estás a punto de perder la pierna, ¿quieres que te cure el doctor Cabrera? Eso debiste pensar cuando me mordiste, traidor de mierda. La verdad fue un juego, en realidad quería darte un beso. Esfúmate, no quiero saber más, y prefiero perder la pierna a que me pongas la mano encima. Arsenia H, es increíble cómo nos hemos hecho pedazos los tres; Miguel Poot se fue a San Luis muy desilusionado y yo, ni te cuento, desde que nos separamos no he visto la mía. Miguel Poot y tú me importan un carajo. La miró arrepentido. Está bien, voy a dejar esto aquí, si lo quieres usar que sea antes de quince minutos, que es más o menos lo que tardará en salir la luna, y alíviate, necesitas esa pierna para verte mejor. Iba a decir para que te veas más hermosa pero fue prudente, le interesaba que se pusiera el medicamento en la herida, que maldita la hora en que se le ocurrió morderla y contagiarla con ese veneno que entre más envejecía más poderoso era.

En cuanto el hombre se retiró, la mujer se colocó la pasta verdosa, fue como ver un milagro en su extremidad que en un par de horas recuperó su color y grosor originales. Se puso de pie. Le pareció ver un lagarto que saltaba de una piedra blanca al camino y caía convertido en Fernando Séptimo. ¿Esperó todo este tiempo? Por más esfuerzos que hizo no pudo evitar una ligera sonrisa de satisfacción. Lástima que sea tan desgraciado. Viéndola bien, podría ayudarme en lo que pudiera pasar; ya veré cómo lo comprometo sin que se imagine otra cosa.

¿Por qué algunas mujeres son tan difíciles? Iveth, por ejemplo, no me la puso fácil, en vez de decirme algo bonito: cómo estás, qué tal tu viaje, salió con sus comentarios filosos; Diana, la muy astuta, me engañó y está embarazada: qué locura; Valeria es jaladora y ha tenido como ochenta novios, Arsenia H quiere a los dos y los manipula. Fram es simpática y sexy, pero tiene su chango sin amaestrar, ¿y Lady Di? Primero me dio con todo, pero después se convenció de que soy el chico de sus sueños. Ella debió invitarme a bailar y no Fram, ¡el Cenote Sagrado! Allí podrían tener a mi papá pero no sé dónde está.

Iré al Huanacaxtle antes de mi cita con Lady Di; ojalá y los secuestradores no se tarden como la primera vez. ¿Por qué voy? Quizá para hundirme y tener claro que soy el más mediocre de los mediocres y decirles que ahí viene mi hermana con el rescate. Si me dan un tiro: bienvenido. Me pongo de pie. Percibo un extraño murmullo y luego nada; ¿los fantasmas? Deben andar bien hongueados los güeyes. Voy por el Tsuru. ¿Qué hice? Más bien, ¿qué no hice? Con razón hay hombres que no progresan, que toda la vida son los mismos. El Osuna Espinoza ayuda en una de las ferreterías de su papá pero pretende hacer una franquicia, incluso el Fideo, que siempre anda arriba, quiere ser productor de discos. ¿Y yo?, ¿eso de estudiar en Texas es real? O lo estoy imaginando.

Balam, gracias por incitarme, güey, me apareceré yo en vez del helicóptero. No pensaré, simplemente aprovecharé este impulso tan parecido al que le llegó a Edward James.

Mientras camino sobre las huellas de la entrada reflexiono: las chicas sensibles son impredecibles; sólo Lady Di y Rafaela valen la pena, porque esa Leonora es de armas tomar, ¿quién sería ese mexicano que se negó a mencionar? Huelo un perfume que creo reconocer y tardo en abrir. Tengo que preguntarle su nombre, ya basta de llamarla por su apodo. Salgo, ¿estará en la plaza?, ¿la busco? No, en fin que la veré al rato.

En el carro voy despacio al Huanacaxtle de los corazones. Grabaré su nombre en el tronco y también el de Iveth; nubes negras en el cielo. Me noto animoso, supongo que es el estado natural de los idiotas. Le dije a Balam que iba a estudiar administración de empresas pero no, ¿para qué? No sabría administrar ni un estacionamiento sin techo. Definitivamente me voy de Culiacán, que el Osuna Espinoza se haga cargo de mi hijo; Diana y yo guardaremos el secreto. Me convertiré en el esposo de Lady Di que me aceptará como soy. Ojalá mi papá no se arrepienta de haberme engendrado, y si me lo encuentro, no me niegue el saludo.

Los secuestradores, ¿son de Michoacán, son guerrilleros, son de otra región?, ¿cómo vencerlos? Estoy seguro de que Valeria tiene una idea que aprobó el abuelo, ese que habla con los muertos. Mañana a esta hora ya habremos resuelto el crucigrama. Qué bueno que tengo esta hermana. Si todos los tontos del mundo tuvieran una Valeria en casa podrían vivir confiados. Ella hará siempre lo que ustedes no puedan, es neta. Siento comezón en la espalda pero ya no me importa.

Voy calmado en mi Tsuru por el camino de siempre dejando que la vida pase cuando siento un choque en la parte trasera y una sacudida. Ay, güey. Veo un carro negro que se me viene encima y trata de sacarme del camino, ¿qué onda? Los secuestradores. Maniobro para evitar impactarme en un árbol que está en la orilla y acelero. Me separo unos metros pero traen buena máquina los güeyes. Se me emparejan y de nuevo tratan de desbarrancarme. Qué onda, culeros. Las llantas derechas de mi carro avanzan por la orilla y lanzan piedras sueltas a la maleza. De mi lado impactan la portezuela de atrás y casi me lanzan al barranco. Pinches putos, ya sacaron boleto. Pasamos como bólidos la entrada a Las Pozas. Un bache los hace perder el control y me adelanto por en medio de la angosta carretera. Antes de llegar a la entrada al Huanacaxtle los traigo otra vez casi encima y freno. Se estrellan machín en la parte trasera de mi carro. ¡Crash! Ahí tienen, pinches güeyes. Pierden velocidad y sale humo del cofre de su auto. Avanzo unos metros y les doy otra dosis de reversa. Ahí va eso, putos. Una más e irán a parar entre el follaje del despeñadero. Rápidamente bajan dos gorilas que me apuntan con pistolas. Me invade una sensación de poder que desde hace mucho no sentía. Salgo del Tsuru dispuesto a partirles la madre. Uno de ellos pone la pistola en mi cara pero estoy tranquilo. Hay ciertas cosas a las que un fracasado no debe temer. Pongo atención a sus caras, nunca los había visto, o tal vez sí, entre los que rodeaban a Balam y a su boa en la plaza; quizá sean de Michoacán o guerrilleros, qué más da. Con voz delgada uno de ellos me indica:

Son las seis y cinco y no vemos ningún helicóptero como te ordenamos, pendejo, ¿te quieres burlar de nosotros?

El dinero llega mañana; pero no lo dejaremos caer. Quiero ver a mi padre a salvo y se los entrego. Pero en otro lugar: el Huanacaxtle me da hueva.

¿Lo oíste? Se está haciendo el machito.

¿Le curaron la herida al viejo?

Deja y le rompo su madre.

¿Cuál herida? Tu padre nunca fue herido; lo atrapamos, chilló como un cerdo chiquito y ahora lo vamos a matar.

Y a ti con él, por quererte pasar de listo.

Pues mañana tendrán su dinero a cambio de mi padre; espero su llamada para que me digan dónde y a qué hora; dos millones doscientos ochenta mil dólares en billetes de baja denominación.

El que no me apunta me patea en la espinilla y me pega en la nariz. Duele. Sangro de inmediato.

Hijo de tu pinche madre.

El otro me lanza un pistoletazo que paro con el brazo derecho, su compañero sigue tirando patadas.

Respondo como puedo, sin mucho tino.

Por estar en eso no me doy cuenta de una tercera persona que sale del carro: Lady Di.

Esperen.

Su voz es rasposa, aunque clara, atemorizante. ¿Impávido yo? Recuerdo una amiga que, ella sí, en su primer día de kínder estuvo tranquila, mientras los demás niños se desgañitaban chillando. La verdad, esto no me hace ninguna gracia, definitivamente, soy el más pendejo de los pendejos, ¿cómo pudo engañarme esta güey? Chale.

Se planta frente a mí: ojos brillantes, Levi's, blusa oscura, su perfume y me asesta una bofetada tan fuerte que por poco me voy de espaldas.

¿Cómo llegará el dinero, Alberto?

No sé si mirarla con odio o con amor; lo más seguro es que como pendejo.

Lo trae mi hermana.

¿Se hospedará contigo?

Sí, y quiero que conozca a la chica de quien estoy enamorado, aunque me trate como a un perro.

¿En qué viene?

En un Mustang 66, vendrá manejando mi abuelo, que fue piloto de pruebas de la Mercedes Benz.

Los esperaremos en la carretera, si intentan cualquier cosa tu padre será fiambre.

Lo dice en mi cara para que lo escuchen sus compinches.

Fiambre, esa palabra se oía bien en el teléfono.

Voz rasposa. Luego, en mi oído, con la voz suave que le conocía:

Lástima que no aprenderás a besar.

Esta noche pensaba darte una sorpresa.

Ordena a sus secuaces.

Échenlo al barranco.

Y sube a mi Tsuru en el lugar del conductor. Los tipos me atacan. Un golpe en la cabeza me desvanece. Vuelvo en mí cuando estoy dentro de un carro que se sacude vertiginosamente. Me agarro del volante y de la palanca del embrague y siento que gira trash, gira trash, gira trash, hasta quedar quieto. Pierdo el conocimiento.

La orquídea Calavera

Vuelvo en mí. Me duele todo, más la cabeza; me toco donde más me punza y me embarro de algo viscoso. Ay, güey. Mis alergias son un juego de niños ante esta sensación. Trato de moverme pero el dolor me lo impide. Qué maniaco. Es noche cerrada. Tomo conciencia de que me encuentro en un carro volcado, con la palanca del embrague entre las piernas. Recuerdo que estoy en el Tsuru de los secuestradores. Me muevo y se desliza unos metros. ¡Ay! No he tocado fondo, así que trato de mantenerme quieto, el abismo es profundo, ¿qué hora será? Me duele harto la pierna izquierda, quizá me rompí el hueso. Muevo la derecha y está bien, sólo rasguños. Mis brazos están aporreados, transpiro. Mi espalda, no siento ronchas o comezón, es un dolor como si me estuvieran quebrando. Esos güeyes esperarán a Valeria en la carretera, ojalá y ponga a Lady Di patas parriba, pinche vieja, y rescate a papá. Me quedo inmóvil y luego me duermo.

Despierto con la claridad del día. Veo la maleza a través de las ventanillas, sacudo el carro levemente y no se mueve: toqué fondo. Escucho un tecolote. Intento abrir la puerta más cercana pero está trabada; además, el espacio se ha reducido. Estoy descalabrado y es donde tengo lo viscoso, sangre negra sin duda. Empujo la otra portezuela con mi pierna buena pero igual; estoy en una maldita cápsula de seguridad. Siento miedo. La selva está llena de murmullos que no me ayudarán. Ayer cuando venía llegué a pensar que aún podría hacer algo por mi padre, pero no, soy un completo fracaso, por eso estoy aquí donde nadie podrá rescatarme. Perdóname, Valeria, por colgar el teléfono. Lloriqueo un poco. Sin cinturón de seguridad, creo que me salvé porque no solté la palanca de los cambios. ¿Cómo voy a salir de aquí? No voy a salir, no podré poner sobre aviso a mi hermana; pero esa güey tiene carácter; es una morra única, capaz y le dará su desgreñada a Lady Di, esa odiosa, esa abusadora. En serio que hay personas que nos enamoramos a lo pendejo.

Pasa el tiempo. Hay poca luz, debe ser por la profundidad del barranco o porque el carro está cubierto por plantas. Nunca imaginé que me pasaría esto; esperaba lo peor pero no tanto. Pinches secuestradores asesinos, y con una vieja loca a la cabeza que besa muy rico. ¿Qué diría Iveth si me viera en este estado? Apuesto a que me compararía con Colin Firth. ¿Y Fram? Perdón, Fram, por pensar mal de tu gorila, quizá tengas razón, es un buen chico, aunque bastante celoso. Pobre Diana, si no la acepta el Osuna Espinoza va a tener que trabajar para mantener a mi hijo, eso mientras encuentra quien le haga caso; es de esas viejas enfadosas que uno quiere lo más lejos posible.

Permanezco inmóvil para no sentir dolor. Afuera del carro noto que se mueven las plantas. Grito pero apenas me sale un quejido lastimoso. Me acerco un poco al vidrio de la portezuela y presto atención a una extraña flor blanca, ¿qué? Es fea, incluso deforme. Ay, güey. En el suelo, rodeándola, alcanzo a ver dos boas que zigzaguean despacio. Algo hacen. Eso viene en la novela de Edward James: están cambiando de piel, ¿la orquídea Calavera? Qué maniaco, con eso se alimenta. Me atemorizo. No sé cómo ocurre, pero en un instante una boa me clava su mirada, lo mismo hace la otra. ¿Será la de Balam? Estaba por cambiar de piel. Ambas se retiran cuando ven que es imposible penetrar el auto. Intento moverme pero el dolor me paraliza. Qué poca madre, tengo la cara hinchada pero creo que más bien es por los trancazos de esos cabrones. Observo a través del cristal y advierto cómo la flor se convierte en la orquídea Calavera. Crece notablemente y puedo ver en sus pétalos la horrenda figura de la muerte. Parece que se mueve, que murmura. Las boas que vi la primera vez que fui al Huanacaxtle de los corazones quizá la habían alimentado porque, según recuerdo, el lugar está por el rumbo. Pasa el tiempo, deben ser unos minutos pero yo siento que fueron dos días, se oyen ruidos, quizá voces. La orquídea se vuelve pequeña y la calavera se pierde entre sus pétalos mustios. Escucho pasos y muy pronto veo la cara de Balam preocupado y la cabeza de la boa en la ventanilla. A su lado, Romeo nieto observa.

Tranquilo, Capi, te sacaremos ahora mismo.

Esto debe ser lo que llaman volver a nacer.

Romeo, que es muy fuerte, forcejea con la puerta hasta que la afloja; después mete un palo en una hendidura y con la ayuda de Balam abre un hueco por el que puedo salir.

¿Te puedes mover?

Me dicen el Michael Jackson, güey, pero tengo una pierna rota y me duele la espalda, jálenme con cuidado.

Tienes sangre en la cabeza, como usas el pelo corto te la curarán fácil.

Me toman de los brazos y aunque estoy en un grito de dolor, pronto estoy afuera.

Definitivamente, güey, eres «el Oportuno».

Esta vez fue la boa, vino a cambiar de piel y te reconoció.

La veo cerca de la flor, aunque en la novela y seguramente en la realidad es su diosa y también del lugar. Veo que me mira, que saca su lengua; la flor se extiende tras mis amigos que no se dan cuenta y creo que me dice algo, algo que define el lugar donde puedo encontrar a mi padre, ¿es esto posible? O estoy alucinando, no sé lo que es realidad, lo que está en la novela o lo que está pasando. Quizá me estoy volviendo loco. Al fin comprendo un poco más a Edward James que tenía amistad con los animales.

¿Qué te pasó? Anoche te buscamos en el pueblo y en Las Pozas; mi mamá se quedó de guardia en el hotel y me avisó que no habías ido a dormir.

Los secuestradores de mi papá son dos tipos raros, tal vez de los que te rodean en la plaza cuando muestras la boa; los dirige la mujer flaca que te abrió ayer.

¿Esa? Tiene cara de bruja la güey; es de las viejas de las que nadie se enamora ni yendo al Huanacaxtle de los corazones.

Pues ella.

Romeo me saca del carro cargando; paramos con un doctor amigo que me cura la pequeña herida de la cabeza y me inyecta contra la inflamación. Dice que mis alergias no tienen remedio, que tome Loratadina, lo mismo que me dio el matasanos; recuerdo a Romeo Torres, el viejo que no creía en eso. En cuanto a la pierna diagnostica rotura de peroné y me enyesa. Como la caída fue de más o menos veinte metros dicen que volví a nacer. Ordena un mes de reposo total. En mi cama del hotel analizamos la situación. Romeo denunciará el robo del Tsuru y llamará a la arrendadora para que se presente el agente de seguros, luego iremos a la carretera. Entra Carmen y se sorprende al verme como si me hubieran atropellado.

Capi, ¿qué le pasó? No me diga que se metió otra vez en líos de faldas.

Nada de eso, traía un shorcito negro ajustado.

Pero mira nada más cómo lo dejaron, estuvo feo, ¿no?

Más o menos, unos cuantos puñetazos y otras tantas volteretas.

Qué pena, ahora tiene que cuidarse y comer bien para reponerse, ¿le traigo un caldito de pollo?

Nada de eso, unos huevos rancheros con mucha salsa y mi Chocomilk, por favor.

Llamó su hermana, no recuerdo el nombre, que estaban en la Peña de Bernal y que no se mueva del hotel.

¿Cuándo llamó?

Hará hora y media, ¿y tú, no te dije que no vinieras?

Se dirige a su hijo, quien se acomoda su boa y me hace seña de que se va. Romeo se pone de pie para acompañarlo.

Esperen. Carmen, mientras me traes el desayuno, deja que estén conmigo, prometemos no asustar a nadie.

Ay, Capi, no le creo, esta mañana se fue la señorita, la güerita como le dice usted, muy enojada, dijo que se iba a quejar con la Secretaría de Turismo porque hospedábamos menores de edad y no los controlábamos.

¿Eso dijo? Espero que la señora Gaby la haya mandado por un tubo.

La escuchó muy atenta y le prometió que lo consideraríamos. Fue justo cuando llamó su hermana; bueno, no me tardo.

¿Ella oyó algo relacionado con mi hermana?

Pues sí, estaba con la señora cuando le pasé el recado para usted, por si lo veía primero.

Oye, no olvides ponerle hielo a mi Chocomilk, y que sea doble.

En cuanto sale nos miramos.

Ya oyeron, ¿cuánto falta para que lleguen?

Tres horas a velocidad normal.

Necesitamos un carro.

Yo lo consigo.

Bien, los quiero aquí en hora y media. Voy a dormir un poco.

Ya rugiste, güey.

Bebo el Chocomilk y dormito unos minutos. Sobre el buró está el libro de Edward James, lo abro con emoción, ¿por qué? Porque sí. Me faltan algunas páginas. Me siento raro, como si ser el que no soy me gustara. Jamás he sido líder de nada, y vean cómo les pedí a estos güeyes que volvieran por mí.

En la carpintería, ubicada en la segunda planta de la primera edificación construida, Edward James explicaba un dibujo al carpintero José Aguilar, ante la mirada atenta del maestro de obras Carmelo Muñoz, ambos de Pinal de Amoles, estado de Querétaro, expertos constructores de sueños. Una guacamaya grande se aferraba al hombro del inglés. Bojórquez, junto a ellos, no perdía detalle. Aguilar afirmaba comprensivo moviendo la cabeza, había desarrollado la sensibilidad suficiente para interpretar la imaginación de don Eduardo y crear los moldes para que las ideas se transformaran en piezas. De vez en cuando oteaba a Carmelo que avalaba seguro, era el que sabía de cemento y estructuras.

¿Para cuándo lo tendremos, señores? Para ayer.

A don José le gustaba responder así; sabía que el inglés respetaba sus tiempos que eran los de la madera que sólo Dios determinaba. James sonrió complacido, tomó su bastón y abandonó el lugar, vestía una túnica blanca de monje, ascendió por una escalinata hasta llegar a *La flor de lis*, un conjunto escultórico con tallos, macetero, hojas verdes y el admirado lirio al centro. Se sentó enfrente. Le gustaba porque en su presencia cavilaba automáticamente en cuanta cosa le viniera a la cabeza. La guacamaya, tranquila. Leonora es tan grande como Dalí, Miró o Buñuel, qué obra más apabullante y propositiva, y qué buena amiga. Los Guinness llegarán el próximo mes, espero que traigan algo de ese J.R.R. Tolkien que tanto admiran e invitaban a cenar a su casa. Esas hojas de las columnas están vivas, las veo vibrar con el viento, como si quisieran despegarse del concreto. Picasso quiere venir, pero está muy viejo, un resbalón y no lo contamos, quizá podría llegar hasta el arroyo; al menos que se traiga una de sus chicas que le sirva de lazarillo. Será una flor eterna, cuando los hombres del futuro la descubran especularán sobre los que habitamos esta región, dirán que admirábamos la belleza de las formas y que La Silleta era un centro de comunicación extraterrestre. Que adorábamos esta flor porque era un dios vegetal; mis poemas podrán ser considerados oraciones y los declamarán a los cuatro vientos. «Construí este santuario como un mundo único lleno de libertad, que será habitado sólo por aquellos capaces de construir sus propios sueños», rumió. Necesitamos ampliar la casa de los Guinness, que al fin comprendieron que este es un lugar de espacios abiertos y que somos naturaleza viva. ¿Para qué terminar una casa, para qué cerrarla en un lugar donde el exterior puede ser el interior? Terminar una casa es declararla muerta.

¿Crees que debemos celebrar algo, pajarraco?

La guacamaya movió su cabeza roja y se posó en su pierna. James lucía pelo blanco lo mismo que la barba, bien recortados. Habían pasado muchos años desde su llegada a Xilitla.

Alucinas tu futuro, mejor alucina que eres guacamaya y podrás mirar esa cosa como un horrible mazacote de concreto pintado por tontos. Estás loca de remate, y además ignorante. ¿Ignorante yo?, ya quisieras, puedo darte clases de muchas cosas, ¿quieres comer guayabas con tu amiga Arsenia H? No estoy de humor para que me hables de eso. Recuerdo el hotel Francis de la ciudad de México, cuando llevamos a las boas y no conseguías que comieran unos ratones gordos que atraparon en la cocina; son las boas más tímidas que he visto en mi vida; te acabaste el papel sanitario. Lo recuerdo, y ya que eres tan curiosa, entérate de que el mundo es cada vez más como lo hemos concebido, ahora son absurdas menos cosas; los franceses traen un verdadero alboroto con sus vanguardias y en mi país, por ejemplo, ya no es la reina el personaje principal, ni siquiera el príncipe heredero; ahora son unos chicos de pelo en la frente que se llaman los Beatles. ¿Los Beatles?, qué originales. Son músicos, escuché una de sus canciones: *Do You Want to Know a Secret?*, y nada mal; no son Beethoven o Mozart pero nada mal. Me gustaría escucharlos. Tengo uno de sus discos en casa de Cornelio. ¿Me darás un poco de tu escocés? Eres la guacamaya más viciosa que conozco.

El pajarraco se soltó con un escándalo de alegría que hizo que otras aves e insectos se acercaran. No lo podían creer, ¿cómo consiguieron esos seres hacer una canción del gusto de Edward James? Algo estaba pasando en el mundo ¿o era James?

Claro que es James, cada vez está más viejo; quiere volver a usar papel sanitario para todo. No. Sí.

Tras unas hojas enormes Cornelio accionaba cuidadosamente su cámara, discutía con su nieta Luisa sobre ángulos, luces y sombras, y lo difícil que resultaba captar la grandeza de la escultura. La joven lo escuchaba y atendía. Observaba a su abuelo accionar su Leica M3 de 1954. Luego iniciaba sus propias búsquedas con una Nikon de última generación.

Los escarabajos, empujando excremento como siempre, se aproximaron al borlote.

Chicos, qué bueno que llegaron, ya tienen motivo para sentirse orgullosos: en la tierra de Edward James hay unos músicos que se llaman Escarabajos y que traen loco a medio mundo con una hermosa canción; lleguen al castillo esta noche porque James prometió que nos dejará escucharla. ¿Estás loca, guacamaya? ¿Ya le dijiste que mataron a un presidente? ¿Qué presidente? No sé, pero cómo nosotros nos ocupamos de la mierda, lo sabemos todo. ¿Quieren saber un secreto? No.

Los escarabajos siguieron su camino recogiendo porquería. James observó que empujaban un bicho azul muerto, se tocó las cicatrices de su cara, sintió orgullo de haber creado este imperio de emociones y se dejó llevar por el recuerdo:

Si en la Última Cena hubieran sido cinco apóstoles, ese número sería hoy de mala suerte, reflexionaba. ¿Existirían los quintetos para cuerdas? Trepaban por la orilla del arroyo hasta el lugar donde se encontraban las orquídeas voladoras. ¿Las tomaría?, ¿les pediría protección?, ¿sólo quería verlas? Ni idea; de lo que estaba seguro era de que construiría su jardín, haría de ese cerro un punto neurálgico del arte contemporáneo. Si a usted lo quieren las boas, lo quieren todos, comentó el Zopilote. El problema es que con poquito que lo rechacen: usted muere. ¿Está dispuesto? ¿De qué hablas? De que podría morir de asfixia, aplastado en un terremoto interior o por la ponzoña de un animal, ¿acepta? Afirmó decidido. ¿Por qué no? Fernando Séptimo se encogió de hombros e hizo una señal a Rafaela de empezar. Ahora caminaba entre el chamán y la mujer, que fue muy clara al dar sus instrucciones:

Nadie habla, pueden pensar en cualquier cosa menos en su nombre porque se vuelve maldito, caminen detrás de mí hasta que hayamos llegado a la gruta, son tres cámaras, a la primera podremos meternos todos, después don Eduardo deberá seguir solo; nosotros esperaremos junto a las paredes; escuchemos lo que escuchemos, nadie debe moverse; se recomienda estar con los ojos muy abiertos, hasta que don Eduardo regrese, si es que regresa.

Incompleta: me parece.

Ay, güey, ¿qué pasó? Esto último está escrito a mano, con tinta roja; sin duda es nota de un lector anterior. Cierro la tapa azul. ¿Qué pasaría en ese viaje?, ¿y mi papá? Esta tristeza es porque no pude rescatarlo. Aunque me duele todo no paro de gimotear. De verdad, qué triste no poder hacer nada en esta vida. Sigo con mi lamento, me muevo un poco y la molestia es fuerte; soy un perdedor, no tengo dignidad y tampoco orgullo. Realmente nunca quise que Valeria se hiciera cargo, y ahora estoy podrido, hinchado y con la pierna enyesada. No voy a estudiar negocios, no voy a estudiar nada, me iré, como dice mi mamá, adonde nadie me conozca. Le explicaré la situación al Osuna Espinoza, me casaré con Diana y me la llevaré a vivir lejos de Culiacán donde nadie sepa quiénes somos. Me olvidaré de Iveth, de Fram y de la bruja del sexo, que tiene ese nombre tan raro: Xiomara. Qué bueno que no supe el nombre, ni el origen, ni los gustos de Lady Di, así la olvido más rápido a la güey. Ya lo dije, en cuanto mi papá esté libre me largo; como dice el que habla con los muertos, mucho ayuda el que no estorba. ¿Para qué cité a Balam y a Romeo? Bueno, les pediré que avisen a Valeria para que no la sorprendan en la carretera y no pague hasta ver a papá; pero ¿qué hago yo dando línea si soy un bueno para nada? Soy tan estúpido que ni siquiera imaginé que Lady Di pudiera ser secuestradora, tan idiota que en mi fiesta de graduación me dejé embaucar por una morra y la embaracé, tan pendejo que nunca supe cómo llegarle a Iveth. No puedo detener el llanto. Edward James nunca lloraba pero yo sí.

Voy al baño apoyándome en lo que encuentro. Noto que puedo soportar el dolor. Rengueo, tomo un pedazo de madera que me sirve de bastón y salgo de mi cuarto, lentamente cruzo el patio hasta la escalera. Está solo. Bajo despacio. Cerca del restaurante me encuentro con el chango gorila que sonríe.

Al fin te dieron tu merecido, mocoso.

Me toma del cuello y aprieta. Aggg. Recuerdo a Arsenia H, aggg. Pobre Edward, aggg. Cae mi bastón. Me suelta. Me derrumbo. Ayy. Veo que el chango disfruta.

Y a mi chava, ni la mires, pendejo, ¿está claro?

Qué maniaco. Aunque el dolor es agudo me levanto rápidamente. Lo rodeo. Recuerdo a mi profesor de química que una vez dijo: Si van por un camino y un animal les impide el paso, hagan algo para que se quite, si no lo consiguen, rodéenlo y sigan adelante. Eso hago. Llego a la Niños y para mi suerte está abierta. Quiero ver la habitación de la infame. Entro. Es más grande que la mía. Hay desorden en la cama. Huele al perfume con que me apantalló. Sobre el buró está *El misterio de la orquídea Calavera* y una pequeña piedra con florecillas grises que no paran de temblar. El autor es Fernando de Ruf. Ah, ¿conocería a Edward James?, ¿sería de sus amigos? Tal vez era el experto en orquídeas que vino a echarles una mano. Lo hojeo, no tiene páginas iniciales y está subrayado con negro: *¿Qué quieres decir con ser feliz? Terminar una casa es declararla muerta*. Busco, pero no hay nada, alguna clave que me pueda indicar el paradero de papá. Me llevo el libro. Lo decido mientras subo la escalera arrastrando la pierna enyesada: iré con mis amigos a la carretera, dejo la puerta abierta, mientras llegan abro la novela. Huele a su perfume. Busco la página en donde termina mi versión. Estoy picado. No me importan los subrayados, lo que quiero saber es qué pasó con Edward James en esa expedición.

Fernando Séptimo consintió cuando ella lo consultó con la mirada. Era mejor que un chamán no participara pero él no quiso dejar solos a sus amigos. La suerte no basta. Ángel, no podrás fumar mientras estemos en esto, remató la mujer; trata de resistir, podríamos necesitarte. Estoy con ustedes, dijo, y apagó el cigarro.

Hacía más de una hora que habían pasado la llamada Cascada del General y la marcha se había vuelto ligera, como si nada existiera o las distancias se midieran con vapor. Edward, intrigado y casi feliz porque podía prescindir del bastón, lo disfrutaba. La luz se desvaneció notablemente. Rafaela iba vestida de blanco, su pelo flotaba y su rostro era firme como la obsidiana. Esto también se lo había enseñado Arsenia H; incluso de niña, ella una joven ocho años mayor, habían hecho varias visitas a la cueva, desde luego, hasta la primera cámara, nomás por divertirse. Años después, Miguel Poot, cuando vivía con la chamana, mencionó aquellos viajes como una peligrosa imprudencia.

Detrás de Fernando Séptimo caminaba Cornelio con un morral de ixtle de colores, Ángel Alvarado cerraba la marcha. Sostenía su grueso cigarrillo en los labios sin encender a pesar de su ansiedad. Un vicio nunca valdrá más que un amigo. Se escuchaba el ruido incesante de la corriente enriquecido por el canto de los pájaros y el vuelo de los insectos con sonido, además de una rozadura que daba escalofrío. No se asusten, advirtió Fernando Séptimo antes de empezar a subir, es el chirrido de las capas de la tierra que siempre se están acomodando.

Ah, las escuchamos, Romeo dijo que era el infierno que siempre cambia de lugar. Qué vaciado.

Por primera vez Edward James pensó en retroceder, ¿qué hacía allí? Era como pretender ser invitado a la Última Cena con dos mil años de retraso, ¿qué hacía allí si la vida es un juego?, ¿qué pensaría un hombre del tiempo en que se creía que la Tierra era plana? Recordó la voz de Rafaela: puede abstraerse en todo menos en su nombre, no lo olvide. ¿Qué hay en las otras cámaras? Lo que usted busca, respondió la mujer, que escudriñó la cara del chamán que de inmediato se volvió hacia otro lado. Las boas no aparecieron a pesar de que el inglés las convocó varias veces. De manera que de esto se trata, reflexionó. De ir al centro del misterio con la mente en blanco. Frente a esto, la estética de los surrealistas es un juego sin jugadores.

Indicó a Rafaela que estaba listo e iniciaron el viaje.

Cuando regrese a Nueva York veré *Anita, el musical* y algo de Shakespeare. Hollywood no me interesa, es un gran fiasco, eligieron como mejor película una de boxeadores lo que es una soberana estupidez; no entiendo esa industria que ensalza la estulticia. ¿Qué sería del capitán Zappa? Qué tipo, quizá murió escupiendo pedazos de su hígado, pero sonriente. Hay hombres que aman la muerte y viven mucho. Ángel fue mi guía, era un jovencito desgarbado y aún sigue con nosotros, fumando igual. Recordó a sus amigos, a sus enemigos y a personas con las que nunca consiguió estar. ¿Realmente sería hijo del rey Eduardo VII? Haré ese jardín, como prueba de que el absurdo es posible más allá de Beckett.

A la cabeza, Rafaela farfullaba plegarías en un idioma antiguo que no sabía pero que le llegaba suave y claro conforme avanzaban. Por momentos abría los ojos, que lanzaban un brillo nuevo, como si estuviera controlada desde la cueva que se hallaba bajo una pequeña cascada que nada tenía de espectacular. En ese momento, ante la orquídea Calavera, las boas se hallaban quietas, cediendo su piel e intercediendo por su amigo. La orquídea vibró por breves momentos y permaneció inmóvil. Era enorme. Había conseguido desarrollarse y se sentía completa.

Tiempo después el grupo se resguardó tras una delgada cortina de agua, de escasos cuatro metros de altura, sin saber adónde mirar. Un sonido de mar en calma brotaba de la tierra. Edward James también experimentaba una sensación desconocida, como si viviera un futuro que no tenía explicación. Minutos antes había dejado de recordar y ahora clavaba su mirada en el musgo húmedo, en el relieve irregular de las paredes que chorreaban, en el techo del sitio. Fernando Séptimo se convirtió en saurio, un lagarto negro de medio metro que se adelantó al grupo. Rafaela, concentrada. Cornelio, muy inquieto, experimentaba un leve influjo pero no fue más allá; en cambio, Alvarado sentía una profunda preocupación por lo que vendría enseguida, pero nada podía expresar. Había perdido el cigarro al cruzar la cortina de agua y preparaba uno nuevo para tenerlo entre los labios. Guiados por Rafaela avanzaron a la primera cámara.

Una vez que estuvieron allí, una habitación de cinco por siete metros y cuatro de altura, se asombraron por la luz azulosa que titilaba en uno de los muros de piedra; Rafaela hizo una señal a Edward James para que continuara solo. El inglés echó una rápida mirada a todos y sonrió: *Fiat lux,* expresó y señaló detrás del grupo; del muro a sus espaldas se desprendían cientos de cucarachas azules que de inmediato sobrevolaron la habitación. ¡Al piso!, gritó Rafaela, ¡son chatl y son mortales! Los había olvidado. Los bichos zumbaban embistiendo con sus aguijones en una nube tremenda. Fue cuando Ángel Alvarado, de pie, encendió su nuevo cigarrillo e hizo un fuego tan grande que los chatl no pudieron escapar y cayeron achicharrados. Ya en el piso los machacaron a pisotones y confirmaron que las otras paredes estaban limpias; sin embargo, permanecieron en el centro de la pieza, espalda con espalda, para evitar otra sorpresa. Son terribles, recordó que le dijo Arsenia H. Huelen la bondad más elemental. Cornelio recordó y echó una mirada a Edward que no supo reaccionar. Alvarado apagó su cigarro sin darle una fumada. Creo que puedes fumar, aceptó Rafaela. Gracias, lo haré cuando regrese don Eduardo.

La mujer se concentró, tomó una antorcha del morral de Cornelio, la aproximó a Ángel quien la encendió con los dedos y se la dio al inglés que sin decir palabra se internó por un pasillo oscuro que se abría en el fondo. Iba atento, tembloroso, inseguro. No recordaba cómo defenderse o, en caso de emergencia, si debía salir corriendo y capitular. La magia del espacio borraba toda pertenencia. Pronto estuvo en la segunda cámara, similar a la primera pero con ciertos brillos dorados que no relacionó con la experiencia anterior. El sonido del mar era nítido e hipnótico. La antorcha crepitaba. La catleya de plata flotaba iluminando las paredes. James la vio, y aunque no recordó alguna relación con ella, la sintió familiar y una sensación de seguridad lo invadió. Alzó la antorcha para verla más nítida. Ella giró a su alrededor hasta que tocó su cabeza. Sonrió como un hombre sin historia. Alzó su mano para tomarla pero la pieza se alejó hasta el techo que también resplandecía y allí se quedó. Edward recordó una ciudad medieval atacada por dragones y permaneció quieto durante dos minutos.

El instinto lo puso en el camino hacia la tercera cámara que se estrechaba. James avanzó gateando entre agua, no porque no pudiera caminar, sino porque se sentía como un bebé gordo y simpático. La pieza era más amplia que las demás y con una extraña iluminación de piel de cebra. Las paredes despedían rayos negros y blancos y todo era ondulante. Edward entró gateando sin la menor precaución. En el centro, flotaba la catleya de oro: brillante, seductora, única. Edward James se puso de pie y la contempló sin sorpresa, como si fuera lo más natural del mundo y no tuviera mayor significado. Trató de pronunciar el nombre de su nana Jane pero sólo movió los labios. La orquídea flotó tranquilamente, y con ella el techo y algunas rocas dieron esa impresión. Durante breve tiempo, se escuchó la segunda de Beethoven con todo su poder.

El inglés se apretó la frente con la mano libre y aunque se sentía en un remolino no se movió. La tea en su otra mano decreció. La orquídea se acercó a él y lo circunscribió. Con lentitud hizo una espiral de sus pies a la cabeza y lo invadió un aroma cálido. Se hallaba muy relajado, en un estado emocional en que todo era mínimo. Los ojos y los pies, los cantos y el vuelo de los pájaros, el amanecer y el atardecer y había una princesa que miraba a través de las paredes. Fue cuando un águila agazapada tras una roca del techo le cayó encima. Kriiick. Edward se desplomó aparatosamente manoteando. Kriiick. La antorcha se apagó al tocar el agua del piso. El águila le picoteó la cara en busca de los ojos: debía morir. El inglés se cubrió con sus brazos que pronto sangraron por la agresión pero no se quejó. En la primera cámara todos se mostraban inquietos: Rafaela no dejaba de mirar el pasadizo y Ángel Alvarado fumaba su cigarro ávidamente sin encender. Cornelio de pie fingía tranquilidad. Edward rodó resistiendo el artero ataque. Sus instintos empezaban a funcionar. En ese momento un saurio negro le saltó al cuello al águila y dio con ella en el suelo. Kriiick. Intentó desasirse pero fue imposible. El lagarto la arrastró unos metros rodando violentamente. En ese instante la catleya giró con rapidez y desapareció. De inmediato los animales se transformaron en los chamanes que se miraban con fiereza. Miguel Poot sangraba del cuello. Edward se incorporó, recordó quién era pero lo demás no lo entendía.

Miguel Poot y Fernando Séptimo se contemplaron con deseos infames. Respiración agitada. Puños crispados. Miguel Poot se apartó sin dejar de mirar con odio extremo. Fernando Séptimo no lo perdía de vista. Del fondo surgió Arsenia H, vestida de negro, pelo suelto, con su ojo brillante echó una mirada rojiza y amenazadora a cada uno, alzó los brazos en ritual, se escuchó un trueno y las paredes se congelaron. ¡Vas a morir, forastero! En un instante la temperatura bajó a menos treinta y tres grados. ¡Voy a poner orden en el cerro sagrado y voy a empezar contigo! Brrr. Los hombres temblaron y sus dientes castañeaban. Miguel Poot se convirtió en águila que aguanta mejor el frío. Segundos después, una bocanada de fuego entró por el estrecho pasadizo y tras ella Ángel Alvarado con el cigarro encendido y soplando. Por un minuto las dos fuerzas contrarias se mantuvieron estables. Los hermanos concentraban su poder sin lograr superarse entre sí. Ángel hacía gestos terribles pero su fuego continuaba inmóvil. El resplandor de Arsenia H era tan intenso que su cara se había vuelto roja pero el frío no se incrementaba. Y Zas, el águila en vuelo rasante le cayó a Alvarado en la cara y le sacó un ojo. Ayyy. ¡Kriiick! El guía llevó sus manos a la cara que se llenaron de sangre que se congeló de inmediato. Entonces, al lado de James y Fernando Séptimo, apareció una joven vestida de blanco, con rostro de calavera, que con un resuelto pase de manos hizo subir la temperatura. Vaya, miren quién está aquí: la orquídea Calavera, expresó Arsenia H cuyos ojos tenían un brillo mortal. De la oscuridad surgieron las boas. Tiempo sin verte, hermana, dijo la chica de blanco. Ángel se prosternó con la mano en el ojo. Fernando Séptimo movió a James hacia un lado. Arsenia H, que no perdía de vista a su rival, con un soplo formó una nube de pedruscos que envío aceleradamente a la diosa. La tomó desprevenida y por poco la hiere; sin embargo, la recién llegada alcanzó a detener los proyectiles que iban directos a ella; el resto se estrelló en una de las paredes y algunos en James y Fernando Séptimo. Nunca me quisiste,

Calavera, gritó la chamana. Te quise mucho, hermana; no tuve tiempo de quererte más porque me ahogaste, aseveró y la miró fijamente mientras las boas permanecían a la expectativa. Eras pequeña pero poderosa, Calavera, una verdadera amenaza. Mi poder no es para el mal, confío en la fuerza de lo bueno, en cambio tú, eres de lo peor. Arsenia H no supo qué responder, dudó un instante y luego se le fue encima a la joven que la esquivó justo cuando sus dedos, convertidos en garfios, intentaban tomarla del cuello. No harás lo mismo, asesina, manifestó la orquídea recordando que de esa manera la había ahogado cuando era niña. Arsenia H gritó fuerte, embistió de nuevo con mayor fiereza; antes de tocar a su hermana, sintió una fuerza que la atenazaba, trató de zafarse pero ya le había roto tres dedos y su poder se resquebrajaba. El águila se lanzó sobre la diosa pero la gran boa de mancha amarilla se la engulló de tal suerte que para Miguel Poot fue imposible revertir la metamorfosis y hasta ahí llegó. Fernando Séptimo no salía de su asombro y Edward James algo alcanzaba a comprender. Ángel entendía todo muy bien y no se movió. Arsenia H gritó desgarradoramente y se desprendieron algunas piedras del techo. La orquídea Calavera hizo un nuevo pase de manos y la chamana poco a poco se convirtió en polvo que el agua fresca devoró con avidez. Arsenia H no podía morir, por eso la orquídea sentenció que regresara como esas florecillas que uno encuentra de vez en cuando en las rocas y que parece que no evolucionan. Nadie puede vencer la maldad, pero todos podemos controlarla, al menos esa que habita en nuestro corazón y que cotidianamente alimentamos.

Ay, güey, o sea qué, qué maniaco.

La gran diosa se volvió a James y su rostro era el de una hermosa joven morena:

No te protegeremos más, forastero, si te quedas, tienes veinticuatro lunas para hacer de Xilitla un punto luminoso o no permitiremos que tu memoria prevalezca.

De inmediato la gran diosa y las boas se desvanecieron. Edward James, que había escuchado con atención, observaba con una leve sonrisa: seguía desconectado del mundo, ni siquiera cuando la cámara empezó a derrumbarse reaccionó con presteza. El Zopilote lo condujo a él y a Ángel Alvarado por el estrecho pasadizo, entre piedras hirientes, a la cámara dos y luego a la salida entre un estrépito del demonio. Conforme se largaban a toda prisa, las salas se destruían tras ellos como queriéndolos matar. Edward James no se recuperaba y si no es por el chamán, que jamás lo soltó del brazo, hubiera quedado sepultado bajo las piedras que se desprendían de todas partes. El grupo emergió a la intemperie precipitadamente para salvarse. Ya afuera, todos se lanzaron al agua fresca. James despertó como de un sueño, Alvarado a su lado, con un parche en la cuenca del ojo perdido, fumaba con fervor. Reflexionó unos minutos.

¿Y la catleya de oro?

Pues es la orquídea Calavera, Edward James, las boas son sus fieles guardianas, y sí, hasta yo resulté beneficiado; es más, gracias a ella estoy vivo, ojalá y también nos ayude con el viejón; pensé en Arsenia H pero estaba en un error: la orquídea es la efectiva. Esas cámaras existieron, son las que encontramos ayer llenas de piedras; pues claro, allí ocurrió el derrumbe; también escuchamos el sonido. Se nota que la orquídea Calavera es la que controla lo que pasa en Las Pozas, ¿cómo es eso posible? Jesucristo también hace cosas que no se pueden explicar y no conozco a alguien que se preocupe demasiado por eso. Las catleyas deben haber quedado enterradas en el derrumbe; quizá no, tal vez salieron flotando tranquilamente y encontraron un nuevo refugio. ¿Dónde vendrá mi hermana?, ¿ya pasarían Jalpan de Serra? Estoy ansioso, pero sigo leyendo.

Ángel, permíteme una pregunta, pidió Fernando Séptimo cuando llegaron al pueblo de regreso. Dígame. ¿Arsenia H y la orquídea Calavera eran hermanas? Alvarado fumó. No lo sé, yo nací mucho después; ¿te recordó algo? No tiene sentido, pero me pareció igual a Arsenia H cuando nos casamos. ¿Te atreverías a preguntarle? ¿Por qué no? Además ese gran misterio que es ella todavía no se aclara totalmente. Pues mucha suerte, murmuró el guía y se alejó rumbo a la plaza.

Los invitados

Aquellos güeyes no tardan en llegar, voy a apurarme con el libro.

Edward James despertó. Era el principio de un gran día y se hallaba exultante. Se acarició las cuatro cicatrices en la cara producto del ataque de Miguel Poot, y concluyó que eran marcas en su mapa de viajero. Aquel que mencionó el capitán Zappa.

Al final puedo decir que edifiqué este santuario como un mundo único lleno de libertad, para que sea habitado sólo por aquellos capaces de construir sus propios sueños. Invité a la reina Isabel para la inauguración pero desistió, refirió una historia chusca de mi juventud que le contó William Sterne, su consejero áulico y mi compañero en Oxford; podría ser una disculpa, no sé, con ella nunca se sabe; me había dado una esperanza; sin embargo, el embajador británico, que quiere hacer una carrera política vertiginosa, pretendía que se reuniera con el presidente de México pero ella lo consideró imposible. Le he reclamado al tipo, lo he puesto en su lugar y pude darme cuenta de que me odia, que jamás permitirá que su majestad me haga una visita, pruebe alguno de los platillos típicos o se bañe en Las Pozas conmigo mientras los de Scotland Yard se apoderan de nuestro cerro disfrazados de cazadores de vampiros. Todos olvidan que el mundo puede ser sencillo. Los demás vendrán, llegarán a la vez, como les halaga, espero que a ninguno se le ocurra suicidarse aquí. Con Marilyn Monroe fue suficiente.

Me gustaría invitar a Enrique Serna, es mi amigo y sé que lo admira. ¿Crees que podría congeniar con Picasso? Por supuesto, se llevan muy bien, varias veces los escuché conversar de la condición humana en Cuernavaca, lo mismo que de toros y de las piernas de las indígenas que madrugaban para ir al mercado. ¿Picasso estuvo en Cuernavaca, cuándo, por qué no me avisaste? Andaba usted de viaje por la India recorriendo el Taj Mahal, según comentó; tengo a dos señores que no se lo quieren perder, uno es

Jorge Luis Borges y el otro Bob Dylan. Qué interesante, la única condición es que Borges no cante ese folk indigesto y Dylan se olvide por unas horas de sus historias fantásticas y sus poemas de ajedrez; igual no le darán el Nobel, ¿nos faltó alguien? Peggy Guggenheim no ha confirmado, ¿quiere que le llamemos? Mi adorada Peggy; debe estar organizando su casa de Venecia, está en algo que dará de qué hablar, dejémosla tranquila; el que también estaba invitado es Marcel Duchamp, se enteró de mi fijación por el papel sanitario y deseaba ubicar un punto de encuentro con su famosa pieza *Fuente,* pero murió: qué ocurrencia, en plena vida productiva, alguien debería prohibir eso.

Joan Miró se disculpó.

Es su estilo. Quizás esté perdido en la Sagrada Familia, sabe encontrar detalles de mínima relevancia que luego usa en su obra; una vez por poco se cae de una de las torres.

Los demás, o no han respondido o mandaron telegramas diciendo que era un placer acompañarlo en la inauguración de un jardín tan particular.

Pídeles que nadie toque las boas, explícales que son las reinas del lugar y que tengo un pacto con ellas de no agresión. Y tampoco al resto de los animales, que primero murieron de frío y después se hicieron presentes como si nada. Ve cómo está quedando todo, si la plataforma que mandé erigir en el arroyo para ver correr el agua está terminada.

Días después, pilotando un helicóptero de última generación de fabricación norteamericana, Federico Campbell fue depositando a cada uno de los invitados en la entrada del conjunto escultórico. El primero en llegar fue Martín Solares que estaba ansioso por saludar a Edward James.

¿Qué fue lo más difícil que debió resolver para crear esta maravilla, señor James? ¿Qué hicimos la última vez que nos vimos? Usted y yo bebimos cerveza en París hasta el amanecer, después nos orinamos en lugares famosos como la puerta de Notre Dame y la pirámide del Louvre. No me gusta París, es demasiado otra cosa. Me contó, es por culpa de Breton y de su mujer «de pestañas de escritura infantil». Ese par fatal, Dios los hace y ellos se juntan.

Cornelio recibió al resto que se quejaba de dolores de cuerpo, trastornos del sueño o exclamaban su asombro al ver el paisaje intervenido, ante la mirada inquisitiva de Enrique Serna que ya estaba enterado del perfil de Arsenia H, la mujer con un ojo parchado de rojo que cayó vencida por la orquídea Calavera. Fernando del Paso, que los escuchaba, recordó a Carlota, con quien lidiaba cotidianamente en París. Edward se había recluido en sus habitaciones, a la entrada, para aparecer justo en la fiesta.

Picasso y Escher, que morirían poco después brindaron por el futuro. Luego el cubista buscó a Louis Aragón que discutía el poder de la palabra con Octavio Paz que le daba otro valor; los acompañaba una chica de labios de nácar que el malagueño acarició sin pudor. Por su parte el holandés recorrió pacientemente las estructuras, de vez en cuando sonreía y se mesaba la barba, cambiaba de ángulo, se sentaba, se acostaba y volvía a observar con un evidente rictus de placer. La llegada de John Cage fue espectacular, dejó caer un piano del helicóptero que se hizo astillas en *La escalera al cielo* de la entrada, salpicando madera hasta el arroyo. Borges, que escuchó el estruendo, imaginó que los cuatro jinetes del apocalipsis eran tres: Perón y Evita. Campbell convenció a Dylan de que no bajara su armónica, que no tenía caso, que mejor les contara cómo había compuesto *Like a Rolling Stone;* aceptó a cambio de un carrujo bien forjado y libertad para moverse a sus anchas, sin periodistas ni cámaras detrás. Le ofrecieron hongos pero dijo que después. Luis Barragán llegó con Frank Gehry, hablaban de proyectos locos, de la posibilidad de vivir en una obra de arte, de la necesidad de utilizar recubrimientos metálicos. Cuando vislumbraron desde el aire el conjunto de Edward James, guardaron silencio. Órale. Era un triángulo mágico, quizás una orquídea caprichosa, México en el espacio. Eso se lo contó Campbell a David Huerta una noche que se perdieron en una librería de viejo en la Condesa. Le contó también que invitaron a Juan Rulfo, pero que declinó atraído por la puerta de un bar donde atendían sirenas; una de ellas aseguraba haber conocido a Dalí y el de Jalisco quería escuchar la historia.

Estos señores, ¿existen? Bob Dylan sí; sin embargo, ¿quién es Martín Solares? Ya sé que es personaje y que sale más de una vez pero, vivió o qué, ¿y ese Borges?

Dalí se negaba a descender del helicóptero. No era posible, había poca gente y él esperaba una multitud, ¿acaso no fue anunciada su presencia? Ni siquiera su amigo y mecenas lo aguardaba. Díganme si este país echa a perder a sus habitantes. Sus bigotes se desaliñaron. Tuvo que tomarse su tiempo para que recuperaran su estado natural. Josef Albers ayudó a Leonora Carrington a dejar la nave, elogió la aristocracia de sus manos y el verde de su vestido. Leonora, delgada y hermosa, sonrió y le hizo un cumplido al pintor. Minutos después, Campbell regresaba con la última camarilla: Led Zeppelin: Jimmy Page, Robert Plant, John Bonham, John Paul Jones, que tocarían *Stairway to Heaven*.

No manches, este Fernando de Ruf está más loco que Carlos Fuentes. ¿Todos los libros son así? Lo más seguro es que no vuelva a leer otro en mi perra vida. Están bien maniacos.

Mientras tanto, Edward James en sus habitaciones cercanas a la entrada, vestido con una túnica blanca, era incapaz de controlar su nerviosismo. Ya la guacamaya le había administrado su tranquilizante y el hombre continuaba peor. Ni Rafaela sabía qué ofrecerle. A cada momento mandaba llamar a Cornelio para saber la impresión de sus invitados. Claro, todos estaban impactados, Escher no paraba de subir y bajar escaleras, Stravinski quería tocar con Led Zeppelin y hasta Martín Solares, quien en ese momento le contaba a Borges cómo se había saltado la barda para conocer la casa donde vivió André Breton en Varengeville; se hallaba entusiasmado. Un día tuve su edad pero no recuerdo haber saltado muros, la mayoría de las puertas se abrían a mi paso, respondió el porteño, que amaba los puentes colgantes de Babilonia.

Picasso se quedó dormido contemplando *La flor de lis*. Dalí aprovechó y le dibujó una mujer desnuda en la calva. Escher caminaba por la orilla del arroyo sin perder su actitud. La mitad de la naturaleza es aire, sí, debe ser, ¿por qué no? Si dos terceras partes son agua. Gehry aseguraba que habría un momento en que le lloverían contratos para construir su obra, expresaba que le gustaría hacer algo en Praga, un edificio moderno que no desentonara con el resto pero torcido. Barragán le respondió que vería con cuidado la obra de James, que allí había ideas muy valiosas que debían desarrollarse. Leonora se hallaba bajo los efectos del mezcal que es para todo mal, y recordaba los rincones negros de su niñez y se arrepentía de no haber subido al techo de su palacio.

Era una algarabía profunda. En la carpintería los trabajadores celebraban con Dylan y Plant, que cantaban *El Querreque* con estilo y Francisco Toledo zapateaba sentado. Campbell convenció a Borges de que fuera a Tijuana, que es una ciudad de triángulos isósceles y por las tardes se pueden ver submarinos colombianos y escuchar las órdenes de sus capitanes. Es posible también encontrar al *Titanic* después de comer langostas con arroz. En eso vieron a Edward James que subía por el camino evitando los residuos del piano roto, pasaba bajo *El anillo de la reina*, al lado de *Las manos* de Cornelio, acompañado de su guacamaya y las boas. Sonreía. Esa sonrisa inmensa del que lo ha conseguido todo. En su pecho, sin pender de nada, lucía la catleya de plata. Entre Cornelio y Rafaela, la orquídea Calavera avanzaba con pasos suaves y rostro sosegado.

Fue cuando Led Zeppelin hizo sonar sus instrumentos. No tocaron lo suyo, que era intenso y popular, sino a Ludwig van Beethoven, el cuarto movimiento de la *Segunda Sinfonía*, dirigidos por John Cage. Edward James escuchó, se sintió como al principio y sonrió. Nada le gustaba más en la vida que empezar.

Fin.

Ay, güey, me lo eché, debo estar bien pirado, mi papá no me lo va a creer: ¿cómo que leíste un libro completo? ¿A Iveth la apantallaría? Me quedo quieto, ruido en el patio. Entra Fram. Labios rojos, shorcito ajustado, blusa *strapless*. Dios mío, ayúdame mientras llego adonde hay gente.

¿Y ahora de qué presumes, norteño?

Quería que vieras lo que te extraño e intenté suicidarme.

Eres incorregible, güey, te encanta jugar con dinamita.

Lo único que hago es seguir tu ejemplo.

Bueno, también eres guapo.

Y eso que no estoy peinado.

Tu flaca se fue esta mañana, iba hecho un basilisco la güey.

No resistió que me gustaras más tú.

Pinche güey.

Dice eso y me planta un beso en el yeso que deja una huella roja espectacular, qué onda.

Para que no me olvides, güey, y tengas presente, aunque sea por unos días, que me dejaste plantada; y no te cuides, que hierba mala nunca muere.

Me besa bien rico en los labios y se larga. Chale, uno puede matarse por ellas y ellas como si nada. ¿Y los condones? Se fueron en el carro, lo bueno es que no pasó a mayores; luego uno no sabe lo que debe hacer y no me gusta el chango gorila para padre de mi otro hijo. Llegan mis amigos y se me viene el mundo encima. Recupero mi tristeza y me queda claro que soy un pobre infeliz y que si los acompaño lo único que conseguiré será obstruir la negociación o el rescate. Soy un cero a la izquierda, pues.

Amigos, estoy jodido, no aguanto el dolor.

Creímos que la chiquita que acaba de salir te había curado, güey.

Bueno, me voy a casar con ella, pero después; Balam, tengo tan mala suerte que si voy echo a perder el rescate; mi hermana lo conseguirá, es una líder, la chica más popular de la universidad donde estudia y es muy bonita.

Trae su boa al cuello y se sienta en la cama. Romeo escudriña por la ventana.

Capi, tienes a una chica embarazada, según mi mamá todas quieren contigo, hasta tu enemiga, sabes manejar carros, vas a estudiar negocios y, aparte, le caes bien a la boa; ¿de dónde sacas que no puedes ayudar?

Voy a responder pero enmudezco. Por la puerta entra la muchacha de ojos negros que me consoló en San Agustín, con su vestido blanco. Los otros quedan petrificados. Me mira profundamente. En un instante la boa baja de la cama y se pone a sus pies.

Tienes que ir.

Murmura la chica. Y en un instante ¡ay, güey!, se transforma en la orquídea Calavera. La boa, a su lado. De seguro tengo la boca abierta, igual que mis amigos.

Escucho que me dice: Esta mañana te dije dónde tienen a tu padre y sólo tú puedes rescatarlo.

Se convierte en muchacha nuevamente, acaricia la cabeza de la boa, me observa un instante y se marcha. Los tres me miran. Balam se cuelga su mascota y me da la mano para ponerme de pie. En la maniobra la boa me queda cerca de la cara y escucho muy claro: *Vamos por tu padre, muchacho.* Miro sus ojos y siento su protección. Al fin entiendo por qué mi padre tiene tantos amigos, aunque ahora, por exigencias de los secuestradores, no los hayamos podido sumar.

¿A quién me parezco más: a Edward James o a Colin Firth? Se lo preguntaré a Iveth algún día. Claro, si salgo bien de esta.

La vida es un aeropuerto

Tomo el trozo de madera que me sirve de bastón y voy tras mis amigos, lentamente. El dolor de la pierna es intenso pero el del resto del cuerpo ha disminuido. Subimos a una Ford de antes de que yo naciera estacionada cerca del hotel. La misma camioneta descarapelada que apareció la noche de mi primera cita con los secuestradores. Creo que es de la policía pero me callo. Lo que ha de pasar que pase. Los cuatro nos acomodamos en el único asiento. Cargo la boa, como puedo resisto su peso en mi cuello. Está lisa por el cambio de piel. Seguimos rumbo a Jalpan que es por donde llegué y por donde aparecerá mi hermana; acordamos seguir el plan de Bukowski si encontramos a Valeria primero que los secuestradores. Qué bonita la orquídea Calavera, ¿en qué otras cosas se transformará? Su comportamiento en la novela es muy parecido al que presenta en la realidad, ¿es eso posible? Se supone que una novela no es real. Espero no tener que leer más historias para entenderlo.

Vamos atentos. Salimos del pueblo. Paso la boa a su dueño. Siete kilómetros de curvas adelante encontramos un Mercedes Benz gris que avanza despacio. Es mi hermana y su novio, seguro el abuelo no los deja correr. Les hacemos señas y se detienen. Me bajo y voy a su encuentro, lentamente. No puedo decir que me pone feliz pero entiendo que ella resolverá lo que yo no pude. Veo bajar al abuelo Nacho, a Diana y a quién creen: al Osuna Espinoza. Se me retuercen las tripas pero no quiero desconcentrarme; qué onda, ¿no? Aunque me agobia la tristeza y el dolor de la pierna, decido no complicar el asunto; Valeria se adelanta, viste igual que Fram.

Capi, ¿qué te pasó, güey?

Nada, me bajé a escupir en un barranco.

Órale, te ves bien madreado; oye, qué onda con mi papá; fue un pedo traer el dinero, pasamos cuatro retenes y en dos tuvimos que dar mordida, pero ya está aquí; Paúl quiso traer a su hermano y este se trajo a su chava, creo que te conocen, estuvieron juntos en la prepa, algo así. Nos contaron que eras bien copión.

Lo bueno es que ellos eran unos cerebritos.

Me abraza.

¿Te duele la pierna?

Dos-tres.

Entonces dónde nos vamos a encontrar con los malandrines, saliendo de esto planeamos irnos al gabacho; no es invitación, güey, es sólo para que estés enterado y bueno, tendrás que llevarte al abuelo de regreso, ya es tiempo de que se hagan amigos.

«No importa cuánto camines, igual no irás a ninguna parte.»

¿Qué dices, güey?

No quedé en un lugar preciso con la banda.

¿Cómo?, ¿no quedaste en un lugar con ellos?, ¿entonces cómo carajos vamos a pagar por el viejo? Ay, Capi, como dice el abuelo siempre sales con tus pendejadas.

Discúlpame, güey.

A mí no me pidas disculpas, se las pides a mi papá, si es que nos lo entregan vivo.

Tenemos un plan.

¿Tú? Por favor, güey, no exageres; tienes un montón de días aquí y no pudiste hacer contacto con los secuestradores. De veras que no tienes remedio.

Alza la voz. Su novio se acerca, la abraza, la besa, le acaricia la espalda. Es un chico bien vestido, y por lo que se ve no sale del gimnasio.

Calma, mi amor, tranquila; estoy seguro de que mi cuñado hizo lo que pudo según su capacidad.

Callo, ¿qué quiere decir el güey?, ¿qué dijeron de mí en el camino? Me gana la tristeza. Veo que el Osuna Espinoza juguetea con Diana y el abuelo nos observa.

Que es muuuy poca; es la primera vez que intenta ayudar y ve, no hizo contacto con los secuestradores, ¿lo puedes creer?

¿En serio?

En esa casa no se hace nada si no lo hago yo, pero eso definitivamente se acabó, tengo derecho a hacer mi vida.

Claro, mi amor, y conmigo.

Es mi mayor deseo, mi rey.

Se besan ardientemente.

¿Y esos que vienen contigo, Capi?

Amigos.

Claro, te dedicaste a hacer vida social mientras que a mi papá quién sabe en qué condiciones lo tengan. ¿Al menos nos reservaste habitación en algún buen hotel?

No lo puedo evitar, siento que me hundo. Soy un fracaso y todos lo saben.

Y no hagas drama, güey, que no estás tan chiquito.

Mi amor, ya, hagamos algo para que los delincuentes nos encuentren, me urge un baño y un par de cervezas.

Quizás en El Castillo, donde estoy, tengan algunas.

Fíjate que no, no vamos a llegar ahí, conociéndote, debe ser una pocilga.

¿Crees que esté durmiendo en un lugar con chinches?

Paúl, ¿no ves cómo es mi hermano? Es lo que te contamos en el camino, es un ser débil, alérgico a todo; será la carga eterna para mis padres, ya verás.

Mi abuelo se acerca y me saluda de mano sin mucho afecto. Diana y el Osuna Espinoza hacen lo mismo.

¿Qué te pasó?

Nada.

¿Te enyesaron el balazo?

El abuelo me mira burlesco.

Te ves hinchado.

Comenta Diana, que la verdad se ve bastante bonita con su shorcito ajustado. Valeria les ordena.

Suban al carro. Vamos a buscar hospedaje.

En ese momento todos se ponen atentos. La boa pasa entre las piernas de Valeria.

Qué es eso.

Exclama y los demás retroceden, incluido el novio. Valeria se desvanece.

La boa trepa por mi cuerpo hasta acomodarse en mi cuello y alarga la cabeza hacia ellos. Balam y Romeo se han bajado de la camioneta pero no se mueven. Algo me pasa. Me siento raro, con esa fuerte sensación de ser lo que no soy; increíble, como si hubiera vuelto a nacer y todo dependiera de mí; así que sin pensarlo mucho me posiciono.

Güey, llévala al carro y dale el dinero a mis compas.

Ordeno a Paúl que se apresura a levantar a mi hermana.

Por supuesto, cuñado, un momento, por favor.

Tiembla. La sube al asiento del copiloto. Mis amigos se acercan al Mercedes, abre la cajuela y les entrega dos maletas que ellos suben a la camioneta destartalada. La boa no pierde detalle, luego regresa con su amo. En un auto nuevo, veo venir a Lady Di y a sus compinches. ¿Y mi Tsuru? Bajan. Mi abuelo se acerca a nosotros. Escucho a la mujer:

Ver para creer, este joven Garay tiene más vidas que un gato.

Y usted más gatos que vida.

Veo que su hermana ha cumplido y trajo el dinero.

Decido seguir el plan Bukowski.

Como le dije ayer, veo a mi padre y le entrego el efectivo.

No lo tenemos lejos, si gusta acompañarnos.

Sé dónde lo tienen, me lo dijo la orquídea Calavera pero no lo voy a mencionar. Le propongo:

Nosotros llevaremos el dinero.

No olvido lo que dijo Bukowski: meter y después sacar. Hago una seña a Balam y Romeo para que tomen las maletas. Alcanzo a ver a Valeria que se ha repuesto, pero sigue abatida, quizás afectada por una revelación: teme a ciertos animales y yo no; Diana le pone una toalla húmeda en la frente. El Osuna Espinoza está con ellas. El novio observa desde la portezuela del Mercedes.

¿Puede dejar esa cosa?

Lady Di señala la boa.

Imposible, es parte del equipo; pero no se preocupe, elige muy bien a sus presas.

Por cierto, tengo algo suyo.

Me da el paquete de condones.

Espero que sepa usarlos.

Aprenderé, se lo prometo.

Su padre está aquí mismo, ¿puede subir?

Estamos frente al cerro de las pústulas, que es como se cuenta en la novela, y lo tienen en la casa de Arsenia H. Sus secuaces sacan sus pistolas y avanzan al lado de mis amigos. Los cabrones me sonríen con sorna, se notan seguros.

Abuelo, espere en el carro, con Valeria.

Claro que no, sostente en mí, pásame ese bastón.

El suelo está lodoso y subimos lentamente. Avanzamos así: Lady Di adelante, enseguida nosotros, atrás Balam y Romeo con las maletas y cierran la marcha los bandidos. En numerosas piedras blancas crecen florecillas grises; conforme nos acercamos a la casa se multiplican tanto que son una mullida alfombra. Al llegar los malandros nos encañonan a Balam y a mí. Ya me extrañaba que los pendejos no hicieran algo.

Para nosotros se acabó el teatrito, güey: nos largamos ahora mismo.

Afirma el de voz delgada y le arrebata la maleta a Romeo, que lo mira con rabia contenida.

Lady Di hace lo mismo con Balam y me advierte:

Cualquier cosa que se te ocurra con la policía, serás fiambre, estúpido.

Quiero ver a mi padre.

En ese momento, la boa se le va encima a la mujer y se enrosca en su cuerpo. Suelta la maleta que recoge el otro secuestrador. El abuelo se tambalea.

¡Ay!

Lady Di tiembla, transpira, su cara es una máscara de terror. Los malandros, tranquilamente, se alejan hacia abajo con el dinero. En un instante, los florecillas sueltan su polen y me cubren el cuerpo. Cof cof cof, toso sin parar mientras el abuelo y mis amigos luchan para que las florecillas no los derriben como a mí, que estoy tirado en el fango. Cof cof cof.

La boa se desconcierta y suelta a su presa que sonríe malévola.

Nadie puede con la inmortal Arsenia H, joven Garay, y menos usted que es un estúpido sin remedio, ¿de qué le sirvió leer el libro? De nada.

Cof cof cof, no puedo parar de toser, enronchado del cuerpo y de la cara, veo a la boa oscilando desesperada también cubierta por la plaga. Ahora sí nos llevó el carajo. Nos quejamos, damos voces pero de nada sirve. Me ahogo, siento como si me encajaran agujas en el cuerpo. El abuelo da manotazos al aire y puja, Romeo rueda pero es inútil, nos caen florecillas de todas partes, ahora me cubren la cara. Lady Di ríe a carcajadas.

Morirán, Arsenia H es la única diosa que vale la pena adorar.

Las florecillas se han convertido en garras y aprietan mi cuello. Siento que se me clava una aguja en el pecho y otra en la espalda. ¡Ay! Veo al abuelo con la lengua de fuera y seguro mis amigos están en lo mismo. Aggg.

¡Mueran, perros!

Aggg.

Mueran como debió morir Edward James.

Aggg.

Estoy a punto del desmayo cuando siento un fuego que quema las flores. La boa, que ha sido liberada, pasa a mi lado y se enreda en las piernas de Lady Di que trata de huir y grita amenazas como loca: ¡mueran, idiotas, mueran! Me pongo de pie como puedo, lo mismo hacen mis amigos. Las florecillas arden por todas partes. La casa también se incendia. Veo a la joven de blanco lanzar llamas sobre las piedras, llamas que salen de sus manos; Dios mío: ¡su rostro es una calavera! Me apresuro a llegar a la vivienda porque sé que allí está el viejón. Lady Di está tirada en el lodo con la boa vigilando. Se me antoja darle un par de cachetadas pero me aguanto, un hombre verdadero no le pega a una mujer. El abuelo se levanta. Balam y Romeo observan sorprendidos cómo regresan los secuestradores con todo y maleta arreados por la chica de blanco que al llegar me sonríe y desaparece.

Cof cof, siento el cuerpo gordo y una aguja me perfora la espalda. Auch. El abuelo me alcanza justo en la puerta.

Arde el techo, también los guayabos con frutas amarillas y rosadas. Veo a la boa que regresa con Balam que se atrasa un poco. Con una seña pregunto qué pasa, él me indica que siga. ¿A qué le temen? Recuerdo que a la boa no le gusta la muerte y me paralizo un segundo, ¿le pasó algo al viejón? Veo al abuelo pálido por el esfuerzo. Lady Di y sus secuaces están juntos. Romeo toma las maletas y los encañona, Balam los ata con una cuerda que le pasa su amigo.

Entramos a la casa. Veo a mi padre abatido, sentado ante una mesa, atado a una silla, y a un hombre aterrado de unos cincuenta años, con la espalda a la pared, con ojos extraviados. Mi padre se vuelve hacia nosotros y sonríe, tiene los labios lacerados seguro por una severa deshidratación. Entonces los distingo. Bukowski y don Romeo Torres, casi invisibles, son parte de la escena. Se desprenden pedazos de techo y el calor es infernal. Sobre la mesa hay una pistola y un puñal.

Es evidente que el hombre los percibe pero no los ve, mi abuelo sonríe. En medio de ellos hay otro fantasma que apenas puedo apreciar, luce barba larga y es fornido, vestido de monje. ¿Edward James? Romeo Torres afirma y lo palmea. James sonríe y me saluda. No podía perderme este rescate, farfulla.

Con el cuchillo corto las ataduras del viejón, lo abrazo; está flaco y barbón pero no herido.

Papá.

Capi, gracias mijo, sabía que lo lograrías.

¡Que nadie se mueva!, ¡policía de San Luis Potosí!

Romeo Torres nieto y Balam, que no trae la boa, detienen al hombre asustado. Caen trozos de techo en llamas, uno al lado del viejón, a quien ayudo a levantarse.

Pero ¿qué pasa?

Este desgraciado está detenido, igual que los otros.

Expresa muy seguro Romeo Torres nieto. Balam ata al malandrín rápidamente; pienso en Lady Di, me toco los labios, ¿será el síndrome de Estocolmo? Los fantasmas se ponen de pie, dicen adiós y se alejan murmurando. Se nota que los güeyes son grandes amigos. En la casa todo se derrumba. Salimos rápidamente.

Tienes un gran hijo, Camilo.

Lo sé, don Nacho.

Se abrazan. Luego, mi abuelo me da un apretón.

Discúlpame, hijo, me equivoqué contigo.

Perdóneme usted, abuelo, por lo que le haya hecho.

No fue nada, sólo que eres muy mentiroso y exagerado; una vez me dijiste que ese año el viernes santo caería en miércoles, me ofendí, no me gustó que me vieras como un viejo chocho. ¿A poco creías que te consideraba un reverendo pendejo?

Perdone, luego juego de más, ¿vio a sus amigos?

Sí, pero no identifiqué al tercero.

Es Edward James, abuelo, luego le cuento de él.

Después me dejo llevar por mi papá y el abuelo, que recuperó mi bastón. Las florecillas aún arden, la casa está totalmente envuelta en llamas. Estamos enlodados hasta el cuello. La quemazón de florecillas sobre las piedras continúa.

Me engañaste, Romeo.

No, Capi, fui a pedir la camioneta prestada a un amigo policía y me tenían el nombramiento; así que ya lo estrené.

¿Y tú, güey, dónde aprendiste a manejar cuerdas?

Trabajé de marinero, en la carpa, claro.

Veo a Lady Di y a sus secuaces de pie, atados. Llega Valeria y abraza a papá. Llora. Le cuenta que su suegro nos prestó el dinero. Su novio espera detrás. Luego viene conmigo.

Capi, perdóname, güey, no me di cuenta de que ya no eres mi hermanito; además te humillé; no volverá a pasar; y si quieres ir al gabacho con nosotros, tendido como bandido.

Te pido que aplaces ese viaje, hermana, papá parece afectado y más vale que estemos juntos.

Me contempla sin comprender, o comprendiendo de más, pero no emite palabra alguna; pido a su novio que tome las dos maletas y le doy las gracias. Bajamos a papá con cuidado. Balam y la boa nos ayudan. Veo un lagarto oscuro que nos observa desde encima de una piedra blanca. Le digo adiós y me parece ver que mueve la cabeza. Mi cara sigue gorda y las agujas continúan molestando, pero ya no toso. En la carretera, subimos a los secuestradores, que es la familia del caporal Toño Remolina que me contestó al principio, a la vieja camioneta. Lady Di está despeinada y descolorida. Me mira con ferocidad. La veo por última vez y no, estaba equivocado, no se parece en nada a la princesa Diana.

Papá, vente con nosotros, irás más cómodo.

Propone Valeria.

Véngase acá, señor Garay.

Gracias, me iré con el Capi, quiero que me cuente que pasó, quién lo ayudó tan bien, que me explique todo ese misterio del fuego y los fantasmas; Valeria, tu hermano tiene razón, vayan a Culiacán ahora mismo. Joven, dé las gracias a su padre de mi parte, ya lo buscaré para hacerlo personalmente.

En ese momento se aproxima un helicóptero a la carretera que pidió Romeo por radio. Se me acerca Diana. Realmente se ve bien con esa blusita.

Capi, me vas a matar, güey: lo del embarazo era una broma; bueno, se me retrasó unos días la regla pero eso fue todo. Disculpa si te hice sufrir.

¿En serio? Lástima, güey, ya estaba muy ilusionado.

¿De verdad, quieres que nos veamos en Culiacán?

Ni se te ocurra.

Le pido que se aleje. El Osuna Espinoza la espera, le hago una seña de despedida y le deseo que cada vez le queden mejor sus versos de amor.

Balam, en mi mochila tengo dinero, paga el hotel y me mandas mis cosas, allí tienen mi dirección, sobrará suficiente para que rentes un depa en San Luis por seis meses donde puedas tener a la boa. Pórtate bien con tu mamá y ve a misa los domingos. No olvides mi celular, güey, está en el buró, y me mandas un mensaje cuando tengas el tuyo.

Sonríe. Después nos damos un abrazo; luego cargo a la boa, acaricio su cabeza, le doy las gracias con los ojos cerrados, le pido que dé mi agradecimiento a la gran orquídea Calavera y le haga saber que me comprometo a defender su misterio y a Xilitla, en donde quiera que me encuentre. La regreso a su dueño y a Romeo le encargo el asunto del Tsuru, lo palmeo.

¿Viste a tu abuelo?

Sí, gracias, Capi; cuando murió estaba en Estados Unidos y no lo pude ver, hasta ahora; y sí, se ve contento.

No dejes caer su casa, es especial.

Me iré a vivir allí, ya verás.

Como policía no podrás vender hongos.

¿Tú crees?

Nos despedimos, llevo a mi padre al helicóptero que se ha posado en la carretera.

Abuelo, venga con nosotros, dónde caben dos, caben tres.

Veo a papá. Está bastante demacrado pero contento. Siento un piquetazo en la espalda. ¡Ay!

Vamos directo a Culichi, viejón, ya verás cómo le llegas a la dueña de tus quincenas.

Trataré de no llorar.

Sonreímos.

Dos semanas después llega un paquete de Xilitla. Estoy mejor. Tengo el yeso lleno de firmas y claro, el beso de Fram. Balam me mandó el libro. Lo extrañé, ¿lo pueden creer? Hasta volví a leer *Aura*. Lo tomo y voy a la oficina de papá, que desde temprano se fue a El Toro Cáram, cuyo nombre es en honor a un gran toro de cría que aún vive; se llamaba toro Carambolas, porque tenía unos huevos muy grandes; un día saltando una cerca en pos de una vaca los perdió. Desde entonces le decimos el toro Cáram y al rancho también.

Paso las páginas y aún huelen, veo marcas, globitos que señalan lugares; mmm, pueden ser donde tuvieron al viejón. Claro, aquí están Las Pozas, el hotel y el Huanacaxtle. Mmm, también el exconvento de San Agustín, incluso La Silleta. La casa de Arsenia H no, ¿por qué? Espero no averiguarlo.

Fritzia me interrumpe.

Capi, Valeria salió temprano y mi mamá también, tienes visita.

Hola.

Expresa Iveth en la puerta. También viste shorcito ajustado y blusa *strapless*. Es la primera vez que la siento nerviosa, ¿será posible? Ay, güey, por si acaso coloco el libro sobre el beso de Fram en mi pierna enyesada.

Latebra Joyce, marzo de 2014